CLANSROMAN:
Gangrel
GHERBOD FLEMING

Autor	Gherbod Fleming
Umschlagillustration	John van Fleet
Deutsch von	Ole Johan Christiansen, Thomas Plischke
Lektorat	Oliver Hoffmann
Korrektorat	Barbara Oelhoff
Art Director	Oliver Graute
Satz und Gestaltung	Eva Dünzinger, Oliver Graute
Mitarbeiter der US-Originalausgabe	John H. Steele und Stewart Wieck (Lektorat), Anna Branscome (Korrektorat), Kathleen Ryan (Grafikdesign), Richard Thomas (Art Director)

Copyright © 1999 White Wolf Publishing.
Copyright © der deutschen Ausgabe Feder & Schwert, Mannheim, 2000.
1. Auflage 2000
ISBN 3-931612-91-0
Originaltitel:
Clan Novel: Gangrel
Der Clansroman Gangrel ist ein Produkt von Feder & Schwert unter Lizenz von White Wolf 1999. Jegliche Copyrights mit Ausnahme dessen an der deutschen Übersetzung liegen beim White Wolf Game Studio.
Alle Rechte vorbehalten. Nachdruck, auch auszugsweise, außer zu Rezensionszwecken nur mit schriftlicher Genehmigung des Verlags.
Die in diesem Buch beschriebenen Charaktere und Ereignisse sind frei erfunden. Jede Ähnlichkeit zwischen den Charakteren und lebenden oder toten Personen ist rein zufällig.
Die Erwähnung von oder Bezugnahme auf Firmen oder Produkte auf den folgenden Seiten stellt keine Verletzung der jeweiligen eingetragenen Warenzeichen oder Copyrights dar.
Feder & Schwert im Internet: http://www.feder-und-schwert.com

Über den Autor

Gherbod Fleming wurde hinter dem Eisernen Vorhang als Sohn eines holländischen Auswanderers und einer russischen Stenographin geboren. Der Ehemann der Stenographin verbat sich die Situation und erschoß Flemings Vater prompt. In jüngster Zeit verfaßte Fleming die Blutfluch-Trilogie für **Vampire: Die Maskerade: Advocatus Diaboli, Zeit des Schnitters** und **Dunkle Prophezeiung.**

Gangrel

Teil Eins:
Stein
7

Teil Zwei:
Bein
77

Teil Drei:
Asche
147

Teil Eins:
Stein

Mittwoch, 7. Juli 1999, 0:34 Uhr
Eine Wohnung in Harlem
New York City, New York

Stille. Oder zumindest so still, wie Zhavon es wahrscheinlich jemals hören würde. Wahre Stille war etwas, was sie nicht erkannt hätte. Selbst mitten in der Nacht hörte man Autos in der Ferne. Und vielleicht Schüsse, aber die kümmerten sie nicht, wenn sie nicht direkt aus der Nähe kamen. Sie konnte sogar die Straßengeräusche von unten ignorieren: eine Betrunkene, eine Nutte, manchmal ein- und dasselbe – eine gesichtslose, hagere Frau, die einmal hübsch gewesen sein mag (schwer vorzustellen), aber die Drogen und das immerwährende Spiel von Ware und Käufer hatten sie verbraucht, bis sie nicht mehr als ein dürres Sammelsurium von fröhlichen Farben und scharfen Kanten war – Titten und Ellbogen, Lippenstift und Pumps.

Diese Geräusche waren Hintergrundmusik, der Unterton des Lebens. Zhavon hätte sie vermißt, wenn es sie nicht mehr gegeben hätte.

Das Trampeln und Schreien der Hernandez-Kinder eine Etage tiefer hörte sie schon fast nicht mehr. Jetzt waren sie im Bett, und die Beinahe-Ruhe des späten Abends hatte sich zögerlich über den Wohnblock gelegt.

Die besonderen Geräusche, die zu hören sich Zhavon so sehr anstrengte, waren nicht zu vernehmen. Nebenan war es ruhig. Mama war zu Bett gegangen. Eine halbe Stunde später war sie – wie jede Nacht – aufgestanden, um sich ein Glas Wasser zu holen, und hatte sich dann wieder hingelegt. Das war vor einer Stunde gewesen. Wenn das eine dieser schlaflosen Nächte hätte werden sollen, würde jetzt schon der Fernseher laufen. Nicht laut, weil Mama Zhavon nicht aufwecken wollte, aber da die Wände so dünn waren, daß man es hören konnte, wenn sich jemand auf der anderen Seite kratzte, war jeder Werbespot laut und deutlich zu verstehen. Aber heute abend nicht. Mama schlief. Sie mußte morgens früh aufstehen und mit der U-Bahn zur Arbeit fahren.

Leise zog sich Zhavon an. Mama war vielleicht gewillt, ihre Nächte zu verschlafen, aber ihr kleines Mädchen hatte andere Pläne.

Kleines Mädchen, von wegen, dachte Zhavon.

Sie war fünfzehn, eine erwachsene Frau. Sie hatte Freundinnen, die schon Babies hatten. Aber das war kein Leben für sie. Gar nicht. Absolut nicht. Sie hatte gesehen, was ihre Freundinnen durchzustehen hatten, wenn sie schreiende Kinder mit sich herumschleppten oder sie bei einer Tante oder Cousine abluden, nur um einmal alles vergessen zu können. Babies waren an sich nicht verkehrt, aber sie machten eine Menge Arbeit und kosteten einen Haufen Geld.

Zumindest hatte Mama einen Job. Sie würde sich nicht unterkriegen lassen und von Sozialhilfe dahinvegetieren, und Zhavon hatte es auch nicht vor. Sie würde die Schule beenden. Eines Tages würde sie einen Job und ein Baby haben, aber jetzt noch nicht.

Natürlich bedeutete das nicht, daß Jungs verboten waren.

Das geöffnete Fenster war eine Verlockung. Die verranzte Klimaanlage, die sie hatten, funktionierte nicht mehr. Sicher, sie klapperte und tropfte, aber das war auch schon alles. Sie tat nicht allzu viel fürs Klima. Mit dem nächsten Gehaltsscheck würde Mama einen Ventilator kaufen, aber so konnte Zhavon noch ganz leicht durch das Fenster schlüpfen, nachdem sie auf der Feuerleiter nachgeschaut hatte, um sich zu vergewissern, daß Mr. Hernandez nicht dort unten saß.

In manchen Nächten, besonders wenn es echt heiß war, saß er manchmal da und trank Bier. Wenn dem so war, konnte Zhavon den Zigarettenrauch riechen und das Klappern der Kronkorken hören, wenn sie durch die Eisensprossen hinunter auf die Straße fielen. Heute nacht war er nicht da, aber das blaue Licht des Fernsehers flackerte in seiner Wohnung.

Vorsichtig kletterte Zhavon zur Wohnung der Familie Hernandez hinunter und linste zwischen den mitgenommenen Vorhängen hindurch, die reglos in der stehenden Luft hingen. Mr. Hernandez schlief auf der Couch. Seine Frau saß neben ihm und starrte in den Fernseher. Mrs. Hernandez war hübsch, wie Mama, aber sie war eine verwelkte Schönheit. Vier Babies hatten die Puertoricanerin erschöpft, ihr das Leben ausgesaugt, aber trotz der tief in den Höhlen versunkenen Augen war ihr Gesicht immer noch schmal und anziehend – kleine Nase, hohe Wangenknochen. Sie hatte Glück, keine Narben von den Gelegenheiten zurückbehalten zu haben, wenn Mr. Hernandez zuviel getrunken hatte und sie schlug. Das kam zwar nicht oft vor, aber wenn es passierte, hörten Zhavon und Mama alles so deutlich, als würden sie direkt daneben stehen.

Ach was, der ganze Block hört es, dachte Zhavon.

Beim letzten Mal war es am schlimmsten gewesen. So laut, daß Zhavon gedacht hatte, seine Faust zu hören. Mama hatte genug gehabt. Zhavon hatte versucht, sie aufzuhalten, aber Mama war da runter gegangen und hatte gesagt, bevor er jemals wieder seine Frau schlagen würde, müßte er erst Mama schlagen. Bei all dem Gezeter hatte Zhavon Angst gehabt, er würde es wirklich tun, aber nach einer Weile war er fluchend aus dem Zimmer gestapft und hatte die Tür hinter sich zugeschlagen. Seitdem war es ziemlich ruhig.

Wie sie so auf der Feuerleiter vor dem Fenster kauerte, bemerkte Zhavon die beinahe leeren Bierflaschen zu ihren Füßen. Sie hob eine auf. Es war kein Kippenstummel drin, also nahm sie einen kleinen Schluck. Sie versuchte, nicht das Gesicht zu verziehen – *Schmeckt wie Pisse!* –, aber sie schaffte es nicht. Ihre Freunde zogen sie immer damit auf, wenn Alvina einen Sechserpack von ihrem Vater klaute.

Während sie sich noch fragte, wie jemandem das Zeug wirklich schmecken konnte, stellte Zhavon die Flasche zurück, aber das Glas stieß an das Metall der Feuerleiter. Der hohle Klang, der durch die Stille der Nacht hallte, klang für Zhavon so laut wie der Müllwagen, der um sechs Uhr morgens durch die Straße rumpelte. Ihr Herz pochte wie wild. Sie lehnte sich vom Fenster zurück und hielt den Atem an. Zhavon wartete, bis es ihr wie eine Ewigkeit vorkam, blieb so still, daß sie dachte, sie würde sich in die Hosen machen.

Nichts geschah. Das Geschnatter aus dem Fernseher ging ununterbrochen weiter. Immer noch flackerte drinnen sein blaues Licht. Es gab keinerlei Anzeichen dafür, daß jemand die Flasche gehört hatte, aber Zhavon war sich immer noch nicht sicher. Sie lehnte sich wieder zum Fenster hin und lugte in die Wohnung hinein.

Mr. Hernandez hatte sich keinen Millimeter bewegt. So wie sein Kopf auf der Rückenlehne der Couch lag, hätte man ihn fast für tot halten können. Mrs. Hernandez aber schien wacher zu sein als vorher. Sie hatte ihren Kopf zur Seite gedreht und lauschte angestrengt.

Sie hat es gehört! realisierte Zhavon. Sie wurde stocksteif – hatte Angst sich zu rühren, Angst, zu atmen.

Schließlich wandte Mrs. Hernandez, nachdem sie wahrscheinlich jetzt davon überzeugt war, daß was immer sie auch gehört hatte von keinem ihrer Kinder stammte, ihre Aufmerksamkeit dem leise summenden Fernseher zu. Mr. Hernandez bewegte sich ein wenig im Schlaf, und seine Frau strich liebevoll über eine Locke, die in seiner Stirn hing.

Zhavon atmete lange und leise auf. Nur um sicherzugehen, wartete sie noch ein paar Minuten – die ihr wie Stunden vorkamen –, und riskierte dann noch einen kurzen Blick durch das Fenster, um sich zu vergewissern, daß Mrs. Hernandez sie nicht bemerkt hatte. Die ältere Frau saß wieder genauso gedankenlos auf der Couch wie zuvor.

Vier Babies in einer Zwei-Zimmer-Wohnung, dachte Zhavon und schüttelte ungläubig den Kopf. Eine Wohnung derselben Größe war schon für sie und Mama klein, und das, obwohl Mama Zhavon das Schlafzimmer überlassen hatte und auf einer ausklappbaren Couch schlief. Zhavon schüttelte wieder den Kopf. Aber das war das Leben von Mrs. Hernandez, und Zhavon hatte ein eigenes zu leben. Die letzten beiden Absätze der Feuerleiter führten nur an der Wand entlang und endeten ungefähr vier Meter über dem Boden. Es hätte zuviel Lärm gemacht, die Leiter das letzte Stück hinunterzulassen, also ließ sich Zhavon kurz von der letzten Sprosse hängen und sprang. Später würde sie am Abflußrohr hinaufklettern, um wieder an die Leiter zu gelangen. Sie war ziemlich sportlich, und ihre Körperbeherrschung ließ nichts zu wünschen übrig, aber dieses Mal kam sie hart auf, und sie mußte sich abfangen, um nicht auf dem Hintern zu landen. Ein scharfer, stechender Schmerz schoß durch ihre rechte Hand.

„Au! Scheiße!" stieß sie halb flüsternd, halb geschrien hervor.

Sie schaute sich ihre Hand an, nur um festzustellen, daß ein Kronkorken in ihrer Handfläche steckte. Er mußte mit der gezackten Seite nach oben auf der Straße gelegen haben. Zhavon zog ihn sich aus der Hand, und aus dem Ring winziger, aber tiefer Löcher trat Blut hervor. Sie war mehr zornig als verletzt, als sie den Kronkorken gegen die Wand schleuderte und zum Fenster der Hernandez' hinaufstarrte.

Verfluchter Latinosäufer!

Da war niemand auf der Straße. Niemand, der sie hätte sehen oder ihren Schrei hören können, als sie sich an der Hand verletzte. Und dennoch blieb Zhavon in einer tiefen Hocke und sah sich vorsichtig um. Manchmal, selbst wenn sie allein in ihrem eigenen Zimmer war, hatte sie das Gefühl, von jemandem beobachtet zu werden. Gerade eben hatte sie für einen kurzen Augenblick genau dieses Gefühl gehabt. Aber jetzt wußte sie, daß da niemand war.

Zhavons Gedanken kamen auf den Grund für ihren nächtlichen Ausflug zurück:

Adrien.
Nur an ihn zu denken, jagte ihr einen Schauer über den Rücken. Er war groß und hübsch, und er trug seine Hosen nicht so weit, daß sie ihm vom Arsch abrutschten. Sicher, gestern hatte sie ihm eine geklebt, als er sie angetatscht hatte, aber nur, weil sie Respekt von diesem Mann erwartete. Nicht, weil sie ihn nicht wollte. Zhavon hatte nicht vor, ihn so schnell in ihre Hosen zu lassen, zumindest jetzt noch nicht. Sie kannte den schmierigen Club, in dem er abhing. Er war auch noch nicht alt genug, um reinzukommen, aber sein Bruder war Türsteher, und so lange keine Cops in der Nähe waren und niemand Ärger machte – wen kümmerte es?

Zhavon wandte sich nach rechts, weg von der Hauptstraße und tiefer in die kleine Gasse hinein. Sie hatte etwa zwanzig Blocks vor sich, und sie wollte nicht die Aufmerksamkeit derer auf sich ziehen, die um diese Uhrzeit noch in der Gegend herumfuhren – Polizisten und Zuhälter. Es gab mehr als genug kleine Straßen und Gassen inmitten der Blocks, und sie war leise und schnell genug, um an jedem vorbeizuhuschen, der ihr Probleme bereiten könnte. Sie würde schon weg sein – entweder an ihnen vorbei oder wieder ein Stückchen des Weges zurück –, bevor sie sie überhaupt bemerkt hätten.

Sie versuchte, über das nachzudenken, was sie zu Adrien sagen würde, wenn sie ihn sah. Sie wollte nicht, daß ihm alles zu Kopf stieg und er dachte, sie sei seinetwegen verzweifelt, denn das war sie nicht. Aber warum schlich sie durch die halbe Stadt, nur um ihn zu sehen? Er würde ihr auf keinen Fall glauben, sie sei nur unterwegs gewesen und hätte kurz mal reingeschaut, um ihren minderjährigen Arsch mit Bier zu versorgen. Sie mußte sich etwas einfallen lassen. Sie konnte ihn lachen sehen und wie seine Augen leuchteten. Zhavon hatte die Art gesehen, mit der er andere Mädchen anschaute. Sie wollte, daß er sie so ansah, aber sie wollte ihn nicht als Mann, der eben kurz mal auf ihr drauf, dann wieder von ihr runter und im nächsten Moment völlig aus ihrem Leben verschwunden war. Genau das war ihren Freundinnen passiert. Die Jungs führten sich auf wie eine läufige Hündin, aber wenn sie erst einmal gekriegt hatten, was sie wollten, waren sie fort, bis sie das nächste Mal ein gewisses Jucken in der Hose verspürten. Zhavon wollte nicht, daß es bei ihr so lief.

Sie hielt kurz an und preßte sich an die Mauer, als sich die Gasse zu einer größeren Straße hin öffnete. Ein altes, verbeultes Auto zog vorbei.

Zhavon konnte die Silhouette zweier Personen und die Glut einer Zigarette erkennen, die am Mund der einen hing. Sie schienen sie überhaupt nicht zu bemerken, als sie an ihr vorüberfuhren. Sie blickte sich noch einmal um, rannte dann über die Straße und einen halben Block entlang, bis zur nächsten Gasse. Sieben oder acht Blocks hatte sie geschafft. Fast die Hälfte.

Vor ein paar Wochen hatte Zhavon Adrien einmal gegenüber Mama erwähnt, und Mama hatte sich über den „autoknackenden, grasrauchenden Möchtegern-Gangster" ausgelassen. Mama hatte gesagt, sie kenne seine Mama und daß er genausogut in einer Crackküche aufwachsen könnte. Sie hatte gesagt, nicht einmal der Liebe Gott könne dafür sorgen, daß dieser eine Apfel weit vom Stamm fällt.

„Aber du kennst ihn doch gar nicht!" hatte Zhavon widersprochen. „Du sagst doch immer, wir sollen unseren Mitmenschen gegenüber verständig sein!"

„Ich kenne ihn", hatte Mama gezischt. „Ich kenne seine *Art*. Warum glaubst du denn, ist dein Daddy nicht mehr hier? Ich werde verständig zu Adrien sein, in Ordnung. Ich werde zu ihm verständig sein, wenn er es in die Kirche schafft, anstatt Drogen zu verkaufen und Mädchen nachzustellen."

Aber Mama hatte unrecht. Bei dem Gedanken daran, daß sie sich so angeschrien hatten, seufzte sie ein wenig. Sie hatten selten Streit. Früher wenigstens. Seit kurzem schien es jeden Tag mehr zu geben, über das man sich streiten konnte. Aber das lag nur daran, daß Mama ebenso stur war, wie sie in bezug auf Adrien falsch lag.

„Wenn du so schlau bist, wie kommt es dann, daß du dich zu Tode schuftest und daß wir arm sind und daß wir in diesem Dreckloch leben?" Das hatte Zhavon gesagt, und in der Sekunde, in der die Worte über ihre Lippen gekommen waren, wünschte sie sich schon, sie hätte es nicht getan.

Mama war explodiert. „Du armseliges Ding schaust zu, daß du sofort ins Bett kommst! Kein Wort mehr! Kein einziges Wort mehr, oder Gott steh mir bei... !" Aber in dieser Nacht hatte Zhavon Mama weinen hören, obwohl der Fernseher lief.

Aber sie hat unrecht! Zhavon hielt daran immer noch fest. Mama konnte nicht immer wissen, was das Richtige für Zhavon war. Sie wußte, was sie tat. Das dachte sie in genau jenem Augenblick, als sie um eine Ecke herumlief und wie aus dem Nichts mit einem heruntergekommenen Mann zusammenstieß.

Zhavon heulte überrascht auf. Der Mann war überhaupt nicht überrascht, mußte sie feststellen, als er sie packte. Seine schmutzige Hand preßte sich so flach und hart auf ihren Mund, daß sie ihn nicht beißen konnte. Er hob sie fast vom Boden hoch – nur ihre Schuhspitzen streiften noch über den Asphalt – und zerrte sie tiefer in die dunkle Gasse hinein. Mit der Hand, die nicht auf ihren Mund gedrückt war, griff er nach ihrem Rumpf und drückte und quetschte ihre Brüste. Sie versuchte noch einmal, ihn zu beißen. Da sie zu eng an ihn gepreßt war, um seine Eier packen zu können, reckte sie die freie Hand nach oben, um ihm übers Gesicht zu kratzen.

Dann hörte sie ein anderes Geräusch – das Klicken, mit dem sich ein Springmesser öffnet. Aber der Mann, der sie umklammert hielt, trug kein Messer. Sie nahm eine Bewegung rechts von ihr in den Schatten war. Da war noch jemand.

Für einen Sekundenbruchteil dachte Zhavon, daß ihr vielleicht jemand helfen würde, indem er diesem Bastard mit den dreckigen Händen, der sie festhielt, das Messer in den Bauch rammte, aber dann sah sie das schiefe Grinsen auf dem Gesicht des schielenden Mannes, der aus den Schatten hervortrat. „Gut, gut, gut. Was hast du denn da aufgerissen, Reggie?" Licht blitzte auf der Messerklinge.

Reggie antwortete nicht, sondern stöhnte und griff noch fester zu, als Zhavon aufhörte, sich zu winden. Sie konnte spüren, wie sich sein Ständer gegen ihren Arsch drückte.

„Das ist schon besser", sagte das Schiel-Auge. „Wir wollen doch keinen Ärger, oder?"

Er hob das Messer an ihr Gesicht und zog mit der Spitze der Klinge sanft eine Linie von ihrem Kinn hinunter an ihre Kehle. Zhavons Herz pochte, bis sie dachte, es würde ihr aus den Ohren fliegen. Der Gestank und der Geschmack von Reggies dreckiger Hand raubten ihr fast die Sinne. Als Reggie unter ihr Hemd faßte und Schiel-Auge an seinem Gürtel fummelte, breitete sich Übelkeit in ihrem Bauch aus. Vielleicht würde das dafür sorgen, daß er ihren Mund freimachte – wenn sie kotzen würde. Oder vielleicht würde es auch nichts bringen, und sie würde an ihrem eigenen Erbrochenen ersticken.

Das Messer ritzte ihr die Haut am Schlüsselbein auf. Schiel-Auge wurde erregt, unvorsichtig. Seine Hand hatte sich suchend in ihre Hose geschoben, aber sie preßte die Knie aneinander. Frustriert ob ihrer Gegenwehr schlug er ihr aufs Auge. Lichter tanzten in der Dunkelheit, und die Kraft wich aus Zhavons Beinen. Als Schiel-Auge an ihren Hosen zerrte, grub sich das Messer tiefer in ihre Schulter.

Die Lichter verschwanden, und Zhavon zuckte zur Seite. Die plötzliche Bewegung kam völlig unerwartet, aber doch nicht so sehr, daß sie aus Reggies Griff hätte schlüpfen können. Schiel-Auge fluchte und schlug sie noch mal ins Gesicht. Die Dunkelheit kam näher. Sie bekam kaum mit, daß ihre Hosen bis zu den Knien heruntergezogen waren. Reggie hatte ihren BH zerrissen und quetschte ihren Nippel zwischen seinen Fingern. Sein schaler Atem und triefender Speichel waren warm an ihrem Hals.

Bringt mich nicht um, betete sie, als die Lichter für sie tanzten. *Bringt mich nicht um.* Aber warum sollten sie sie vergewaltigen, um sie dann am Leben zu lassen, damit sie die Cops rufen konnte?

„Mama..." Zhavon hörte ihre eigene Stimme. Reggie hatte ihren Mund freigegeben und faßte ihr in den Schritt, während Schiel-Auge an seinem Reißverschluß herumfuhrwerkte.

Plötzlich war Schiel-Auge in einer knurrenden, blitzschnellen Bewegung verschwunden. Das Messer fiel zu Boden. Schiel-Auge schrie vor Schmerz und Furcht.

„Was zum...?" Reggie lockerte seinen Griff gerade so weit, daß es Zhavon gelang, sich aus seinen Armen zu winden. Auf die Knie fallend drehte sie sich um und schlug ihm mit der Faust in den Schritt, so fest, wie sie nur konnte.

Reggie klappte zusammen und blieb keuchend auf dem Boden liegen. Zhavon fiel von ihm weg. Ihre Sicht begann auszusetzen, als die flackernden Lichter sie wieder einmal zu ersticken drohten.

Lieber Gott... Lieber Gott... Lieber Gott...

Der Asphalt unter ihrer nackten Hüfte war rauh. Sie rollte sich zu einem Ball zusammen und preßte ihr zerrissenes Hemd an ihre Brust. Einen Meter von ihr entfernt wehrte sich Schiel-Auge nicht länger. Die Nacht war voll wildem Knurren und dem Geräusch zerreißender – Kleidung? Haut? Ein tollwütiger Hund. Zhavon dachte, sie hätte Reißzähne aufblitzen sehen. Er sprang Reggie an. Er begann zu schreien, aber der Laut erstarb und ging im Knurren und Reißen unter.

Zhavon wußte, sie hätte aufstehen und weglaufen sollen. Der Hund würde jeden Augenblick über sie herfallen. Aber sie konnte sich nicht rühren. Ihr Wille hatte sich irgendwo ganz tief in ihr Innerstes verzogen. Sie konnte nichts tun, außer mit den Armen ihre Knie zu umklammern, sich hin und her zu wiegen und nach Mama zu rufen. Die Gasse drehte sich um sie. Sie hatte den Geschmack von Reggies Hand im Mund, auf ihrer Zunge. Sie zuckte zusammen, als sein Blut ihr über eine Entfernung von ein paar Metern hinweg ins Gesicht spritzte. Nur Stöhnen blieb... Sekunden wurden zu Minuten. Sie fühlte Hände, die sie berührten. Schiel-Auge zerrte an ihren Hosen. Reggie faßte sie um den Bauch und hob sie vom Boden hoch. Aber waren sie nicht weg?

Bringt mich nicht um... Lieber Gott... „Bringt mich nicht um."

Tanzende Lichter. Dunkelheit. Schwindel.

Flatternd öffneten sich Zhavons Augen. Rostiges Eisen. Leiter. Feuerleiter. Und sie sah ein Gesicht, ein Mädchen, das nicht viel älter als sie war – *Ist das Blut in ihrem Gesicht?* – kniete in der Dunkelheit über ihr. Das Mädchen hielt Zhavons Hand... küßte sie – nein, *leckte* über ihre Handfläche.

Wieder Dunkelheit.

Zhavon tat alles weh.

Aber dann schlug Zhavon die Augen auf, und es war Morgen. Das erste rosafarbene Licht des Sonnenaufgangs war zu sehen, und schon war die Stadt heiß, klebrig.

Zhavon tat alles weh – der Kopf, die Schulter, die Brust, die Beine. Aber sie war daheim, lag vor ihrem Fenster. Sie war am Leben.

Als sie ihre rechte Hand von der Brust hob, erinnerte sie sich an die erste und weitaus leichteste Wunde der vergangenen Nacht, aber der Ring kleiner Löcher von dem Kronkorken war verschwunden.

Mittwoch, 7. Juli 1999, 21:39 Uhr
Die Bronx
New York City, New York

Wasser. Tropfen. Ramona öffnete die Augen, aber die Dunkelheit in ihr spiegelte nur die äußere Dunkelheit wider. Wo war oben und wo unten? Ein Schmerz im Nacken verriet ihr, daß sie sich zu lange zu einem Ball zusammengerollt hatte, aber sie rührte sich nicht. Sie lauschte dem Tropfen des Wassers. Ein fernes Plätschern. Schließlich würde ihm ein weiteres folgen. Die Zeit dazwischen schien sich endlos auszudehnen. Wie lange lag Ramona schon so da? Sie spitzte die Ohren. Sie würde das Geräusch des nächsten Tropfens aus den leeren Stunden hervorholen. Ramona war das perfekte Raubtier. Geduld würde die Zeit ihrem Willen unterwerfen. Sie stellte sich vor, wie die Strahlen der Sonne irgendwo jenseits der Kilometer aus Eis und Fels über ihr durch dicke Wolken drangen, um auf der gleißenden Oberfläche eines Gletschers zu spielen. Trotz des beißenden Windes bildete sich ein Wassertröpfchen und bahnte sich, gefangen von der Schwerkraft, seinen Weg durch Risse und Spalten. Hinab. Stunden? Tage? Es hing an der Unterseite eines Felsens über der Leere, wurde langgezogen, zog sich wieder zusammen, begann zu fallen, sprang zurück an den Felsen. Schließlich riß es sich los. Fiel...

Da. Das entfernte Plätschern tropfenden Wassers.

Ramona drückte einen Knopf an ihrer Uhr, und ein fahles, grünliches Licht erhellte ihre kleine Zuflucht. Tropfendes Wasser. Oder Frostschutzmittel. Sie las die Ziffern ab. Genau achtundzwanzig Sekunden.

„Mist". Perfektes Raubtier, klar.

Sie zog die Knie ans Kinn – nur ein paar Zentimeter –, und ein harter Tritt beider Füße ließ den rostigen Kofferraumdeckel aufspringen. Ramonas Schrottkarre befand sich in der unteren Hälfte des Stapels, weswegen sie nicht allzu tief springen mußte, um den Boden zu erreichen.

Sie war fast völlig von Türmen aus verbeultem und verbogenem Metall umringt. Enge Pfade wanden sich wie Schluchten in verschiedene Richtungen. Als sich Ramona räkelte und gähnte, platzte getrocknetes Blut von ihrem Mund und fiel zu Boden.

Fast gleichzeitig mit dem Auftreffen ihrer Füße auf dem Boden erklang Gebell von der anderen Seite des Schrottplatzes her. Das Geräusch kam durch den Irrgarten aus Autowracks schnell näher, bis die beiden Rottweiler mit gebleckten Zähnen und Schaum vor dem Mund um die nächste Ecke auftauchten.

„'n Abend, Jungs."

Sofort verstummten sie und legten sich zitternd hin, wobei sie sich den Schaum von den Lefzen leckten. Ramona kraulte Rex hinter dem Ohr. Rover, von dem sie zuvor schon bemerkt hatte, daß er unter einem schlimmen Befall von Ohrmilben litt, grollte zustimmend, als sie sich niederkniete, um ihm das rosige Ohr auszulecken. Rex und Rover. Ramona hatte sie nach einer Prostituierten benannt, die sie einmal gekannt hatte und deren „Zwillingshunde mit den rosa Schnauzen" gern Kunden begrüßt hatten.

Ramona war versucht, sich an die beiden Jungs zu kuscheln und einen ruhigen Abend zu verbringen. Ihr Bauch war voll, weshalb sie erst in einigen Nächten wieder trinken mußte. Nach letzter Nacht zerrte aber ein Gefühl der Ruhelosigkeit an ihr. Sie hätte sich wahrscheinlich mit Jen und Darnell treffen sollen, aber den Gedanken daran fand sie nicht allzu aufregend. Immer noch unsicher, was sie unternehmen wollte, tätschelte sie noch einmal die Jungs und wanderte dann zwischen den Autohügeln hindurch.

Sie dachte nicht über den Weg nach, den sie nahm, und mit einem leichten Sprung über den Stacheldraht auf dem Zaun drang sie in die größere Wildnis vor, die jenseits davon lag. Ramona wußte wenig über New York und wollte auch nichts über die Stadt lernen. Wie anders sie jetzt diese Stadt betrachtete, als sie es noch vor nur zwei Jahren getan hätte. Dieser Bezirk oder jener, die Namen von Straßen und Stadtteilen – alles bedeutungslose Unterscheidungen aus der Welt des Tageslichts. Die einzige grundlegende Lektion, die sie schon lange, bevor sie zum ersten Mal New York betrat, gelernt hatte, war: *Vorsicht*. Es gab sehr viele Spielarten von ihr.

Vorsicht vor der Sonne, denn sie verbrennt Fleisch.

Vorsicht vor Mangel an Blut, denn der Hunger wird die Kontrolle übernehmen.

Vorsicht vor zuviel Blut, vor seinem Anblick und seinem Duft, denn auch dann wird der Hunger die Kontrolle übernehmen.

Vorsicht vor ihresgleichen, denn sie sind überall.

Selbst auf ihrer Wanderung gab Ramona Acht. Wenn sie eines wußte, dann, daß man immer auf der Hut sein mußte. Als sie durch die namenlosen Straßen ging, kümmerte sie sich nicht um die Sterblichen, die ihrem Leben nachgingen. Aber welche von ihnen waren das, was sie schienen, nämlich wirklich sterblich, und welche von ihnen waren wie sie? Da sie keine Möglichkeit hatte, den Unterschied festzustellen, versuchte sie, sich von allen fernzuhalten. Sie erinnerte sich an die Bande in Los Angeles, von der sie angenommen hatte, sie bestünde aus Sterblichen, und wie ihre Mitglieder gelacht hatten, wo sie doch eigentlich vor ihr hätten weglaufen sollen. Sie erinnerte sich an jenes *Ding* im Mesquite-Gehölz in Texas und wie sie gerade noch hatte entkommen können.

Ramona überquerte die Straße, um das helle Licht und die Betriebsamkeit eines kleinen Supermarktes zu umgehen. Aus sicherer Entfernung starrte sie den Kassierer in seiner schußsicheren Zelle und den Schwarzen am Münztelefon an. Waren sie das, was sie zu sein schienen, oder waren sie mehr? Ramona widerstand ihrer Neugier und ging weiter.

Eine kleine Veränderung in der leichten nächtlichen Brise machte sie jedoch stutzig. Ein schwacher, vage vertrauter Geruch erregte ihre Aufmerksamkeit. Ihre Nase konnte ihn nur einen Moment lang halten, ehe er wieder verflogen war.

Ich kenne diesen Geruch, sagte sie sich, aber woher, und wovon stammte er?

Sie hielt inne und nahm Witterung auf, aber die Brise, die diese Sommernacht kurz erträglicher gemacht hatte, wehte nicht mehr.

Ramona kannte diesen Geruch. *Was war es?* Sie versuchte, sich zu erinnern.

Plötzlich wandte Ramona sich nach rechts, gegen den Wind, und rannte in diese Richtung los. Wenn der Wind ihr nicht helfen wollte, dann würde sie die Quelle dieser Witterung eben selbst finden müssen.

Sie ließ einen Block hinter sich, dann noch einen. Sie behielt die Straße im Blick und schnüffelte nach der Witterung, der sie nachspürte. Die Sterblichen, die an ihr vorbeifuhren, sahen sie wahrscheinlich nicht. Sie bewegte sich mit einer Geschwindigkeit, die sie selbst erst seit kurzem nicht mehr überraschte.

Nach sechs weiteren Blocks hielt sie inne und nahm erneut Witterung auf. Der Geruch war verflogen oder vom Gestank der Stadt überdeckt. Ramona war sich sicher, daß sie ihn hätte finden können, wenn er noch da gewesen wäre.

Sie blieb einige Minuten lang schnüffelnd stehen. Nichts.

Ihr kam der Gedanke, sie reagiere vielleicht nur übertrieben auf ihre Umgebung. New York bot jede Nacht Hunderte von neuen Gerüchen, und die Schärfe ihres Geruchssinns erwischte Ramona gelegentlich noch auf dem falschen Fuß, selbst nach zwei Jahren.

Nachdem sie sich den rätselhaften, womöglich eingebildeten Geruch aus dem Kopf geschlagen hatte, erkannte Ramona, daß sie in einem Viertel gelandet war, das sie kannte. Der Weg, den sie eingeschlagen hatte, war nicht kopfgesteuert gewesen, so daß sie ihr Zielort kaum überraschte. Letzte Nacht. Heute nacht. Vor vielen Nächten. Seit ihrer Ankunft in der Stadt war sie oft durch genau diese Straßen gelaufen.

Schon aus zwei Blocks Entfernung roch Ramona das Blut. Es brachte ihren Hunger nicht zum Vorschein, da sie satt und das Blut nicht frisch war. Aber mit jedem Schritt roch Ramona es deutlicher. Niemand hatte sich die Mühe gemacht, die Straße abzuspritzen. Ramona hörte das Summen von Fliegen, noch bevor sie um die Ecke bog und sich unter den Absperrungsbändern der Polizei hindurchduckte. Diesen beiden würde niemand nachtrauern. Blutige Fußspuren verrieten die Sorglosigkeit und Gleichgültigkeit der Polizei.

Sie hatte nicht vorgehabt, das Mädchen zu retten. Eigentlich war Ramona ihr von weitem gefolgt und hatte sich plötzlich ungewollt im Jagdfieber befunden. Sie hatte ihr nachgestellt und auf den perfekten Moment zum Zuschlagen gewartet. Es spielte keine Rolle, daß sie nicht hungrig gewesen war, daß sie sich nicht nähren mußte. Ihr Jagdinstinkt war stark geworden – fast zu stark, als daß sie ihm nicht hätte nachgeben können.

Letzte Nacht war Ramona näher daran gewesen, die Kontrolle zu verlieren, als je zuvor, aber es war nicht das erste Mal gewesen, daß sie Zhavon nach Einbruch der Dunkelheit beobachtet oder von draußen gelauscht hatte, wie das Mädchen mit ihrer Mutter herumalberte oder sich stritt.

Meist streitet sie sich, mußte Ramona zugeben.

Tatsächlich war Zhavon, als sie Ramona zum ersten Mal auffiel, kurz nach Sonnenuntergang vor ein paar Wochen, in einen kleinen Streit verwickelt gewesen. Sie hatte mit ein paar Freunden an einer Ecke in der Nähe ihres Zuhauses gestanden und mit einem Jungen in ihrem Alter gesprochen. Ramona hatte die Szene von einem Dach auf der anderen Straßenseite aus beobachtet. Der Junge hatte herumgekaspert, den Arm um Zhavon gelegt, dann hatte er seine Hand ein wenig tiefer rutschen lassen und ein bißchen gefummelt. Das Klatschen, mit dem ihre Hand in seinem Gesicht gelandet war, hatte wie ein Schuß durch die Stille der Nacht gehallt. Ramona hatte gelacht und gesehen, wie der beschämte Junge von dannen schlich. Sie konnte immer noch das Feuer in Zhavons Augen sehen, den puren Trotz.

Vor dieser Nacht war Zhavon wie jeder andere der Millionen von Menschen in dieser Stadt gewesen, aber von da an hatte Ramona gut auf sie acht gegeben, war Nacht für Nacht zurückgekommen. Wie oft eigentlich – zehnmal, zwanzigmal? Sie wollte den Mut in Zhavons Augen sehen, in ihrer Stimme mitschwingen hören. Selbst wenn sie schlief, schien das stete Auf und Ab ihres Brustkorbs eine Herausforderung für jeden zu sein, der sich ihr entgegenstellen wollte. Sie stand allein gegen alles, was es dort draußen in der Welt gab.

Der Unterschied letzte Nacht hatte darin gelegen, daß Zhavon einen Vorgeschmack davon erhalten hatte, was es tatsächlich dort draußen in der Welt gab.

Ramona hatte ein bißchen mehr Ahnung davon, was es da draußen gab als Zhavon – schließlich war sie selbst ein Teil davon –, aber auch sie hatte Fragen, Fragen über den Jagdinstinkt, über die Blutlust, die sie nahezu vollständig überwältigt hatte, als sie Zhavon durch die dunklen Gassen gefolgt war. Während sie mit diesen raubtierhaften Trieben gekämpft hatte, dem Jagdtrieb, dem Trieb, sich zu nähren, hatten die anderen Raubtiere zugeschlagen.

Zhavon war in die Falle hineingetappt, die sie für sie gelegt hatten, und als Ramona sah, wie ihr ihre Beute von anderen streitig gemacht wurde, war eine Welle des Zorns – kein Hunger, aber sie stammten aus derselben Quelle – über sie hereingebrochen, und ehe sie sich versah, hatte sie sie angesprungen. Ihre Reißzähne waren in den Hals des Typen mit dem Messer gefahren – sie hatte nicht einfach nur nach Blut gesucht, sie hatte Fleisch zerfetzen wollen, eine klaffende Wunde hinterlassen. Und dann war der zweite Kerl dran gewesen.

Ihr Blut hatte sie besänftigt, ihren Zorn gelindert, die Raserei, die schon fast so stark wie der Hunger gewesen war. Die ganze Zeit hatte sich Zhavon weinend auf dem Boden zusammengekauert. Ramona hatte das hysterische Mädchen hochgehoben und gesehen, wie ihr einst trotziges Gesicht von Furcht und Verzweiflung verzerrt worden war. Ihre Unverwundbarkeit war zerschlagen und es war ein Opfer aus ihr gemacht worden. Ramona hatte es gesehen und begriffen.

Ramona nahm einen tiefen Zug von dem Blutaroma auf dem Asphalt. Sie dachte für einen Moment, sie könnte die beiden Männer vor sich liegen sehen, mit leer in den Nachthimmel starrenden Augen, aber es war nur die falsche Erinnerung des Blutes in ihr, wie Phantomschmerzen in einem amputierten Körperteil.

Zum zweiten Mal an diesem Abend wandte sich Ramona ab und lief los, nahezu bevor sie erkannte, was sie da tat. Ihre Beine trugen sie mit langen Schritten voran, schneller, als man es bei ihr für möglich gehalten hätte.

Sie ging denselben Weg wie letzte Nacht, diesmal ungehindert. Nach wenigen Minuten sprang sie mühelos an die ihr vertraute Feuerleiter und kletterte empor.

Ramona ging am offenen Fenster in die Hocke. Ihr Blick huschte durch die dahinterliegende Dunkelheit und fiel schließlich auf Zhavon, die im Bett schlief. Der gedämpfte Klang eines Fernsehers in einem anderen Zimmer hing in der Luft. Das Mädchen ruhte. Die ohnehin dunkle Haut ihres Gesichts war um Mund und Augen herum blau und angeschwollen. Ein nasses Handtuch lag auf dem Boden neben dem Bett. Trotz der Hitze und der Schwüle hatte sich Zhavon die Decke bis unters Kinn gezogen, als könne die dünne Baumwolle sie vor Schaden bewahren.

Wenn du sicher sein willst, dann bleib nachts im Haus, dachte Ramona, aber wenn es jemanden gab, der wußte, daß es keinen wirklichen Schutz gab, dann war sie es.

Donnerstag, 8. Juli 1999, 2:15 Uhr
Eine Wohnung in Harlem
New York City, New York

Zhavons Augen öffneten sich, waren vom Schlaf aber noch glasig. Sie hatte wieder von dem Mädchen geträumt – etwa in Zhavons Alter, vielleicht ein wenig älter, dünn, aber muskulös, mit glatter Haut, die um einige Nuancen heller war als Zhavons, und kurzem, lockigem, strubbeligem Haar. Und erinnerte sich Zhavon denn richtig, daß das Mädchen manchmal Blut im Gesicht hatte? Jedenfalls nicht heute nacht.

Mama war wach. Zhavon hörte den Fernseher. Schläfrig dachte sie daran, daß Mama sie wohl bewußtlos geprügelt hätte, weil sie sich aus der Wohnung geschlichen hatte, wenn sie nicht so böse zerkratzt und zerschunden gewesen wäre. So hatten sie einen Großteil des Tages erst im Krankenhaus und dann bei der Polizei verbracht. Sie wollte sich umdrehen, war aber zu wund dafür. Gesicht, Hals, Schultern, Arme, Brust, Becken, Schenkel – überall prangten blaue Flecken.

Zhavon zog die Decke fester um sich und linste durch ihre Veilchen. Nichts schien sich verändert zu haben, seit sie eingeschlafen war, außer daß das Eis im Handtuch weggeschmolzen war. Sie versuchte, das beunruhigende Gefühl abzuschütteln, von jemandem beobachtet zu werden. Außer ihr war niemand in ihrem Zimmer. Da war auch niemand auf der Feuerleiter vorm Fenster. Zhavon legte den Kopf wieder auf das Kissen und lauschte dem tröstlichen Klang des Fernsehers hinter der Wand, bis sie wieder einschlief und von dem Mädchen träumte.

Donnerstag, 15. Juli 1999, 1:21 Uhr
Gildehaus der Fünf Städte
New York City, New York

Zu spüren, wie die Feder seines Füllers über das Papier kratzte, lockerte Johnston Foleys Anspannung zu einem gewissen Grad. Die Feder zeigte eine zufriedenstellende Haftung, selbst auf dem modernen Papier. Obwohl diese Erfahrung nicht mit dem Gebrauch seiner bevorzugten Füller und Federn für Rituale auf echtem Pergament konkurrieren konnte – das war nun wirklich kein Vergleich –, bot sie doch die tröstliche Vertrautheit der Disziplin. Tatsächlich war die Liste, die Johnston Foley augenblicklich erweiterte, eine reine Übung in Disziplin, denn er brauchte keine Liste. Sein Erinnerungsvermögen war unfehlbar. Für ihn waren Listen ursprünglich ein Mittel gewesen, inmitten einer Welt, in der die Entropie nur allzu begierig darauf wartete, beim kleinsten Anzeichen mangelnder Wachsamkeit über einen hereinzubrechen und die innere Leere zu füllen, eine gewisse Ordnung zu etablieren. Selbst nachdem seine Fähigkeiten sich über einen Punkt hinausentwickelt hatten, an denen die Listen per se für seine ausgeklügelten, peniblen Studien eine Notwendigkeit gewesen wären, hatte er weiter Listen geführt und seine Anstrengungen, eine Ordnung zu bilden, sogar noch verdoppelt – diese perfekte Ordnung, die ein Spiegelbild wahrhaft disziplinierten Geistes war. Und seine standhafte Ausdauer war von seinen Vorgesetzten nicht übersehen worden.

Johnston hielt inne, nachdem er die Liste um einen weiteren Punkt erweitert hatte – hob die Feder vom Papier, so daß sich keine Tinte ansammeln konnte, um einen unerwünschten Klecks zu bilden – und gratulierte sich zu seiner Zielstrebigkeit. Er gab zu, daß dies eine kleine Eitelkeit war, aber ihr nachzugeben war eine läßliche Sünde, und mit dieser Kenntnis um das eigene Wesen entschuldigte er diese Eigenart und wies ihr eine harmlose Nische in seiner geordneten Psyche zu.

Johnston war auf seine Detailversessenheit und sein Organisationstalent sehr stolz, wenn auch nicht in übertriebenem Maße (zu Lebzeiten war er ein guter Presbyterianer gewesen). Sein Schreibtisch war abgesehen von Tintenfaß und Papier, die er benutzte, leer, und sein gesamtes, kompaktes Arbeitszimmer war, obschon bis obenhin mit Bücherregalen, Reagenzgläsern, alchimistischen Paraphernalia und ähnlichem vollgestopft, dennoch unübersehbar ordentlich. Jedes Buch, jede Phiole, jede arkane Schriftrolle hatte ihren Platz, von dem sie nur entfernt wurde, wenn Johnston Foley sie benutzen wollte, wonach sie sofort wieder zurückgelegt wurde.

Ein Klopfen ertönte an Johnstons Tür. „Herein", sagte er, wobei er sein Mißfallen gerne in der Stimme hörbar werden ließ. Das Klopfen hätte immerhin schon zehn Minuten früher erfolgen sollen.

Jacqueline, Lehrling des Dritten Grades vom Clan Tremere, betrat lautlos den Raum. Sie war eine Frau mittleren Alters, eine frühere Akademikerin, deren Gesichtszüge verrieten, welche Qual es für sie, die sie es in ihrem Leben als Sterbliche gewohnt gewesen war, mit ihren Studenten im Befehlston zu sprechen, war, nun von praktisch jedem anderen Mitglied des Vampirclans, der sie auserwählt hatte, Befehle entgegennehmen zu müssen. Dieser abrupte Wechsel sagte ihr offensichtlich keinen Deut zu. Johnston kümmerte es jedoch kaum, ob Jacqueline zufrieden war oder nicht.

„Du bist zu spät", sagte er kurz angebunden.

„Ich half Aaron bei einer Aufgabe", antwortete Jacqueline mit gesenktem Blick.

„Habe ich eine Erklärung von dir verlangt?"

„Nein."

Johnston Foleys Augen verengten sich zu Schlitzen. „Und dennoch sprichst du einen deiner Oberen an?"

Jacqueline erstarrte sofort, als sie ihren Etikettebruch erkannte. „Nein, Regent Secundus."

Johnston schwieg, legte seinen Füllfederhalter über das Tintenfaß, ließ ihr Zeit, über ihren Fehler nachzudenken. Sie schien angemessen zerknirscht zu sein, obwohl einer Initiatin des Dritten Grades ein solcher Fauxpas nicht mehr hätte passieren sollen. Es war eine schwierige Situation, wenn die Fähigkeiten eines Lehrlings sein Verständnis für den eigenen Rang überstiegen – denn Jacqueline hatte zweifelsohne grenzenloses Potential bewiesen –, aber die Tremere konnten sich Kratzer in ihrer Rüstung aus Disziplin kaum erlauben, die es ihnen ermöglicht hatte, trotz größter Anstrengungen zahlloser Feinde so lange zu bestehen. Johnston Foley machte sich eine geistige Notiz, sie zu einem späteren Zeitpunkt abzuwatschen und Regenta Quinta Sturbridge anzuraten, Jacquelines

Existenz zu beenden, falls das Problem sich als von Dauer erweisen sollte.

„Ich werde keine Vertraulichkeiten von einer Untergebenen dulden", sagte er schließlich und machte anschließend eine bedeutungsschwangere Kunstpause.

„Ja, Regent Secundus."

Als Johnston zufrieden feststellte, daß sie nun wohl ein adäquates Maß an Seelenpein durchlitten hatte, reichte er ihr das Stück Papier von seinem Schreibtisch.

„Hier ist eine Liste mit Materialien, die ich für ein Ritual in der nächsten Woche benötige", sagte er. „Sorge dafür, daß sie bis Sonnenaufgang des 22. in meinem Labor bereitgestellt werden."

Jacqueline studierte die Liste eingehend. Nach einem Augenblick streckte Johnston die Hand aus, und nachdem sie erkannt hatte, welche Bedeutung seine Geste hatte, gab sie ihm zögerlich das Papier zurück.

„Das wäre dann alles." Johnston beobachtete Jacqueline beim Verlassen des Zimmers. Er war ob des kurzen Aufflackerns von Beunruhigung in ihrem Blick zufrieden, als sie ihm die Liste zurückgegeben hatte. Er hatte ihr mehr als genug Zeit gelassen, sich die einzelnen Gegenstände einzuprägen. Wenn sie es nicht getan hatte, so war dies ihr Problem, für das man allein sie verantwortlich machen würde. Natürlich hatte Johnston Foley nicht vor, ihre potentielle Inkompetenz sein bevorstehendes Ritual gefährden zu lassen – der Sonnenaufgang des 22. ließ ihm ausreichend Zeit, ihre Arbeit zu inspizieren und gegebenenfalls Veränderungen vorzunehmen. Johnston war sich voll bewußt, daß es letzten Endes er war, der für das Versagen seiner Untergebenen verantwortlich gemacht werden würde.

Er erhob sich mit der Liste in der Hand und ging in sein Labor, einen angrenzenden Raum, der ebenfalls mit Tischen, Regalen, mehreren Waagen für unterschiedlichste Substanzen, noch mehr Büchern und einer Heerschar weiterer Utensilien vollgestopft war. Die Enge seiner Räumlichkeiten – einschließlich seines Sanktums, das wenig mehr als ein Wandschrank war – irritierte Johnston ein wenig. Er wußte, daß seine Unterbringung keine Beleidigung für ihn darstellen sollte, aber der Sachverhalt war doch höchst ärgerlich. So war das Unleben im Gildehaus der Fünf Städte nun einmal. New York wurde von Camarilla und Sabbat so heiß umkämpft, daß die Energie eines jeden Tremere vor Ort allein auf

Verteidigung ausgerichtet war. Nur wenig Zeit wurde auf den Ausbau des Gildehauses oder materiellen Luxus verschwendet. So war es jetzt schon seit vielen Jahren.

Johnston Foley vermutete, er solle nicht länger Gedanken über seine Räumlichkeiten nachhängen. Schließlich war seine Berufung ins Gildehaus der Fünf Städte kein Zufall gewesen. Es war der Aufruhr, der seine Anwesenheit in New York erforderlich gemacht hatte. Es spielte keine Rolle, daß er Leiter jedes anderen Gildehaus gewesen wäre, an das er versetzt werden könnte. Das Gildehaus der Fünf Städte war eines der wenigen, das zwei Regenten besaß: ihn als stellvertretenden Regenten und seine Vorgesetzte Aisling Sturbridge. Das entsprach nicht der normalen Vorgehensweise des Clans, aber die unmittelbare Nähe zum Sabbat machte aus dem der Fünf Städte auch kein normales Gildehaus.

Schließlich war auch Aisling Sturbridge einmal stellvertretende Regentin gewesen, bevor sich ihr Vorgesetzter vom Sabbat hinter den Verteidigungslinien des Gildehauses hatte überraschen lassen. Aisling Sturbridge hatte seine Nachfolge als Gildehausleiterin angetreten. Es lag nicht jenseits des Möglichen, daß Johnston Foley ähnlich viel Glück haben könnte, eine entsprechende Beförderung zu erfahren.

Also versuchte er mit einigem, wenn auch nicht vollständigem Erfolg, seine Ressentiments in die ihnen zustehende Nische in seinem Hinterkopf zu pressen. Wahrscheinlich waren Sturbridges Räumlichkeiten auch nicht weitläufiger als seine, obwohl er noch nie in ihre Zimmer gebeten worden war. Ein weiterer Aspekt des Platzmangels bestand in der Populationsdichte. Aufgrund der Gefahr durch den Sabbat außerhalb des Gildehauses und insbesondere jenseits der Grenzen Manhattans wohnten mehr Lehrlinge hier, als es normalerweise der Fall gewesen wäre. Deshalb mußte Johnston näher bei solchen Neophyten wie Jacqueline, Aaron und den anderen wohnen und arbeiten, als es ihm lieb war.

Das Gildehaus, das selbstverständlich der Camarilla-Fraktion der Stadt angehörte, machte durch seinen strategischen Wert seine geringe flächenmäßige Ausdehnung wett. Bei seinem einzigen Versuch, Sturbridge auf sein beengtes Quartier hinzuweisen, hatte sie geantwortet: „Mehr Platz gibt es nun einmal zwischen dem Barnard College und dem Harlem River nicht." Diese abschätzige Reaktion auf sein Kommentar hatte ihn davon abgehalten, bei ihr nachzufragen, warum sich das Gildehaus nicht in irgendeiner anderen Richtung ausbreitete.

In seinem Labor ging Johnston zu einer kleinen Holztruhe, die nicht größer als ein Schmuckkästchen war und den Gegenstand des Rituals enthielt, dessen Vorbereitungen er an Jacqueline übertragen hatte. Die einzige Verzierung auf der Truhe – eine *Fleur de lis*–Intarsie aus Perlmutt auf der Oberseite des Deckels – glühte schwach. Johnston Foley hielt seine Hand über das Ornament und spürte die Wärme, die es ausstrahlte.

Sehr gut, dachte er. *Es ist noch aktiv.*

Mit geübter, ruhiger Hand öffnete er den Deckel der Truhe und betrachte ihren Inhalt, der ihn seit kurzem so beschäftigte. In ihrem mit Filz ausgeschlagenen Inneren ruhte ein Halbedelstein, der nicht größer als eine Murmel war. Er bestand aus fein poliertem Quarz und war abgesehen von zwei schwarzen Kreisen an den Seiten von einem verwaschenen Dunkelrot. Johnston Foley sah die schwarzen Flecken als Pole an, wie bei einem Globus. Die schwarze Fläche auf der Oberseite oder der Nordpol, so wie er es sah, war makellos glatt. In das Rot an den Seiten war eine perfekte, nach unten weisende Spirale eingearbeitet. Der schwarze Südpol war im Gegensatz zum Rest des Steins ein wenig rauh, aber die erhabenen Flächen ergaben kein besonderes Muster, das Johnston erkannt hätte. Er hatte nie erwartet, daß sich der Edelstein als so fesselnd erweisen würde.

Aisling Sturbridge hatte Johnston den Stein vor einigen Jahren übergeben, wobei sie von ihm erwartet hatte, ein paar Experimente mit ihm durchzuführen, aber der Stein hatte nie eine hohe oder auch nur mittlere Priorität genossen. Er strahlte eine Art magischer Aura aus, aber das tat auch eine erstaunlich große Anzahl von Tand und gefälschten Artefakten, die ihren Weg in den Besitz von Clan Tremere fanden. Johnston Foley hatte einige erste Forschungen an dem Stein vorgenommen, die allerdings nur wenig Ergebnisse gebracht hatten, und mit Sturbridges Segen hatte er den Edelstein beiseite gelegt. Seitdem hatte er nur noch selten an ihn gedacht, und wenn, dann meist nur abschätzig – ein Halbedelstein, der Lagerplatz auf seinen Regalen für wahrhaft edlere Teile blockierte.

Vor drei Wochen hatte sich all das geändert.

Nachdem er einen der Lehrlinge abgestraft hatte, hatte Johnston sein Labor betreten und nicht nur festgestellt, daß das Siegel, das er als Vorsichtsmaßnahme auf den Deckel der Truhe gelegt hatte, gebrochen, sondern sogar der Deckel selbst geöffnet worden war. Der Edelstein hatte förmlich vor übernatürlicher Energie – *erstaunlicher* Energie! – gedampft. Johnston hätte nie gedacht, daß der Edelstein ein solches Potential besäße. Und als er seine Überraschung abgeschüttelt hatte und darangegangen war, den Stein zu untersuchen... war er wieder in seinen früheren schlafenden Zustand verfallen. Es hatte noch Spuren von Restenergie gegeben, die aber mit dem, was er Augenblicke zuvor wahrgenommen hatte, in keiner Weise zu vergleichen gewesen waren.

Also war Johnston zu einer Phase wachsamen Wartens gezwungen gewesen. Er hatte den Edelstein jede Nacht mehrmals überprüft, wobei er ihn nach den Untersuchungen immer wieder in der Truhe verschlossen hatte. Wochenlang hatte sich nichts geändert, abgesehen davon, daß die Restenergie schwächer geworden war. Letzte Nacht war der Edelstein dann plötzlich wieder zum Leben erwacht, und heute nacht, das verriet das glühende Perlmutt, brannte er noch immer vor Macht. Für das bloße Auge gab es keinen Hinweis auf diese Tatsache, aber Johnston bildete sich ein, er könne die lodernden Energien sogar riechen.

Johnston nahm die Liste, die er Jacqueline gezeigt hatte, legte sie in ein Kohlebecken auf seinem Arbeitstisch und hielt ein brennendes Streichholz an das Papier. Seine Ecken rollten sich ein und verfärbten sich schwarz. Johnston Foley brauchte die Liste nicht mehr; er hatte sie nur aus Prinzip von Jacqueline zurückgefordert. Bevor das Papier ganz verbrannt war, nahm er eine lange, purpurne Kerze aus einem Regal in der Nähe und hielt ihren Docht an die Flamme. Als die Kerze brannte, wendete sich Johnston wieder der Truhe zu und begann mit dem richtigen magischen Gesang. Langsam fuhr er mit den Fingern seiner linken Hand durch die Kerzenflamme. Sie verbrannte ihn nicht, und er verspürte nicht den geringsten Schmerz.

Nachdem Johnston die Kerze vorbereitet hatte, bewegte er sie langsam und gleichmäßig auf die Truhe zu. Als die Kerze noch einen halben Meter von dem Edelstein entfernt war, flackerte die Flamme und erlosch, als ob sie von einem plötzlichen Windhauch erfaßt worden wäre. Aber es gab keinen Wind, noch nicht einmal die kleinste Brise.

Johnston wiederholte das Ritual, und wieder brachte eine unsichtbare Kraft die Kerze in der gleichen Entfernung zur Truhe zum Erlöschen. Er nickte in begeisterter Befriedigung.

Fünf Zentimeter weiter weg als letzte Nacht, dachte Johnston. *Er wird noch stärker!* Wenn seine Macht weiter so rasch anwuchs, würde er sein

Ritual einige Nächte früher durchführen müssen – und würde das Jacqueline nicht erst so richtig verunsichern?

Aber diese Art Entscheidung sollte er erst treffen, nachdem Sturbridge ins Gildehaus zurückgekehrt war. Sie war zu einem Ratstreffen nach Baltimore berufen worden – es hatte mit der unangenehmen Sabbat-Sache im Süden zu tun. Als hätte das Gildehaus der Fünf Städte nicht schon genug eigene Schwierigkeiten gehabt, ohne daß gleich die gesamte Camarilla um Hilfe bettelte. Außerdem würden sich die anderen Clans doch nur gegen die Tremere wenden, wenn der Ärger vorüber war.

Johnston legte die Kerze zurück an ihren Platz und schloß die Truhe. Er würde den Edelstein weiter genau beobachten. Diese Art von Durchbruch war genau das, was seine Vorgesetzten im Clan dazu bringen konnte, ihm ein eigenes Gildehaus zu gewähren. Eines mit ausreichend Platz zum Arbeiten.

Donnerstag, 15. Juli 1999, 23:44 Uhr
Eine unterirdische Grotte

Das ständige Flackern der Glühbirne der Schreibtischlampe tauchte die kleine Insel des Lichtes in der Dunkelheit in ein stroboskopartiges Flackern. Die sitzende Gestalt trommelte mit den klauenbewehrten Händen auf dem Tisch und hob dann schließlich eine Hand, um gegen die störrische Lampe zu schlagen. Ruhige, wenn auch nicht sehr helle Beleuchtung trat an die Stelle des Flackerns, ehe die Hand die Lampe treffen konnte. Langsam sank die klauenbewehrte Hand herab.

Die Gestalt wandte sich wieder der in die Jahre gekommenen, mechanischen Schreibmaschine zu, über die sie gebeugt war, und riß das eingespannte Blatt heraus. Noch ehe das knirschende Surren des Typenrades ganz verstummt war, kratzte ein roter Stift hastig und ohne Zögern über das Papier.

15. 7. 1999
Betreff: Auge Hazimels

Atlanta - Heshas Kurier als Opfer des
Überfalls identifiziert; Rolph berichtet -
kein Anzeichen des Auges in der Stadt. Ist
es in den Händen des Sabbat? Nach Aussage
von Vykos Schoß-Attentäter, Ghul nicht.

Wo IST das verdammte Auge?

→ Einen verdammt großen Überfall nenne ich das: Atlanta, Savannah, Columbia, Charleston, Raleigh, Wilmington, Norfolk, Richmond, D.C....

Anmerkung: Neuester Stand: Pieterzoon, Jan soll heute abend in Baltimore eintreffen.

ZU DEN AKTEN

Freitag, 16. Juli 1999, 23:03 Uhr
Piedmont Avenue
Atlanta, Georgia

„Halt still, Teuerste." *Verdammte Schlampe!*
Selbst mit dem Vorteil seiner neuen Sicht tauchte die Muse immer nur für Sekundenbruchteile in Leopolds Gesichtsfeld auf. Er hielt sich das rechte Auge mit der Hand zu und warf ihr unter größter Mühe einen schnellen Blick hinterher.

Zuerst hatte er sich umgedreht, um ihr zu folgen, aber er hatte rasch herausgefunden, daß die Welt nicht immer sofort zum Stillstand kam, wenn sie sich erst einmal in Bewegung gesetzt hatte. Seine Werkstatt schwankte wie ein betrunkener Penner. Oben und unten, links und rechts, Ich und Umwelt – diese Unterscheidungen verschwammen. Am Anfang sogar zu sehr. Öde Schwärze hatte ihn umfangen, und er war mit dem Kopf auf den Betonplatten des Fußbodens aufgeschlagen.

Jetzt bewegte er sich vorsichtiger, aber immer noch verschmolzen die Wellen von Bewegung, von Sicht und Un-Sicht, und teilten sich wieder. Oder war das nur die Muse, die ihn ärgern wollte?

„Komm doch dorthin, wo ich dich sehen kann, Teuerste." Aber sie ignorierte seine höflichsten Aufforderungen vollkommen. *Diese Nutte! Diese Hure!*

Sie provozierte ihn. *Fang mich doch, Leopold.*

Die Werkstatt drehte sich wieder um ihn. Leopold stolperte und taumelte gegen – einen Tisch, eine Staffelei? Sie gab unter seinem Gewicht nach, und er ging zu Boden. Ihr Fuß huschte Zentimeter an seinem Gesicht vorbei. Ihr schlanker, nackter Knöchel blitzte wie eine Gotteserfahrung vor Leopold auf. In seinem Hinterkopf verlangte noch etwas anderes nach seiner Aufmerksamkeit – einer seiner Finger war beim Sturz nach hinten durchgebogen worden, was den Knochen überlastete und angebrochen hatte. Er schob den Schmerz beiseite, als Bilder von der Muse in seinem Geist erblühten – der spitze Winkel ihres Knöchels, der einladende Schwung ihrer Wade.

Die Muse war wieder fort, aber ihr verführerisches Lachen hallte durch die ganze Werkstatt, wuchs vom leisen Klingen von Glöckchen zum Crescendo von Becken und Gongs. Die Welt erbebte. Sie rollte Leopold auf dem Boden herum – oder war es nun die Decke? Und doch kroch er unaufhaltsam seiner Vision hinterher. Leopolds künstlerischer Verstand blieb an Details haften, die er wiedergeben würde. Obwohl sich die Muse als schwer faßbar erwies, würde die Sicht nicht zu verleugnen sein.

In der Nacht von Victoria Ashs Party hatte sich für Leopold alles geändert. War das nur dreieinhalb Wochen her? Manchmal kam es ihm vor, als sei mit jeder Sekunde ein Leben vergangen, solche Fortschritte hatte er gemacht. Soviel war ihm offenbart worden. Nie wieder würde Victoria oder irgendein anderer Toreador aus der High Society, die alle so in ihren seichten kleinen Unterhaltungen gefangen waren, über Leopold lachen, denn ihm war eine große Wahrheit offenbart worden, wurde ihm immer noch offenbart.

Von dem Augenblick an, an dem er diese Vision der Schönheit gesehen hatte, die menschliche Gestalt befreit von den vorgefaßten Begrenzungen der Selbsterkenntnis – und aus deren Mitte das Auge ihn anstarrte – gesehen hatte, hatte Leopold gewußt, daß er genau diesen Effekt reproduzieren mußte. Die Wahrheit, die dieser Entdeckung innewohnte, würde für alle offensichtlich sein. Niemand konnte sein Talent, die Größe seiner Vision, mehr verleugnen. Also hatte er nach unten gegriffen und sich die Kugel genommen, denn sie war das Herzstück seiner Vision.

Und der Augenblick der Klarheit war verblaßt.

Fort war der lang erwartete Anblick leuchtender Schönheit. Mit dem Auge, das in seiner Handfläche geruht hatte, hatte Leopold über einem Haufen zerfetzten Fleisches und gebrochener Knochen gestanden, dem verstümmelten Körper Vegels.

Panisch hatte er das Auge an seinen angestammten Platz zurückgebracht, aber die Kugel hatte ihre Umgebung überstrahlt, als sei die Sonne am Nachthimmel aufgegangen. Den Anblick, der ihn so gefangengenommen hatte, gab es nicht mehr.

Aber das war egal.

Leopold hatte eine Künstlerseele, und in ihr trug er die Vision. Nachdem sie ihn einmal berührt hatte, war er nicht mehr in der Lage gewesen, sie zu vergessen. Er hob das Auge wieder auf und ließ die vergängliche Masse zurück, die für einen winzigen Augenblick Teil einer geisterhaften Schönheit gewesen war.

Fast unmittelbar danach hatte Leopold eine Bestandsaufnahme der Veränderungen gemacht, die die Vision in ihm ausgelöst hatte. Nach der Rückkehr in seine Werkstatt war er vom Treibgut seiner früheren, unerleuchteten künstlerischen Unternehmungen umgeben. Sich nur im selben Raum mit den Werken aufzuhalten, die ihn früher so mit Stolz erfüllt hatten, war schmerzhaft. Klar und deutlich sah er jeden einzelnen Fehler in ihnen.

Kein Wunder, daß Victoria Ash und die anderen ob seines prätentiösen Verhaltens nur die Nase gerümpft hatten.

Victoria Ash. Die Erinnerung an ihren Namen erschütterte ihn. Er hatte etwas herausfinden wollen... hatte die Tremerehexe besucht. Aber das war eine Sorge, die heute nicht mehr zählte. Genau wie die bemitleidenswerten Versuche der Bildhauerei, die er zur Nachbetrachtung aufgestellt hatte – die hatte er nicht mehr tolerieren können.

Er hatte Gipsschüsseln zerschlagen. Abgüsse waren in eine Kiste geworfen und unter einer Arbeitsbank verstaut worden. Und so hatte Leopolds erleuchtete Periode mit der Zerstörung all dessen begonnen, das ihr vorausgegangen war.

Ein Tisch, dessen Platte er mit einer Handbewegung blankgefegt hatte, diente als hölzernes Podest des Auges. Liebevoll, ja andächtig hatte er es dort plaziert. Selbst nachdem er es abgesetzt hatte, hatte er noch seine feuchte Berührung dort spüren können, wo es seine Handfläche ausgefüllt hatte. Als es auf dem Tisch geruht hatte, hatte sich langsam das vieladrige Augenlid gehoben und nahezu die gesamte pulsierende Kugel freigegeben, bis die schützende Fleischhülle nur noch ein kleiner Streifen unter dem Auge gewesen war. Leopold bewunderte es.

Wochenlang hatte er unter seinem lidlosen Blick gearbeitet. Wochenlang hatte sich die Schönheit, deren Zeuge Leopold geworden war, deren Auftreten er nun erwartet hatte, nicht in den Früchten seiner Arbeit offenbart. Teilnahmslos hatte das Auge Leopolds Beschämung über seinen unbefriedigenden ersten Versuch beobachtet. Das Auge hatte beobachtet, wie er den zweiten Versuch nach der Hälfte abgebrochen, wie er frustriert den dritten in Stücke geschlagen hatte, den vierten, den fünften...

Nächte waren vergangen. Immer öfter war Leopold in Raserei verfallen, wenn ihn die Verzweiflung übermannt hatte. Mit den Augen seiner Seele hatte er die Vision gesehen. Wahrheit und Schönheit waren ihm offenbart worden. Aber wieder hatten ihm seine Hände den Dienst versagt. Mangelte es ihm an Kunstfertigkeit, um wiederzugeben, was er gesehen hatte? Hatte er sich nur eingebildet, daß in den Sehnen seiner Finger Talent verborgen lag?

Nur einmal hatte Leopold seine Queste unterbrochen. *Victoria Ash.* In der zweiten Nacht nach seiner wundersamen Entdeckung war ihm ungewollt ihr Name wieder eingefallen. Er hatte sich auf die Treppe in seiner Werkstatt zubewegt. Er hatte zu Victoria gehen wollen. Sie brauchte ihn. Aber dann war sein Blick, so wie er es in diesen Nächten unausweichlich getan hatte, auf die Kugel seiner Leidenschaft gefallen, und allein der Anblick des Auges, wie es da inmitten seiner blubbernden und zischenden Absonderungen geduldig gewartet hatte, hatte ihn wieder zu sich gebracht. Victoria Ash war nicht mehr als jeder andere der Unerleuchteten. Warum sollte er für ihresgleichen seine Arbeit unterbrechen? Und dann hatte die Muse zu Leopold gesprochen. *Hab Vertrauen,* hatte sie zu ihm gesagt, wobei ihre sinnliche Stimme die Muskeln und Sehnen massiert hatte, die ihn im Stich gelassen hatten. *Hab Vertrauen.*

Alle Gedanken, die nichts mit Kunst zu tun hatten, waren aus seinem Kopf verbannt worden.

Hab Vertrauen.

Er hatte sein Präzisionswerkzeug und den Modellierton beiseite gelegt. Von Arbeitsprozessen und Regeln entbunden, war er wie ein Kind vor den Marmorblock getreten. Er hatte den Meißel angesetzt und in seiner Seele nach dem Winkel und dem Druck gesucht, der die Vollkommenheit befreien würde, deren Zeuge er geworden war, von der er wußte, daß sie auch tief im Innern dieses Steines lag. Jeder Hammerschlag hatte ein Stück Marmor von dem Schleier weggerissen, der die Wahrheit verbarg.

Und seine Größe würde offenbart werden.

Die ganze Zeit hatte ihn das Auge beobachtet.

Nacht für Nacht hatte Leopold gearbeitet. Er war bei Sonnenuntergang aufgestanden und direkt an die Arbeit gegangen, unbelastet von Gedanken an Nahrung oder irgendwelche anderen Ablenkungen. Die Vision hatte ihn genährt – die Aufgabe, die vor ihm lag, seine einzige Sorge. Als immer mehr Stein weggefallen war, hatte eine Form Gestalt angenommen, aber Leopold hatte sich nicht den Luxus erlaubt, einen Schritt zurückzugehen, um sich das Werk als Ganzes anzusehen. Er hatte sich nicht die kleinste Pause oder die geringste Belohnung gegönnt, ehe nicht die Darstellung seiner Vision vollkommen war. Stunde um Stunde hatte er an winzigsten Details gearbeitet. Von oben nach unten, vom Kopf bis zu den Zehen hatte das Werk begonnen, Gestalt anzunehmen.

Leopold hatte unentwegt jedes bißchen Marmor weggeschlagen, das nicht nötig gewesen war, bis es endlich vollbracht war.

Leopold hatte den Meißel niedergelegt. Er hatte das Auge gesehen, jenes greifbare Erinnerungsstück an die vollkommenste aller Gestalten, und nun hatte er sein eigenes Werk betrachtet. Das leere Gefühl in seinem Bauch war ihm vorgekommen wie ein tödlicher Würgegriff, denn er hatte erkannt, daß seine Arbeit nur ein krudes Zerrbild jener Schönheit gewesen war, die ihm in seiner Vision zuteil geworden war. Nicht den kleinsten Ansatz von Wahrheit hatte er im Schwung seiner Gliedmaßen erkennen können, nicht die geringste Spur von Vollkommenheit.

Sein Kind war eine Totgeburt gewesen. Eine mißgestaltete, perverse Abscheulichkeit.

In diesem Augenblick hatte er zum ersten Mal das Lachen der Muse gehört – ein grausames, spöttisches Gelächter. Sie hatte die Willensanstrengung nicht erkannt, die große Mühe, die er sich gegeben hatte. Sie hatte nur sein Versagen gesehen. Ihr Gelächter hatte Leopolds Herz wie Säure gefüllt, denn er hatte die Fehler seines Meisterwerks nicht verteidigen können. Mit einem gequälten Schrei hatte er seinen größten Hammer genommen und sich an die Arbeit gemacht. Nach einer Stunde war die Arbeit von Wochen in Schutt verwandelt gewesen, aber selbst der Schutt war eine Beleidigung für Leopold gewesen, die sich über seinen Schmerz lustiggemacht hatte. Er hatte den Hammer weiter eingesetzt und jedes Stückchen Marmor zerschlagen, egal, wie klein es auch gewesen war, bis am Ende nur noch feines Pulver übriggeblieben war. Und doch hatte er für sein Versagen noch nicht genug gebüßt, denn das Gelächter seiner Muse hatte ihn weiter gequält. Leopold hatte auch gesehen, wie Victoria Ash ihn auslachte. Sie hatte vor ihm in ihrem grünen Abendkleid gestanden, schmuckbehangen, und sein Versagen war nur erheiternd für sie gewesen. Er war ausgezogen, ihr seinen Wert zu beweisen, und hatte befürchtet, sein Versagen könnte genau das getan haben.

Er war entschlossen gewesen, das abfällige Grinsen von ihren Lippen zu tilgen. Er hatte den Meißel genommen und ihn zwischen ihren Brüsten angesetzt und seinen Hammer mit einem wilden und trotzigen Schrei geschwungen. Aber sie war fort gewesen, und Leopold war nur schluchzend zu Boden gefallen.

Und die ganze Zeit über hatte ihn das Auge aus seiner schimmernden Lache von Säften heraus beobachtet.

Wieder hatte die Muse zu Leopold gesprochen. Leopold hatte jedem ihrer Worte gelauscht. Er hatte ihr ihre Ablehnung seines Meisterwerks nicht übelnehmen können, denn sie war ja im Recht gewesen. Er hatte schwer versagt.

Was ist die Essenz des Lebens? Der Schönheit? hatte sie gefragt. Ihre Frage war hinauf in die höchste, entlegenste Ecke seiner Werkstatt geschwebt.

Die Essenz des Lebens. Die Essenz der Schönheit.

Sie hatte Leopold gesagt, er solle Vertrauen haben, und Leopold hatte Vertrauen gehabt. Aber es hatte nicht genügt.

Die Essenz des Lebens. Die Essenz der Schönheit.

Stundenlang hatte Leopold am Boden gelegen und ernsthaft darüber nachgedacht. Feiner Staub aus pulverisiertem Marmor hatte sich auf ihn herabgesenkt, bis er als eine seiner eigenen Schöpfungen durchgegangen wäre. Als die Sonne aufgegangen und er in den Keller hinuntergeschlurft war, hatten ihm die Worte der Muse in den Ohren geklungen.

Die Essenz des Lebens. Die Essenz der Schönheit.

Einen Tag, eine Nacht und einen weiteren Tag hatte er sinnierend darniedergelegen. Als er sich wieder erhob, hatte er das Auge sanft in ein sauberes Tuch geschlagen und die Meißel und die anderen Werkzeuge aufgesammelt, die er brauchen würde. So ausgerüstet hatte Leopold seine Werkstatt verlassen.

Leopold hatte die Silhouette Atlantas und das pulsierende Künstlerleben von Little Five Points, das ihn auf natürliche Weise anzog, praktisch vergessen gehabt. Er hatte die Außenwelt nur am Rande wahrgenommen. Die Grunge-Clubs und die Sex-Shops, die Punks und die Hippies, die ungewaschenen jungen und alten Vagabunden – er hatte sie alle schon gesehen, und obwohl diese Szene in der Vergangenheit in ihm avantgardistische Impulse ausgelöst hatte, war er nun ganz in das Leben im Geist und im Verstand eingetaucht.

Die Essenz des Lebens. Die Essenz der Schönheit.

Leopold hatte das Summen der Menschen ignoriert, als er die Moreland Avenue hinuntergegangen war. Er war von der Hauptstraße abgebogen, an einem Wohnblock vorbeigegangen, hatte ein verfallenes viktorianisches Gebäude hinter sich gelassen und sich einen Weg durch ein bewaldetes Grundstück gebahnt. Nacht für Nacht war er zu der Eiche zurückgekehrt, die er gefunden hatte. Nacht für Nacht hatte er das Tuch aufgeschlagen und das Auge auf den Boden gelegt, so daß er es und es ihn betrachten konnte. Leopold hatte vergessen, wie viele Sonnenuntergänge ihn zur Eiche geführt hatten – die einer Woche, die von zweien?

Schließlich war seine Arbeit getan gewesen, und er hatte sein Werk betrachtet – er war ebenso vollkommen gescheitert gewesen wie beim Mal zuvor.

Das Gelächter der Muse war in dem gesamten Wäldchen erschallt. Jedes Blatt hatte im Hauch ihrer abschätzigen Freude getanzt. Die vage an einen Menschen erinnernde Gestalt, die er in den Stamm der Eiche gehauen hatte, schien Leopold ebenfalls auszulachen. Er hatte die Hände auf ihr Gesicht gelegt und seine Finger tief ins Holz gebohrt, das unter seiner Berührung zerfallen war. Splitter hatten sich in sein Fleisch gebohrt, sich unter seine Fingernägel getrieben, aber Leopold hatte keine Gnade gekannt, weder für sich selbst noch für die Baumgestalt. Er hatte mit den Klauen Fetzen aus ihr herausgerissen, bis das Gelächter erstorben war.

Von plötzlicher Erschöpfung überwältigt – wie viele Nächte hatte er schon nicht mehr getrunken? – war Leopold zu Boden gefallen. Seine größten Mühen waren umsonst gewesen. Er hatte die Hände, die mit dem Harz des Baumes überzogen gewesen waren, vors Gesicht geschlagen. Als er da so lag und sein unablässiges Versagen beklagte, war sein Blick auf das Auge gefallen, und genau so, wie Saulus auf dem Weg nach Damaskus geblendet wurde, damit er zu Paulus werden und wahrhaft sehen konnte, war Leopold eine Epiphanie zuteil geworden. Fest überzeugt, daß seine gesamte Existenz, sowohl als Sethskind als auch als Kainskind, nur eine Vorbereitung auf diesen Augenblick gewesen waren, hatte Leopold zugegriffen.

In den drei Nächten seit diesem Moment hatte Leopold eine Epiphanie nach der anderen durchlebt. Die Muse blieb nun nie mehr länger als zwei oder drei Stunden fort. Sie führte ihn in die Ewigkeit, zur unleugbaren Ästhetik, und mit seiner neugefundenen Sicht folgte Leopold ihr.

Leopold kroch auf sein neuestes Projekt zu, aber die Werkstatt bockte wie ein Wildpferd. Er beugte sich zur Seite, griff nach einem Tischbein, war aber näher daran, als er erkannt hatte, und stieß mit dem Gesicht dagegen. Lähmende Furcht durchzuckte ihn.

Für den Augenblick war jeder Gedanke an seinen Blick auf den Knöchel der Muse und den gut betonten Schwung, der hinauf zu einem festen Schenkel führte, vergessen. Leopold kniff die Augen zu, wobei sich sein gesamtes Augenlid spannte, das nicht in der Lage war, ganz zu bedecken, was es fortan schützen sollte. Mit vor Aufregung zitternden Fingern tastete er sein Gesicht ab, und ihm entrang sich ein erleichterter Seufzer, als er keinen Schaden feststellen konnte. Er hatte sich nicht allzu heftig am Tisch gestoßen. Das Auge war nicht in Gefahr. Leopold verfügte immer noch über die Sicht.

Er widmete sich wieder seinem Projekt. Hinter ihm ertönte das helle Kichern der Muse, aber er drehte sich nicht um. Er würde sich nicht ablenken lassen, bis er den richtigen Schlag geführt hatte und seiner Vision gerecht geworden war. Dann würde er die Freiheit haben, der Muse nachzugehen.

Er kroch durch den gallertartigen Schleim, der aus dem Auge rann und vor ihm auf den Boden troff. Endlich ragten die Füße in seiner Nähe auf. Leopold schaute nicht nach oben, um die gesamte Figur zu betrachten, den jungen Mann, der nackt an einen Pfosten gebunden hing. Seine Hände waren über dem Strick blau angeschwollen. Der Bildhauer war viel zu sehr auf seinen nächsten Schritt konzentriert. Blind tastete Leopold um sich und wandte seinen Blick keine Sekunde von dem Knöchel ab, der sich nur Zentimeter vor seinem Gesicht befand. Er zog Meißel und Hammer, die immer in Reichweite waren, näher zu sich heran.

Jeder kurze Blick auf die Muse hatte sich in Leopolds Seele gebrannt – die Perfektion von Linie und Gestalt, für die er auf ewig blind gewesen wäre, wenn es denn die Sicht nicht gegeben hätte.

Er legte den Meißel an die obere Rundung des Knöchels und nahm mit nur einem zarten Hieb alles weg, was nicht seiner Vision entsprach, trotz des ungewohnten Materials, mit dem er kaum Erfahrung hatte. Er ließ sich von Fleisch und Knochen nicht entmutigen. Jeder Hammerschlag war ein Sinnbild der Genauigkeit, der Druck seines Griffs um den Meißel unnachgiebig. Er arbeitete mit der Sorgfalt eines großen Meisters, der von der mitreißenden Kraft und Schönheit seiner Vision zu immer neuen Höhen angetrieben wird.

Ein winziges Rinnsal schalen Blutes troff aus dem Schnitt. Obgleich Leopold sich in der ersten Nacht seiner Verwandlung mehr als sattgetrunken hatte, schaffte es fast jeder Schnitt, eine winzige Blutreserve, die im Gewebe verborgen geblieben war, hervorzuzaubern. Leopold liebkoste die Wunde, hob die Finger an die Lippen und schmeckte die körnige Mischung aus Marmorstaub und Blut.

Wie widerstandsfähig der menschliche Körper doch ist, dachte Leopold, *so voller Potential.*

Just in jenem Augenblick bemerkte er die drückende Stille, die die Werkstatt umfangen hielt. Kein Lüftchen regte sich, kein Geräusch drang von außen herein, und das Auffälligste war das fehlende Gelächter der Muse.

Habe ich es geschafft? fragte sich Leopold hoffnungsvoll, als er sein Werk betrachtete, obwohl er nicht das Gefühl hatte, es schon geschafft haben zu können. Er würde es doch sicher wissen, wenn dieser bedeutsame Moment gekommen wäre.

Ganz langsam, als wolle er die Welt nicht aus dem Gleichgewicht bringen, wandte er sich von der nackten, behauenen Gestalt ab. Er kniff das rechte Auge zu, um die sich überlappenden Perspektiven von Sicht und Un-Sicht auszuschalten. Die Wände der Werkstatt wurden blaß, als seien sie lediglich halbfertige Kulissen auf einer minimalistischen Bühne. Säulen waren von einem durchscheinenden Leuchten umgeben. Überall, wo Leopold hinblickte, erhaschte er aus dem Augenwinkel einen tanzenden Farbwirbel, einen Schwarm bunter Heuschrecken. Vorsichtig drehte Leopold sich weiter um, und seine Zurückhaltung wurde belohnt.

Für einen Sekundenbruchteil stand sie in all ihrer Pracht vor ihm, und obwohl er sie nun mittels des Auges sehen konnte, lag ihr unbeschreibliches Antlitz jenseits seines Verständnisses. Das Auge sah, aber die Sicht reichte nicht. Wieder veränderte sich die Welt. Die Werkstatt schimmerte und begann zu verschwimmen.

Aber er konnte das Mißfallen auf ihrem Gesicht sehen. Die Enttäuschung.

So zerbrechlich, sagte sie, während sie sanft den Kopf schüttelte.

Leopold, dessen Wirklichkeit wild umhergewirbelt wurde, wandte sich wieder seinem Werk zu. Der behauene Nackte schien von der Decke zu hängen, aber seine Hände waren hinter seinem Rücken gefesselt. Leopold fiel schmerzhaft auf die Ellbogen, und die Werkstatt fand ein wenig zu ihrer richtigen Form zurück, obwohl ihr Erscheinen weiter fluktuierte wie die Nadel einer Waage, die von leicht zu schwer zu leicht schwingt, immer weiter, und sich nur langsam auf dem wahren Gewicht einpendelt.

Der Nackte hing leblos da, in steifer Haltung, obwohl seine Gliedmaßen zur gleichen Zeit schlaff waren. Hier und da waren Brocken von Fleisch und Knochen weggeschlagen – die Braue, die Schulter, der Bauch, die Hüfte, die Knie, der Knöchel. Erst jetzt nahm Leopold die Schmeißfliegen wahr, die in Massen den süßlichen Geruch von Aas umschwärmten.

So zerbrechlich.

Leopold schleuderte den Hammer weg. Er segelte hinfort, kilometerweit weg zum anderen Ende der Werkstatt.

Du verlogene Hure! wollte er ihr entgegenschleudern.

Aber sie hatte wieder unbestreitbar recht. Er ertrug den Anblick seiner eigenen Narretei nicht. Mit gepeinigtem Gebrüll rammte Leopold den Meißel in die Leiche. Rippen brachen, als Leopold das Werkzeug im Brustkorb versenkte. Der Nackte reagierte so emotionsgeladen wie ein Sack Mehl. Er hatte auch nichts dagegen, als Leopold zu seinen geschundenen, blutverschmierten Füßen weinte.

„Warum?" rief Leopold. So viel Arbeit, und alles sinnlos. Leopold strebte danach, die Vollkommenheit, die er wahrgenommen hatte, zu vermitteln, aber wieder einmal war er gescheitert. Das Versagen würde ihn in den Wahn treiben. Er mußte es einfach schaffen.

Fort von hier, ärgerte sie ihn, nachdem ihr verspieltes Wesen wieder die Oberhand gewonnen hatte. *Fort von hier.*

Fort? Die Worte der Muse blieben in Leopolds Geist haften. Langsam ließ er seinen zweifachen Blick durch seine Werkstatt schweifen.

Fort von hier. Fort von hier. Ihre Worte hallten in seinen Gedanken nach.

Der harte Beton, die schmucklose hölzerne Einrichtung – aus seiner Sicht waren sie nicht bemerkenswert, nahezu körperlos. Wie hatte er nur hoffen können, in dieser drögen Umgebung Wahrheit ausdrücken zu können? Seine Stimmung besserte sich, als etwas darauf hinwies, daß sein Versagen nicht von seinen Fertigkeiten herrührte. Natürlich würde er es schaffen. Warum sonst hätte die Muse gerade ihn erwählt?

Hab Geduld, schalt Leopold sich. *Hab Geduld.* Aber er wollte es so sehr!

Mmm, schnurrte sie ganz in seiner Nähe. Tief sog sie sein Selbstvertrauen auf. *Die Werkzeuge, Leopold... Ich werde dich zu ihnen bringen.*

Die Werkzeuge. Der Hammer in einer dunklen, entfernten Ecke, der Meißel, der in die Abscheulichkeit eingebettet war – dies waren die primitiven Werkzeuge seines Versagens, und wie diese Werkstatt, diese Stadt, waren sie von seinen unerleuchteten Händen beschmutzt.

Ich werde dich zu ihnen bringen.

Zu den richtigen Instrumenten. Dem Ort der Erleuchtung. Sie würde ihm die Reliquien der Perfektion anvertrauen, und er würde sie in einem Schrein an die Schönheit aufbahren. Sie war seine Muse, seine Göttin, und mit dem Auge würde er ihre Geheimnisse lernen und zum Hohepriester der verborgenen Wahrheit werden. Die unerleuchteten Massen würden darum betteln, aus seinen Händen trinken zu dürfen.

Komm.

„Ja, Teuerste." Die Welt wirbelte mit jedem seiner Schritte, aber dennoch folgte er ihr.

Samstag, 17. Juli 1999, 3:00 Uhr
George-Washington-Brücke
New York City, New York

Mehr als hundert Meter unter Ramona strömte der Fluß dahin, aber seine Bewegung war außer an den weit verstreuten Flecken, auf die Licht fiel, nur schwer auszumachen. Dort schimmerte die Wasseroberfläche, schien dem Licht auszuweichen und dann durch das Licht hindurch gezwungen zu werden, von einer schwarzen Leere zur nächsten. Das war das nächtliche Antlitz des Flusses – das einzige, das Ramona je erblicken würde. Sie hing an der Unterseite der George-Washington-Brücke und hangelte sich von einem Stahlträger zum nächsten. Über ihr rumpelte alle paar Minuten ein Auto entlang.

Sie hätte der Troll aus dem Märchen sein können, dachte sie, und würde ganz bestimmt mehr bekommen als drei ausgehungerte Ziegen. Die Jagd wurde von denselben drei goldenen Regeln bestimmt, die auch für Immobilienmakler entscheidend waren. Ihr Onkel Kenny hatte sie so oft zitiert: Lage, Lage und nochmals Lage. Dank Ramona verkaufte Onkel Kenny jetzt keine Grundstücke mehr.

Ramona hielt in ihrer Überquerung inne und sah nach unten, um den Fluß zu betrachten. Er wirkte bei Nacht wirklich wie eine breite asphaltierte Straße. Vielleicht war das der Grund, warum so viele angehende Selbstmörder es sich anders überlegten, wenn sie auf das Geländer hinaufstiegen und sahen, wohin sie ein Sprung bringen würde. In einen Fluß zu springen schien keine so schlechte Art zu sein, Selbstmord zu begehen. Es war fast, als sei man wieder ein Kind und ginge schwimmen, man sprang einfach in den Teich oder das Schwimmbecken. Aber wenn die Springer dann am Rand standen und sahen, daß es bei der Wucht des Aufpralls auch ebenso gut Asphalt hätte sein können...

Nacheinander nahm Ramona die Füße vom Stahlträger. Die untere Hälfte ihres Körpers schwang nach unten und hing von der Brücke. Ramona war weder besonders groß noch besonders schwer, daher spürten ihre Arme kaum das Gewicht, das an ihnen hing.

Was würde mit mir passieren? dachte sie. *Was würde mit dem passieren, was einst mein Körper war?*

Sie hatte sich selbst eine Zeitlang für unverwundbar gehalten, nachdem sie dieses Etwas geworden war, aber als sie und die anderen durchs

Land gereist waren, hatte dieses.... Monster sie angegriffen. Sie fand einfach keinen besseren Ausdruck – ein riesiger Schemen mit Zähnen und Klauen, die den Tod verhießen. Was mit Eddie geschehen war, hatte deutlich bewiesen, daß Wesen wie Ramona alles andere als unverwundbar waren. Alles andere als das. Immer, wenn Ramona gerade etwas herausgefunden zu haben schien, tauchte etwas Neues auf und warf alles über den Haufen.

Sie ließ die Brücke auch mit dem rechten Arm los und ließ ihn schlaff an ihrer Seite herabhängen.

Was würde mit mir passieren?

Würde der Aufprall das Ende bedeuten? Würde sie mit zerschmettertem Körper aus dem Wasser kriechen, mit ausreichend Blut jedoch wieder so gut wie neu erstehen?

An einer Hand hängend starrte Ramona auf die Flecken tanzenden Lichtes, die das schwarze Pflaster des Flusses unterbrachen. Ihre Welt war wie dieser Fluß geworden, und sie war ein vertrauter Fleck, umgeben von Dunkelheit und Unwissen.

Ramona hatte nicht darum gebeten. So unvollkommen ihr altes Leben auch gewesen war, Ramona hätte ihren Weg gemacht. Niemals hätte sie sich entschieden, diese Welt zu betreten, in der so vieles vertraut zu sein schien, unter deren Oberfläche aber alles anders war.

Sie hob einen Finger ihrer Linken an, dann den zweiten. Sie nahm einen dritten Finger herunter, schließlich auch den Daumen. Nur ein Finger hielt Ramona noch oben. Er war mehr als stark genug dazu. Die Stärke ihres Körpers, dieser Ansammlung von Muskeln, Knochen und Sehnen, die ihr eigentlich vertraut sein sollte, erstaunte Ramona immer wieder. Sie spürte, wie sich eine Klaue – wo eigentlich einer ihrer Fingernägel sein sollte – in den Stahlträger grub.

Was würde mit mir passieren?

Was war bereits mit ihr geschehen?

Zögerlich hob Ramona die rechte Hand und hielt sich wieder an der Brücke fest. Wie die Flecken des Lichts auf dem Fluß war auch sie nicht allein, und auch wenn alle Verantwortung, die sie hatte, allein durch ihre Initiative entstanden war, hielt sie sie doch wenigstens ständig in Bewegung.

Mit seltsamer Leichtigkeit hob sie ihre Füße zurück auf den Träger, setzte wie ein Mitglied einer Spezialeinheit ihre Krabbelei fort.

Als sie dichter am Ufer war, ließ sie sich fallen, sechs, vielleicht auch acht oder neun Meter tief. Sie landete auf allen vieren. Als Ramona die Böschung hinaufkletterte, hielt sie kurz inne, um an ihren Schuhen zu ziehen. Die alten Turnschuhe fühlten sich seltsam an, als seien ihre Seiten aufgeplatzt, aber von außen war keine Beschädigung sichtbar. Vielleicht war durch den Aufprall nach dem Sprung von der Brücke die Innensohle gerissen. Ramona sprang über den Rand der Böschung und trat mit dem Fuß auf, um den Schuh zu richten.

„Hi, Schatz. Nette Turnerei."

Ramona ging in die Hocke. Der Typ, der sie angesprochen hatte, blieb ungerührt auf seinem Motorrad sitzen, die Hände hinter dem Kopf verschränkt, die Füße auf die Lenkstange gelegt. Er grinste höhnisch und schien es zu genießen, sie überrascht zu haben.

„Eine gute Nacht für einen Schwanenflug." Er ahmte ein hohes Pfeifen nach, das Geräusch einer Bombe, die dem Erdboden entgegenraste, und schloß dann mit einem nachgeahmten Platschen.

Ramona betrachtete ihn vorsichtig. Sehr wenige Leute schafften es, sie zu überraschen, und die, die es taten, bedeuteten meist Ärger. Sein kurzes Haar und die dichten Augenbrauen waren schwarz und bildeten einen scharfen Kontrast zu seiner unglaublich blassen Haut. Blaue Venen traten auf seinem Bizeps, den Unterarmen und dem Hals hervor.

Ist er wie ich? fragte sie sich.

Sie hatte früher auch einen dunkleren Teint gehabt... vor der Verwandlung, und war seitdem deutlich blasser geworden. Und keineswegs so stark wie dieser Kerl da. Seine Haut schien geschrumpft zu sein und jetzt an jedem seiner Muskeln zu haften, jeden noch so kleinen Hohlraum zu füllen. Seine verschlossenen Züge erinnerten Ramona daran, wie sie im Spiegel aussah.

„So...." Er zog das Wort in die Länge, und sein höhnisches Grinsen verschwand.

Bevor Ramona noch reagieren konnte, stand er vor ihr. Sich aus seiner liegenden Position auf dem Motorrad aufzurichten und vor sie zu stellen, hatte ihn eine Sekunde gekostet.

Zumindest hatte diese Zurschaustellung ihren Verdacht bestätigt. Der Kerl mußte wie sie sein. Oder noch schlimmer.

„Bereit, mit den großen Jungs zu spielen?" fragte er.

Ramona war selbst überrascht, als ein tiefes, bedrohliches Knurren tief in ihr entstand. Der Motorradfahrer wich kaum wahrnehmbar zurück, bemühte sich aber sofort, sein Zurückweichen zu überspielen.

„Wer bist du?" wollte Ramona wissen.

„Die Frage", sagte er, „ist doch, wer du verdammt noch mal bist und was du hier in Dreiteufelsnamen denkst, daß du hier machst? Als ich das letzte Mal nachgesehen habe, war das hier noch Sabbatgebiet, und du gehörst nicht zu dem Verein."

Sabbat.

Das war ein Name, den Ramona in den letzten beiden Jahren schon öfter gehört hatte, größtenteils bevor sie und die anderen L. A. verlassen hatten, aber was war das? Eine Art Bande? Aber an West- und Ostküste?

Sie bot dem Motorradfahrer weiter die Stirn und hielt Ausschau nach jeder Bewegung, die der andere machte. Ramona war sich ihrer eigenen Fähigkeiten bewußt, aber wer konnte schon sagen, ob der Kerl genauso stark und schnell war oder noch schneller und stärker?

„Du redest nicht viel, oder?" fragte er und begann, langsam rückwärts in Richtung seines Motorrads zurückzuweichen. „Weißt Du was? Da ich so ein netter Kerl bin..." Er schwang ein Bein über den Hobel und drehte den Schlüssel um, „...gebe ich dir noch eine Chance. Ich komme wieder, und dann solltest Du lieber bereit sein, mit mir zu kommen. Ansonsten verzieh dich." Er trat auf den Starter seines Hobels und ließ den Motor in einem langgezogenen, ohrenbetäubenden Brüllen aufheulen, dann rauschte er mit einem herablassenden Zwinkern vorbei und auf die Brücke hinauf.

Ramona entspannte sich, aber nicht zu sehr.

Sabbat.

Sie und die anderen hatten L. A. verlassen, weil sich zu viele Kreaturen wie sie auf den Straßen herumtrieben. Würde es in New York vielleicht auch sein?

In den Städten ist Nahrung, erinnerte sie sich selbst. Nahrung. *Blut.*

Wie schnell sie sich an diesen neuen Speiseplan gewöhnt hatte – so schnell, daß sie bei Städten auch immer an Restaurants denken mußte. Los Angeles oder New York? McDonalds oder Burger King?

Erst nachdem sie sich des Verschwindens des Motorradfahrers sicher war – das Geräusch des Motors war schon weit über dem Fluß verklungen –, machte sich Ramona auf den Weg, legte die letzten paar Blocks zu mehreren kleinen Aluminiumgebäuden zurück. Ein Kette war mehrmals um den Türgriff und einen Winkel in der Wand gewickelt, aber als sie die Tür so weit wie möglich aufzog, gab es gerade genug Platz, um sich hindurch zu zwängen.

„He", rief Ramona, während sich ihre Augen an die Dunkelheit gewöhnten. Ein Licht erleuchtete die Mitte des Raumes und ruinierte so ihre Nachtsicht.

„Ramona?" erklang eine leise Stimme aus einem der Löcher im Boden, aus denen auch das Licht kam.

„Jo."

Jennys Kopf wurde sichtbar, dann ihre Schultern, dann ihr Oberkörper, als sie die Stufen einer der beiden Werkstattgruben heraufkletterte. Sie trug eine dieser „Lampen mit Haken", wie Automechaniker sie an die Motoren hängen, an denen sie arbeiten. Ein Stromkabel führte von der Lampe hinunter in die Grube.

„Ist Darnell bei dir?" fragte Jenny.

„Nein."

Jenny war größer als Ramona und blond. Früher mußte sie ein toller Anblick gewesen sein, dachte Ramona immer, aber jetzt schien sie zu blaß und hager zu sein, um hübsch zu wirken. Wie Ramona trug auch sie zerfetzte Jeans – sie waren aber nicht absichtlich verstümmelt worden, um möglichst modisch zu wirken, sondern die vergangenen Monate hatten einfach ihren Preis gefordert. Während Ramona aber ein abgeschnittenes T-Shirt trug, steckte Jenny in nicht nur einem zu großen Pulli, sondern sogar in zweien – und das trotz der Sommerhitze.

„Es ist kalt hier drinnen", sagte Jenny. Sie verschränkte die Arme vor der Brust und drückte sie eng an den Körper. „Ist dir denn nicht kalt?"

„Nein."

„Wo warst Du, Ramona?"

„Ich war weg." Sie schaute sich in der verlassenen Werkstatt um. Die beiden Tore zu den Buchten waren immer noch von innen zugekettet. Aber viel mehr konnte sie außerhalb des kleinen, von der Lampe erhellten Bereiches nicht erkennen. Wahrscheinlich, dachte sie, hätten sie beide besser gesehen, wenn Jenny das verdammte Licht ausgemacht hätte. Nachtsicht war ein weiterer Nebeneffekt, den Ramona seit der Veränderung bemerkt hatte. Aber Jenny klammerte sich an Gewohnheiten.

Wie sich ein Springer ans Geländer klammert, kam Ramona in den Sinn, als sie an die Brücke dachte. „Irgendwelchen Ärger?" erkundigte sie sich, obwohl sie keine Spur von dem Motorradfahrer oder irgend jemand anderem, der sich an ihrem Versteck zu schaffen gemacht haben könnte, ausgemacht hatte.

„Nein. Du?"

„Nicht wirklich."

„Was meinst du damit, Ramona?" Jenny schien plötzlich sehr aufgeregt zu sein. Dazu brauchte es aber auch nicht viel.

Ramona wünschte, sie hätte nichts gesagt. „Nichts. Nur so ein Motorradhengst, der den Harten gespielt hat. Das war alles."

Beide sprangen auf, als die Tür gegen die Kette schlug. Zu beider Erleichterung schlüpfte nur Darnell herein. „Schaltet das Scheißlicht aus!"

„Leck mich doch", fauchte Jenny.

„Leck dich selbst!" erwiderte Darnell. „Man kann es durch den Türspalt sehen. Bleib damit in deiner Grube, wenn du Angst im Dunkeln hast."

Ramona seufzte. Deshalb war sie weggeblieben. Sie hatte keinen weiteren Bedarf an Kopfzerbrechen. Vielleicht wäre sie ohne die beiden besser dran gewesen. Oder schon tot. „Wen kümmert's schon, ob jemand das sieht?"

„Du schläfst hier nicht tagsüber", erklärte ihr Darnell.

Ramona seufzte wieder. Darnell hatte recht. Es gab keinen Grund, ein Risiko einzugehen. Sie nickte Jenny zu, und das Licht verlosch. Die drei standen einen Moment in der Dunkelheit. Ramona konnte Jenny mit den Zähnen knirschen hören und nahm wahr, wie Darnell sein Gewicht immer von einem Fuß auf den anderen verlagerte und immer wieder seine Arme überschlug. Bald konnte sie wieder ganz gut sehen. Nicht so viele Details, aber mehr Reichweite.

„Hier sind noch andere", sagte Darnell schließlich. Ramona nickte zustimmend.

„Noch andere? Wo denn?" Jenny schaute sich hektisch um, als seien sie bereits Darnell auf den Fersen und könnten jeden Moment die Tür eintreten.

„In der Stadt", sagte Darnell. „Ich bin ihnen gefolgt und habe sie beim Jagen beobachtet."

„Du bist ihnen gefolgt?" Die Vorstellung schien Jenny enorm aufzuregen. „Und haben sie dich gesehen?"

„Sie haben mich nicht gesehen."

„Sie könnten dir aber gefolgt sein!"

„Sie sind mir nicht gefolgt."

Ramona sah, wie Darnell Jenny anstierte. Er entkräftete zwar ihre Befürchtungen, konnte aber wohl ihre Hysterie nicht übersehen. Darnell hatte vergessen, wie sehr sie sich gegenseitig geholfen hatten. Sie vergaßen das alle ständig, wurde Ramona klar, wenn keine Gefahr drohte.

„Eddie glaubte auch nicht, daß uns jemand gefolgt sei", sagte Ramona ruhig. Stille legte sich über sie. Darnell warf Ramona einen vorwurfsvollen Blick zu.

„Das war etwas anderes", sagte Darnell. „Das war ein Werwolf."

„Werwolf, pah!" schnaubte Jenny.

Darnell richtete seine Wut wieder auf sie. „Warum zum Teufel denn nicht? Es war kein Bär, und wenn es ein wilder Hund war, dann bin ich auch einer." Jennys Augenrollen schien ihn nur noch mehr anzustacheln. „Du hast wohl mitgekriegt, was wir alles können, was wir *sind*. Warum dann nicht auch verfluchte Werwölfe?"

„Spielt doch keine Rolle, was es war", sagte Ramona. „Wir sind davongekommen."

„Erzähl das mal Eddie", sagte Darnell.

Wieder umfing sie Schweigen. Jenny legte die dunkle Lampe auf den Boden und setzte sich hin, die Füße in der Grube. Ramona sah Jenny an und wußte, daß sie sich niemals begegnet wären, wenn sie nicht zu dem geworden wären, was sie waren. Und wenn, dann wären sie bestimmt keine Freundinnen geworden. Jenny kam aus einem anderen Leben mit vielen Privilegien, und diese neue Art von Leben hatte sie die meisten davon gekostet. Sie konnte schrecklich anstrengend sein, aber sie war einer der wenigen Menschen, die Ramona immer dann – sei es vor oder nach der Veränderung – Rückhalt geboten hatten, wenn sie ihn am meisten gebraucht hatte. Und genau deshalb trieb sie sich mit dieser Frau herum, die so viel mehr durch die Geschehnisse verstört zu sein schien als Ramona selbst.

Darnell hingegen war ein ganz anderer Fall. Im Gegensatz zu Jenny konnte er für sich selbst sorgen. Zumindest würde Darnell es von ihnen am ehesten schaffen. Ramona sah zu, wie er sich eine große Kiste heranzog, um sich hinzusetzen. Wie sie redete auch er nicht viel über die Zeit vorher. Sie wußte, daß er in Compton gelebt hatte und aus einer Großfamilie kam. Er hatte einmal erzählt, wie seine Mutter ihn und seine Geschwister zur Kirche geschleift hatte. Das war auch alles, was sie über ihn und sein vorheriges Leben wußte, aber die anderen wußten ja auch nichts über ihres. Seltsam dabei war nur, daß das keine Rolle zu spielen schien. Diese alten Leben waren tot und begraben, und hier gab es nun drei Menschen, die nichts miteinander zutun gehabt hätten, wenn nicht –

„Wo hast du die anderen gesehen?" Jennys Stimme durchbrach die Stille. Sie zitterte in der Dunkelheit.

„Weiter in der Innenstadt." Darnell saß inzwischen auf der Kiste. Er ist nie entspannt, dachte Ramona, außer wenn er sich bewegt. Stillsitzen machte Darnell nervös. „Ich konnte gleich sehen, daß sie jagen", sagte er. „Also blieb ich zurück, hielt mich außer Sicht und folgte ihnen. Es war kraß. Bevor sie sich jemand schnappten, wußte ich, daß sie Vampire waren."

„Vampire..." Jenny schüttelte den Kopf, und ihre Stimme wirkte abwesend.

Sofort sprang er auf. „Fick dich, Jen! Du glaubst immer noch nicht, daß wir Vampire sind?"

Ramona seufzte innerlich. Sie hatten diesen Streit schon hundertmal gehabt. „Wenn du herumschreien willst, können wir das Licht auch wieder anmachen."

Darnell trat einen Schritt von Jenny weg und sprach etwas leiser: „Wir trinken Blut." Er entblößte seine Fänge für Jenny und zeigte auf seinen Mund. „Und sehen die bekannt aus? Ich hab' dich in letzter Zeit auch selten beim Sonnenbaden gesehen, damit dein schneeweißer Arsch mal ein wenig Farbe kriegt. Was denkst du denn, was wir sind?"

„Ich weiß es nicht", sagte Jenny, dann fügte sie aber flüsternd hinzu: „Aber ich bin kein Vampir."

„Sicher, daß sie sich nicht gesehen haben?" fragte Ramona.

Darnell warf ihr einen grimmigen Blick zu, entschied dann aber wohl, daß es eine ernstgemeinte Frage zu sein schien. „Ja."

„Ich habe auch einen gesehen", sagte Ramona. Darnell setzte sich wieder. Er schien nicht besonders überrascht zu sein.

Jenny richtet sich mit weit ausgerissenen Augen auf. „Der Kerl auf dem Motorrad?"

„Ja." Ramona sah zu Darnell hinüber. „Sagte, er wäre beim Sabbat, und daß er zurückkommen wird."

Jenny zappelte unruhig hin und her, aber Darnell schaute Ramona in die Augen.

„Dann soll er mal kommen", sagte er.

Ein lauter Knall erfüllte die Werkstatt – das Donnern einer schweren Tür, die zufiel.

Alle drei sprangen gleichzeitig auf. Darnell war von seiner Kiste herunter. Ramona ging wieder in die Hocke, bereit, in jede Richtung zu springen. Jenny war schon halb in der Grube verschwunden. Sie schaute über den Rand.

„Hast du die offen gelassen?" fragte Ramona Darnell und nickte Richtung Tür.

„Muß ich wohl."

Ramona sah niemand anderen. Langsam schlich sie auf die Tür zu, bereit, anzugreifen oder zu flüchten, wenn eins von beiden nötig wäre. Ein leichter Geruch verbarg sich unter dem Gestank von altem Motoröl und Zigarettenkippen. Ein Geruch, den sie erkannte. Sie hatte ihn in letzter Zeit schon ein paarmal wahrgenommen, konnte ihn aber nicht recht einordnen. Jetzt war er wieder fort, und sie stand allein an der Tür.

„Was war es?" fragte Jenny aus der Grube heraus.

„Weiß nicht." Ramona stand völlig reglos. Sie lauschte auf jede Bewegung von der anderen Seite der Tür. Nichts. Hätte die Tür, die sich wegen der Ketten nur ein paar Zentimeter öffnen konnte, wirklich so laut durch einen Windzug zuknallen können? Ramona erinnerte sich nicht, einen Lufthauch gespürt zu haben.

Darnell stand an ihrer Seite. Er bewegte sich fast so leise wie sie. Langsam tastete Ramona nach dem Türgriff. Mit einer flüssigen Bewegung drehte sie ihn und schob die Tür auf. Sie wurde von der Kette gehalten. Ramona wartete. Nichts geschah.

Zufrieden, daß keiner hereinkam, zählte Ramona im Kopf bis drei und schoß dann durch die Öffnung. So schnell sie sich auch bewegt hatte, und mochte der Spalt noch so eng sein, sie berührte kaum die Tür, als sie hinausglitt. Darnell folgte ihr auf dem Fuße.

Und erneut bemerkte Ramona diesen seltsamen Geruch, der in der Luft hing, aber dann verschwand er wieder, überlagert von den Gerüchen der Stadt und der bekannten Witterung Darnells, der neben ihr stand.

„Ich denke mal, daß wir allein sind."

Ramona starrte in die Nacht hinaus und schüttelte den Kopf. „Soviel Glück haben wir nicht."

Samstag, 17. Juli 1999, 22:38 Uhr
Eine Wohnung in Harlem
New York City, New York

„Sie *kann* mich hinschicken, und sie wird es tun", sprach Zhavon mit einer Dringlichkeit in den Hörer, die beinahe den Sinn ihres Flüsterns zunichte gemacht hätte.

„Mädchen, du sagst einfach, du gehst nicht", sagte Alvina.

„Willst *du* es Mama sagen?" fragte Zhavon. Schweigen beantwortete ihre Frage. Alvina war oft genug bei ihr gewesen, um zu wissen, daß man sich mit ihrer Mama nicht anlegte. „Das habe ich mir gedacht."

„Und was machst du jetzt?"

„Weiß nicht." Wie sollte Zhavon denn auch wissen, was sie tun sollte? Deswegen hatte sie Alvina doch überhaupt angerufen, aber bis jetzt war Alvina keine Hilfe gewesen. „Ich glaube, ich gehe."

„Das ist deine eigene verdammte Schuld", sagte Alvina.

„Ich *weiß*, daß es meine eigene verdammte Schuld ist", sagte Zhavon. Wie oft hatte Mama Zhavon genau diese Worte eingehämmert. Außer, daß ihre Mama natürlich nicht fluchte. „Das brauchst du mir nicht zu erzählen, Alvina." Zhavon legte sich aufs Bett zurück. Mit der freien Hand tastete sie vorsichtig nach der Schwellung in ihrem Gesicht, die mittlerweile fast ganz abgeklungen war. Keine Narben. Die meisten Hämatome waren schon wieder weg. Wenn noch ein paar Kratzer verheilt waren, würde sie wieder so gut wie neu sein. Manchmal fragte sie sich, worüber die halbe Welt so einen Aufstand machte.

„Wenn du nur von Adrien weggeblieben wärst –"

„Ich wollte ihn gar nicht sehen!" Die Lüge flog Zhavon zu, war aber keineswegs überzeugend.

„Klar."

„Was meinst du mit 'klar'?"

„Ich meine, klar, sicher wolltest du Adrien nicht sehen", sagte Alvina.

„So blöd bin ich nicht", sagte Zhavon und erkannte, während sie die Worte sprach, wie blöd sie wirklich gewesen war – aber das bedeutete nicht, daß sie ständig an diese Tatsache erinnert werden wollte. „Sieh mal", sagte sie, „ich kann es jetzt wirklich nicht brauchen, daß du mich anmachst und mir erzählst, wie blöd ich bin. Dazu brauche ich nur mit meiner Mama zu reden."

Die beiden Mädchen schwiegen sich einen Moment lang an. „Ich weiß...", sagte Alvina schließlich. „Aber manchmal bist du halt wirklich blöde."

Zhavon mußte lachen. Die letzten anderthalb Wochen war alles so todernst gewesen, seit sie verprügelt und beinahe vergewaltigt worden war. Dies war möglicherweise das erste Mal, daß sie wieder lachte. Sie konnte sich nicht erinnern. Zhavon erstickte ihr Lachen, damit ihre Mama nichts merkte – nicht, daß Mama bestimmt ohnehin schon wußte, daß ihre Tochter am Telefon hing. „Hayesburg hat wahrscheinlich sowieso bessere Schulen", sagte Zhavon, nicht, weil ihr das etwas bedeutet hätte, sondern weil sie einfach nichts Hoffnungsvolleres finden konnte, an das es sich zu klammern lohnte. Zu Tante Irma aufs Land verfrachtet zu werden war wirklich das letzte, was sie sich wünschte, aber Zhavon schien in dieser Sache kein allzu großes Mitspracherecht zu haben.

„Bessere Schulen, aber keinen Adrien", sagte Alvina.

„Vergiß es!" Zhavon preßte eine Hand auf den Mund. Sie konnte es jetzt wirklich nicht brauchen, ihre Mama noch einmal anzustänkern. „Hör zu!" sagte sie. „Ich fahre erst übermorgen. Wie wäre es also mit heute abend? Du schaffst deinen armseligen Arsch hier rüber zu meinem *blöden* Arsch -"

„Und wir werden Angeliques *fetten* Arsch anrufen...", sagte Alvina.

Sie fingen beide zu kichern an.

„Wir werden Angeliques *fetten* Arsch anrufen...", stimmte Zhavon zu. „Und..." Aber plötzlich brachte Zhavon die Worte nicht mehr über die Lippen. Ihr Lachen verwandelte sich in einen dicken Klumpen in ihrer Magengrube. Den Rest brachte sie nicht mehr heraus. „Und..." Und dann würden sie sich nie mehr wiedersehen.

„Dann haben wir Spaß", sagte Alvina.

„Ja", sagte Zhavon, obwohl beide wußten, daß es nicht das gewesen war, was sie hatte sagen wollen. „Paß auf, ich muß jetzt gehen. Ich rufe dich morgen an."

Nachdem sie den Hörer aufgelegt hatte, hörte Zhavon das leise Geräusch des Fernsehers hinter der Wand. Wahrscheinlich würde ihre Mama heute nacht nicht schlafen. So wie seit anderthalb Wochen schon.

Sonntag, 18. Juli, 0:34 Uhr
Eine Wohnung in Harlem
New York City, New York

Ramona saß auf der obersten Sprosse der Feuerleiter und sah zu, wie Zhavon friedlich schlief. In den ersten Nächten nach dem tätlichen Angriff hatte sich das Mädchen hin und her gewälzt und im Schlaf geschrien, als versuchte sie, den Banditen zu entkommen, die sie in ihren Träumen verfolgten.

Es gibt schlimmeres da draußen, warnte sie Ramona stumm.

In einer Entfernung von einigen Blocks quietschten Autoreifen. Ramona zuckte zusammen und wartete auf den Lärm eines Zusammenstoßes, der niemals kam. Ihr zweiter Gedanke galt Zhavon, der sie einen Blick über die Schulter zuwarf, um zu sehen, ob der Krach sie geweckt hatte. Das Mädchen schlief immer noch seelenruhig. In den vergangenen Wochen der Beobachtung hatte Ramona ein unglaubliches Gespür dafür entwickelt, wann die Schlafende erwachen würde – das leichte Drehen des Kopfes und das Strecken des Halses kurz vor dem verräterischen Flattern der Augenlider. Ramona war sicher, daß Zhavon sie abgesehen von der Nacht des Überfalls nie gesehen hatte, und daß selbst das leicht als hysterischer Anfall oder Trauma umgedeutet werden konnte. Und doch gab es Zeiten, in denen Zhavon wach war, Zeiten, in denen Ramona wußte, daß sie nicht gesehen werden konnte, in denen das dunkelhäutige Mädchen aber trotzdem zu wissen schien, daß jemand – oder etwas – sie beobachtete.

Ich erinnere mich an dieses Gefühl, dachte Ramona.

Sie wurde für einen Augenblick von einem Geräusch abgelenkt, als hätte sich jemand in den Schatten unter ihr bewegt, aber da war niemand.

Du bist ängstlich heute nacht, Mädchen. Wahrscheinlich wegen dieses Motorradfahrers von letzter Nacht, beschloß sie – der Gedanke an ihn erinnerte sie daran, daß sie Jenny nicht so lange allein lassen sollte. Darnell verbrachte nicht mehr Zeit mit ihr, als er unbedingt mußte, und was, wenn der Motorradfahrer tatsächlich zurückkam?

Ramonas Blick streifte zurück zur schlafenden Zhavon. Ramona konnte Jennys Ängste verstehen und teilte einige sogar mit ihr, aber mit Zhavon verband sie auf seltsame Weise mehr. Jenny war das Monster, zu dem auch Ramona geworden war, also gab es da eine Verbindung, aber Zhavon war der Mensch, der Ramona einmal gewesen war. Das Mädchen, das da unter der Decke lag, sah so friedlich aus. Wenn sie allerdings wach war, besaß sie einen gewissen Trotz, eine gewisse Naivität gepaart mit einem verdrehten Gefühl der Unverwundbarkeit.

An dieses Gefühl erinnere ich mich auch, dachte Ramona. Sie hatte sich einmal fast genau so gefühlt. Jetzt wußte Ramona es besser. Sie wußte, daß sich am Ende nicht alles zum Guten wenden würde. Sie wußte, daß auch ihr etwas Schlimmes zustoßen konnte. Zhavon aber schlief weiter und ahnte nichts von den größten Schrecken, die die Nacht zu bieten hatte.

Nach ein paar Minuten erkannte Ramona, daß sie die Sterbliche regelrecht angestarrt hatte – und ja, genau so nahm sie jetzt normale Menschen wahr: als sterblich, als Fleisch, als Blut. Über dem weißen Deckenrand ruhte Zhavons Hand schlaff auf ihrer Brust, und über ihrer Hand war ihr nackter Hals zu sehen. Ramona bildete sich ein, das Pulsieren der Schlagader sehen zu können – tat sie es wirklich? Die Stadtgeräusche in ihrer Umgebung verblaßten hinter dem Bumm-Bumm, Bumm-Bumm eines einzigen menschlichen Herzens, hinter dem unablässigen Rauschen des Blutes, das durch Arterien und Venen gepreßt wurde.

Ramona war schon halb durchs Fenster geklettert – wobei sie sich die Lippen leckte –, bevor sie wieder zu Sinnen kam. Sie zog sich wieder auf die Feuerleiter zurück und schüttelte kräftig den Kopf.

„Ich *hasse* das!" knurrte Ramona flüsternd, als sie sich hinsetzte und mit den Armen die Knie an ihre Brust preßte. So die Kontrolle zu verlieren, wenn auch nur für einen Augenblick, überflutete ihren Geist mit Erinnerungen an die Verwandlung, an die erste Nacht, in der sie Blut auf ihren Lippen geschmeckt und sich dem unstillbaren Hunger hingegeben hatte.

Als Ramona so dasaß, wollte sie über den Fenstersims hinweg Zhavon anschauen, hatte aber Angst vor sich selbst.

Was, wenn es wieder geschieht? Was, wenn ich nicht aufhören kann? Warum habe ich mir überhaupt die Mühe gemacht, sie zu retten? fragte sich Ramona, obwohl sie wußte, daß es weniger eine Heldentat, als vielmehr ein Nachgeben an den raubtierhaften Impuls eines Jägers, dem die Beute genommen werden soll, gewesen war, die beiden Männer in Stücke zu reißen.

Zum Teufel, wenn diese beiden Bastarde mir nicht in die Quere gekommen wären, erkannte Ramona zum ersten Mal in aller Deutlichkeit, *dann hätte ich Zhavon vielleicht selbst getötet.*

Der Jagdinstinkt hatte Ramona übermannt, wie schon so oft. Wer wußte schon zu sagen, wann es wieder geschehen würde? Ramona war sich im klaren, daß es töricht gewesen wäre zu denken, es könne nicht erneut geschehen. Trotz all ihrer neuen Kräfte war sie doch in anderer Hinsicht hilflos.

Wütend auf sich selbst und vom Wunsch nach Ablenkung erfüllt, sah Ramona Zhavon absichtlich nicht mehr an, sondern zerrte an ihren Schuhen herum. Sie machten ihr schon eine ganze Weile Ärger, und augenblicklich war sie nicht in der Stimmung, sich von unbelebten Gegenständen ans Bein pinkeln zu lassen. Sie zog an den Zungen ihrer ledernen Turnschuhe, als seien sie die Ursache all ihrer Probleme, und als sie ihre Füße aus ihnen befreit hatte, war der Grund für ihr Unwohlsein deutlich sichtbar.

Die Turnschuhe waren in Ordnung. Aber Ramona starrte voller Entsetzen auf ihre Füße. Der Abstand zwischen Ballen und Ferse beider Füße war nur noch halb so groß, wie er hätte sein sollen. Dafür waren ihre krummen Zehen abnorm verlängert. Sie waren fast so lang wie kleine Finger, und an ihren Spitzen saßen dicke, gebogene Nägel.

Klauen, dachte Ramona perplex.

Sie hatte schon zuvor gesehen, wie sich ihre Finger in rasiermesserscharfe Klauen verwandelten, aber das war nur passiert, wenn sie zornig oder aufgeregt gewesen war, und die Veränderung hatte nie lange angehalten. Sie starrte weiter auf das, was unmöglich ihre Füße sein konnten, und wartete auf ein Ende der Illusion oder schlimmstenfalls eine Rückverwandlung.

Aber das *waren* ihre Füße, und sie veränderten sich nicht wieder.

Oh mein Gott.

Ramona streckte zögerlich die Hand aus und war tatsächlich überrascht, als sie spürte, wie ihre eigenen Fingerspitzen über die faltige und verdrehte Haut ihres Fußes fuhren.

„Du hast dem Tier nachgegeben", ertönte eine Stimme von unten.

Ramona erhob sich blitzschnell auf ihre verkrümmten Füße. Einen Absatz unter ihr auf der Feuerleiter stand nicht der Puertoricaner, den sie erwartet hatte, sondern ein Fremder.

Ramonas Nackenhaare stellten sich schlagartig.

Der Fremde kam weder näher, noch zog er sich zurück. Er stand einfach nur mit einem ausdruckslosen Gesichtsausdruck da. Eine Sonnenbrille und sein langes, verfilztes Haar verbargen sein Gesicht. Die Farben seiner zerrissenen, zerknitterten Kleidung ließen ihn nahezu vollkommen mit der nächtlichen Szenerie der Stadt verschmelzen.

Ramonas Schock machte dem tiefen Grollen Platz, das aus ihrem Bauch nach oben kroch, aber der Fremde hob den Finger an die Lippen. „Pst." Er nickte in Richtung von Zhavons Fenster.

Er hatte recht. Ramona wollte nicht riskieren, Zhavon aufzuwecken. Und trotzdem brannte sie vor Zorn. Wer war er schon, ihr zu sagen, was sie zu tun hatte? Sie schluckte das Grollen hinunter, aber ihr Ärger verlangte nach einem Ventil, und bevor sie erkannte, was sie vorhatte, sprang sie die Sprossen zu dem Fremden hinunter.

Er schien von ihren Handlungen weniger überrascht zu sein als sie selbst. In einer fließenden Bewegung legte er eine Hand auf das Geländer und flankte von der Feuerleiter hinunter.

Nachdem Ramonas Knie den Schwung ihrer Landung abgefedert hatten, sprang sie ihm ohne Zögern nach. Eine leichte Gewichtsverlagerung trug sie über das Geländer, und sie landete angriffsbereit nur wenige Meter von dem Fremden entfernt in der Gasse.

„Halt still, Bastard", knurrte sie, nun, da er weit genug vom Fenster weg war.

Der Fremde legte den Kopf schief, als lausche er nach einem weit entfernten Geräusch, und blickte dann nach oben zu Zhavons Fenster. „Wen wirst du unbewacht zurücklassen?" fragte er.

Diese Frage ließ Ramona erstarren. *Er weiß von ihr*, dachte sie alarmiert, und in dem Augenblick, in dem ihr Blick dem seinen in Richtung des Fensters folgte, war er fort. Ramona war allein in der Gasse.

Der Fremde war fort, aber seine Witterung hing noch in der Luft – ein schwacher, aber auffälliger Geruch, den Ramona schon zuvor bemerkt hatte, den zu seiner Quelle zurückzuverfolgen sie aber nie in der Lage gewesen war. Sofort machte sie sich in die Richtung auf, von der ihr ihre Nase verriet, daß der Fremde dorthin verschwunden war, aber sie hielt schon nach wenigen Schritten inne.

Wen wirst du unbewacht zurücklassen? Seine erst wenige Augenblicke zuvor gesprochenen Worte fielen ihr wieder ein.

Sie warf einen Blick hinauf zum Fenster. War Zhavon denn in Gefahr? *Wen wirst du unbewacht zurücklassen?*

Er wußte von dem Mädchen, obwohl selbst Ramona nicht verstehen konnte, was sie fast jede Nacht hierher zog. *Seine Witterung.* Ramona zwang sich, nachzudenken. Ihre Instinkte waren sofort von Aggression gegenüber dem Fremden zum Schutz für Zhavon umgeschwenkt, aber Ramona mußte nachdenken. Sie hatte den Geruch letzte Nacht in der Werkstatt bemerkt. Bedeutete das, er wußte auch von Jenny, Darnell und ihrem Zufluchtsort?

Ich komme wieder, hatte der Biker gesagt – wie die schlechte Wiederholung eines Schwarzenegger-Streifens. Gehörte der Fremde auch zum Sabbat?

Ramona warf wieder einen kurzen Blick hinauf zum Fenster.

Oder lockt er mich von hier fort, damit er wiederkommen kann? fragte sie sich.

Wie in so vielen Nächten in den letzten Wochen fühlte sie sich hin und her gerissen, ob sie bleiben und über die Sterbliche wachen oder sich lieber zu ihresgleichen gesellen sollte. Ohne das Dilemma zu lösen, folgte Ramona der Witterung, und obwohl sie bald verflog, hatten sie die ersten Schritte auf den Weg zur George-Washington-Brücke gebracht.

Nach achthundert Metern bemerkte Ramona, daß sie ihre Schuhe auf der Feuerleiter zurückgelassen hatte, aber sie hatte schon genug Zeit verloren. Außerdem bewegten sich ihre Füße mit einer erstaunlichen Leichtigkeit über den Asphalt. Weder Schotter noch Scherben führten zu einem Schmerz an ihren zähen, ledrigen Sohlen, und das rhythmische Klacken von Klauen auf Asphalt ließ sie in eine Trance voll weiter, federnder Schritte fallen.

Wen wirst du unbewacht zurücklassen?

Block um Block, Kilometer um Kilometer legte sie zurück, bis sie die Brücke überquerte, wobei sie an einem Auto vorbeikam, das dem Schatten auswich, der für einen winzigen Moment durch den Augenwinkel seines Fahrers huschte. Dann verschwand auch die Brücke hinter ihr in der Ferne. Ramona kam an der Stelle vorbei, an der sie in der letzten Nacht dem Biker gegenübergestanden hatte. Sie lief wie wild weiter, angetrieben von der Furcht in ihrem Innern. Was, wenn sie ihre Freunde zu spät erreichte? Was, wenn sie die falsche Entscheidung getroffen hatte und Zhavon etwas zustieß?

Als sie die Werkstatt sehen konnte, verspürte Ramona keine Erleichterung, sondern einen Moment unerklärlichen Grauens. Von außen schien alles finster und ruhig zu sein.

Normal ruhig oder zu ruhig?

Kaum war der Gedanke in Ramona aufgeblitzt, erreichte sie schon die Tür. Sie riß sie auf. Die Kette an der Klinke sprang auf, als ihre Glieder einer Kraft ausgesetzt waren, die ihre Belastungsgrenzen bei weitem überstieg. Das Klappern der über den Parkplatz fliegenden Kettenteile ging in der Explosion unter, mit der die Metalltür gegen die Aluminiumwand des Gebäudes schlug. Angriffsbereit hechtete Ramona hinein.

Darnell sprang auf und drehte sich zu Ramona um. Ramona erhaschte nur einen kurzen Blick auf Jenny, die flugs in die nächste Grube hinunterkletterte.

„Mutter...!" begann Darnell zu schreien, aber sein Fluch brach ab, als das Erkennen langsam den Schock auf seinem Gesicht ersetzte. „Was zum Teufel treibst du da?"

Ramona sah sich schnell im abgedunkelten Inneren des Gebäudes um. „War er hier?" fuhr es aus ihr heraus.

„Was... ? Wer denn?" Darnell, der ohnehin schon zornig und mehr als nur etwas peinlich berührt darüber war, so überrascht worden zu sein, wurde durch Ramonas halbwahnsinniges Gebaren nicht beruhigt.

Der Motorradfahrer, wollte sie sagen, erkannte dann aber, daß es nicht er war, über den sie sich die meisten Sorgen machte. *Der Fremde.* „Irgend jemand."

„Niemand, außer dir verrückter blöder Kuh, die die Tür aufgebrochen hat!", sagte Darnell.

In der Grube, in die sich Jenny geflüchtet hatte, erwachte ein Licht flackernd zum Leben. Ihr Kopf erschien, und sie hob die Mechanikerlampe hoch. „Ramona? Bist du das?"

„Mach das Licht aus", antworteten Ramona und Darnell unisono, während sie ihre Augen abschirmten.

Als das Licht erlosch und alle drei in totale Finsternis getaucht wurden, hörte Ramona zum zweiten Mal an diesem Abend das Quietschen von Autoreifen. Schon zuvor hatte sie das Geräusch eines Zusammenstoßes erwartet. Diesmal wurden ihre Erwartungen erfüllt.

Ein Motor verfiel in ein plötzliches Crescendo der Zerstörung aus verbogenem und zerfetztem Metall, als ein Auto durch das linke Tor der

Werkstatt raste. Ein Scheinwerfer zersplitterte in einem Regen aus Glas und Funken. Das Auto riß das Tor aus der Führungsschiene und kam schlitternd an den Gruben zum Stehen.

Ramona entkam mit einem Sprung sowohl dem Auto als auch dem umfallenden Tor. Darnell hatte nicht so viel Glück. Das Auto traf ihn auf der rechten Seite und schleuderte ihn durch die Dunkelheit in die Luft.

Ramona rollte sich ab und sprang auf. Der verbliebene Scheinwerfer hüllte die Werkstatt in ein unheimliches Licht, als das verbeulte alte Auto inmitten des Geruchs von verbranntem Gummi anhielt. Im selben Augenblick öffneten sich auch schon drei der vier Türen, aus denen der Biker und zwei andere in ähnlichen inoffiziellen Uniformen stiegen – verschlissenes T-Shirt, ausgewaschene enge Jeans, schwarze Stiefel.

„Servus, Süßfleisch", rief der Motorradfahrer in die Dunkelheit hinein. Seine Gefährten postierten sich rechts und links neben ihm. „Bereit, mit den großen Jungs zu spielen, oder wollt ihr den Schwanensprung üben?"

Ramona tastete umher und fand einen großen Schraubenschlüssel auf einem Stapel Kisten. Das Werkzeug lag schwer und vertrauenerweckend in ihrer Hand. Der Riß entlang seines Griffs war für Ramona kein Problem. Mit einer schnellen Bewegung schleuderte sie den Schraubenschlüssel auf den Biker.

Er traf ihn an der Schläfe und riß seinen Kopf zur Seite. Er taumelte einen Schritt nach hinten, fiel aber nicht, und als er zu Ramonas Mißfallen sein Gleichgewicht wiedergefunden hatte, prangte ein breites Grinsen in seinem Gesicht.

„Komm zu Papa, Baby", sagte er, als er sich die Lippen leckte und in die Dunkelheit trat, um die Flugbahn des Schraubenschlüssels zurückzuverfolgen. Das Rinnsal aus Blut, das über sein Gesicht lief, schien er nicht zu bemerken, ebensowenig wie die Auswirkungen des Schlages, die einen Sterblichen getötet hätten.

Während sie sich vor dem herannahenden Motorradfahrer zurückzog, schaute Ramona sich nach irgendeiner anderen Waffe in ihrer Umgebung um. Sie fragte sich, ob das wirklich die gleiche Person war, die noch letzte Nacht einer Konfrontation mit ihr aus dem Weg gegangen war. Dem war so, aber heute nacht waren er und seine Freunde in der Überzahl.

Zumindest dachte der Motorradfahrer das.

Plötzlich übertönte ein Brüllen das Brummen des Automotors. Darnell flog wie ein dämonischer Raubvogel durch die Finsternis. Er landete auf den beiden Sabbatmitgliedern hinter dem Biker und riß sie mit seiner wilden Attacke zu Boden.

Während der Motorradfahrer ob des Aufruhrs herumwirbelte, sprang Ramona auf seine Kehle zu. Im letzten Moment spürte er ihren Angriff kommen, aber er konnte ihrem Hieb nicht mehr ausweichen, sondern ihn nur noch abblocken. Ramonas Wucht ließ ihn stürzen.

Einen Augenblick lang wanden sich fünf Vampire auf dem Boden wie Maden in Aas. Bleiche Leiber schlugen um sich, suchten nach einer Stütze, um aufzustehen. Ramona und der Motorradfahrer waren die ersten, die sich aus dem Knäuel befreien konnten. Beide rollten sich zur Seite und sprangen auf.

Darnell kletterte auf einen seiner beiden Feinde und zerfetzte seinem Widersacher mit Klauen und Zähnen das Gesicht. Die Kreatur versuchte verzweifelt, sich zu verteidigen, aber gegen Darnells Wildheit kam sie kaum an. Hinter Darnell erhob sich jedoch der andere Sabbatanhänger und zog eine 38er-Special aus seinem Gürtel, mit der er auf Darnells Hinterkopf zielte.

Ramona wollte ihren Freund retten, aber der Motorradfahrer nutzte die Ablenkung, indem er seine eisenharte Faust auf ihren Hinterkopf schmetterte. Ramona ging auf die Knie, während die Zeit vor ihren Augen einzufrieren schien.

Unvermittelt tauchte Jenny aus der Grube unmittelbar hinter dem Sabbatanhänger mit dem Revolver auf. In jeder Hand hielt sie eine der Klammern eines Überbrückungskabels, die sie sofort an dem ahnungslosen Schützen befestigte.

Die Kabel mußten an eine Batterie in der Grube angeschlossen gewesen sein, denn Funken flogen aus den Klammern und dem Sabbatvampir. Der Revolver fiel ihm aus der Hand, als er sich in unnatürlich starrer Pose verkrampfte. Knisternde Elektrizität umtanzte seinen Körper, der spastisch zuckte, und seine Augen rollten so weit nach oben, daß nur noch das Weiße zu sehen war. Mit einem Schlag schienen beißender Rauch und der Gestank verschmorten Fleischs die Werkstatt zu erfüllen. In Zeitlupe fiel er auf ein Knie und brach dann mit weitaufgerissenem, schäumendem Mund zusammen.

Jenny, auf deren Gesicht das Grauen geschrieben stand, wich ein paar Schritte von ihrem Opfer zurück. Der andere Sabbatvampir nutzte das

Pech seines Freundes aus, um von Darnell wegzuhuschen. Er schlug die Hände vor sein blutendes Gesicht und floh.

Nichts von alldem entging dem Motorradfahrer. Für einen Sekundenbruchteil erstarrte er, unschlüssig, ob er bleiben und kämpfen oder mit seinem Kumpel fliehen sollte. Sein Zögern kam ihn teuer zu stehen.

Ramona trat ihm mit aller Kraft in den Kiefer. Das laute Bersten von Knochen überdeckte das Summen des Überbrückungskabels.

Der Motorradfahrer landete einige Meter entfernt und blieb benommen liegen. Als er sich aufsetzte, stand sein Kiefer in einem ziemlich seltsamen Winkel nach rechts aus seinem Gesicht heraus. Er hob eine Hand, wagte aber nur zimperlich, sein Kinn zu betasten.

Ramona stolzierte zu ihm herüber. „Du hast was über große Jungs gesagt", erinnerte sie den Motorradfahrer. „Schauen die bald mal hier vorbei?"

Ein Anflug von Zweifel huschte über die Züge des Motorradfahrers.

„Vielleicht wirst *du* ja den Schwanensprung von der Brücke üben", sagte Ramona.

Sie und Darnell gingen weiter auf den Motorradfahrer zu. Jenny, die einen großen Bogen um den unter Strom stehenden Körper vor ihr machte, schloß sich ihnen ängstlich an.

Der Motorradfahrer schien von Ramonas Drehkick immer noch benommen zu sein. Anstatt auf ihre Schmähungen zu reagieren, spuckte er Blut auf den Boden, eine Handlung, die ihm offensichtlich große Schmerzen bereitete.

Ramona kam noch näher. Sie machte sich keine Illusionen, daß er und seine Gefährten sie verschont hätten. Von dem bißchen, was sie zuerst an der West- und nun an der Ostküste über den Sabbat gelernt hatte, wußte sie, daß Vergebung nicht gerade eine seiner Stärken war. Er hatte nicht mit Jenny und Darnell gerechnet, und hatte das Biker-Boy nicht echt die Nacht versaut?

Ihr nächster Schritt wurde jedoch von weiterem Motorenlärm in ihrer Nähe unterbrochen – Autos, mehrere davon, und sie kamen näher.

Ramona drehte sich wieder zu dem Motorradfahrer um. Trotz des gebrochenen Kiefers war sein Gesicht zu einem höhnischen Grinsen verzerrt.

„Ihr solltet euch beeilen", stieß er hervor, während ein Lachen, das tief in ihm zurückgehalten wurde, seinen Körper schüttelte.

„*Welpe!*" Eine Stimme hinter Ramona erregte ihre Aufmerksamkeit.

Sie drehte sich um und sah den Oberkörper des Fremden aus einer Öffnung ragen, wo zuvor ein paar Kisten gewesen waren.

„*Hier entlang! Schnell!*" Seine Stimme klang kraftvoll und befehlsgewohnt. Sie war frei von jeglicher Verzweiflung und deutete überdies an, daß er keinerlei Verzögerung des Gehorsams erwartete.

Wieder drehte Ramona sich zu dem Motorradfahrer um, der nun fröhlich lachte. Blut troff aus seinem Mund.

Sie trat ihm nochmals ins Gesicht. Er wurde zur Seite gewirbelt und blieb reglos liegen, aber Ramonas Blut kochte. Sie wollte ihm den Garaus machen.

Der Fremde verharrte erwartungsvoll. Die Öffnung lag so, daß Jenny und Darnell ihn nicht sehen konnten. Nur Ramona vermochte das. Sein Blick bohrte sich in den ihren.

Die Autos, die dem Motorradfahrer neuen Mut geschenkt hatten, waren nun ganz in der Nähe. Scheinwerferlicht strömte durch das Loch, wo das Tor fortgerissen worden war. Der Motorradfahrer rührte sich nicht mehr, aber in den Autos würden mehr Sabbatanhänger kommen. Wie viele, das wußte Ramona nicht. Sie wollte es auch nicht herausfinden.

„Kommt schon", rief sie Darnell und Jenny zu. Sie führte sie zu der offenen Falltür. Der Fremde war nirgends zu sehen.

„Wo kommt die denn her?" fragte Jenny.

Ramona zuckte die Achseln. „Sie war unter ein paar Kisten."

Sie wartete über der Öffnung. Wer war der Fremde, der sie vorhin bedroht hatte und ihr nun half? Ein Auto, das durch das bis dahin noch intakte zweite Tor der Werkstatt raste, verscheuchte die Frage aus ihrem Kopf. Ramona sprang in die Öffnung hinein, und Jenny und Darnell folgten ihr auf dem Fuße. Darnell bewies genügend Geistesgegenwart, um die Falltür hinter sich zuzuziehen.

Sie befanden sich nun in einem niedrigen, engen Zwischenboden, in dem Rohre verschiedenster Größe verlegt waren. Durch die Ränder der Falltür sickerte ein wenig Licht hindurch, ansonsten war alles finster.

„Großartig", murmelte Ramona. Ihr erster Gedanke war, daß der Fremde aus der Öffnung hinausgehüpft war und sich aus dem Staub gemacht hatte, als sie nicht hingesehen hatte, und daß sie und die anderen jetzt hier unten gefangen waren – zumindest solange, bis die Sabbatverstärkung das Licht anschalten und die Falltür entdecken würde.

Oder vielleicht war der Fremde auch nur schon vor ihnen durch den Zwischenboden geflohen.

Ramona kroch in die Dunkelheit. Ihre Augen gewöhnten sich unglaublich schnell an die schlechten Lichtverhältnisse.

„Aua!" Jenny hatte ihren Kopf nicht tief genug eingezogen.

„*Halt verdammt noch mal das Maul!*" zischte Darnell sie scharf an.

Ramona ignorierte die beiden und kroch weiter. Beinahe wäre sie kopfüber in das Loch gefallen, das sich unter ihr auftat. Sie hatte so abrupt angehalten, daß Darnell genau gegen ihren Hintern und Jenny gegen Darnell stieß.

„Hey...!"

„Halt jetzt verdammt noch mal das Maul!"

Ramona kroch kopfüber in das Loch. „Kommt hier entlang. Nach unten", sagte sie über die Schulter, für den Fall, daß die anderen sie nicht sehen konnten.

Die Rohre wichen nun Erde und Fels, aber der neue Tunnel war keinesfalls größer als der Zwischenboden. Seine Wände schienen sich vielmehr noch enger um sie zu schmiegen. Ramona war noch nie zuvor unter der Erde gewesen. Sie hatte noch nie Grund zu der Annahme gehabt, Klaustrophobie könnte ein Problem für sie darstellen, aber plötzlich spürte sie, wie ihr die Luft knapp wurde.

Du atmest doch gar nicht mehr, du blöde Kuh, rief sie sich selbst ins Gedächtnis und kroch weiter, damit ihr Darnell und Jenny nach unten folgen konnten.

Der Stollen vor ihnen schien tiefer in den Erdboden hineinzuführen, und diese Richtung war im Augenblick so gut wie jede andere auch. Ein winziges, fauliges Bächlein wies Ramona den Weg. Die Decke des Tunnels wurde schräger als sein Boden, so daß er noch enger wurde. Bald kroch Ramona mit dem Gesicht seitlich in den Schlamm gepreßt weiter. Hinter ihr wimmerte Jenny, und Darnell fluchte keuchend. Ramonas Rücken scheuerte an der Tunneldecke, aber sie preßte sich schon so fest gegen den Boden, wie es nur eben ging.

Sie blickte sich suchend in der Dunkelheit um. Ihre Augen hatten sich so weit wie irgend möglich angepaßt. Es gab zu wenig Licht, und es war nichts zu sehen außer Fels und Dreck. Sie wollte sich nirgends einquetschen, aber sie wollte auch nicht versuchen, Jenny und Darnell zur Umkehr zu bewegen, um entweder die andere Richtung zu nehmen oder wieder in der Werkstatt aufzutauchen. Weiterzukriechen war besser.

Ramona schob sich mit etwas mehr Kraftaufwand weiter und überwand die Engstelle. „Hier wird es wieder breiter", ließ sie die anderen wissen. Der Stollen verlief jetzt außerdem steiler nach unten. Durch den Platzgewinn kamen sie schneller voran und erreichten bald eine scharfe Biegung. Ramona konnte frische Luft im Gesicht spüren. Nach zwanzig weiteren Metern krabbelten sie auf das Steilufer des Hudson-Rivers, unweit der George-Washington-Brücke.

Ramona schaute sich um, aber von dem Fremden war nichts zu sehen. Fast hätte sie die anderen gefragt, ob sie ihn gesehen hatten, beschloß dann aber, daß dies weder die richtige Zeit noch der richtige Ort war. Diskussionen mit Jenny und Darnell arteten oft zu Streitereien aus, und Ramona wollte sich erst weiter vom Sabbat entfernen, ganz egal, wie viele von diesen Bastarden sich hier herumtrieben.

„Hier entlang", sagte Ramona und begann, in nördlicher Richtung dem Flußlauf zu folgen.

„Wo gehen wir hin?" fragte Jenny. Sie zog ihren oberen Pulli aus, der vollkommen verdreckt war.

„Nach Hayesburg", sagte Ramona. New York schien plötzlich zu heiß geworden zu sein. *Genau wie L. A.*, dachte Ramona.

Darnell mußte einverstanden sein. Ansonsten hätte er nicht so gezögert zu widersprechen. „Nach Hayesburg", wiederholte er. „Wo ist das denn?"

„Ich habe keine Ahnung", antwortete Ramona. „Ich schätze, wir werden es herausfinden." Sie hielt die Augen weiter nach sich anschleichenden Sabbatmitgliedern offen – oder nach dem Fremden, der, sei es gut oder schlecht, Interesse an ihnen gefunden zu haben schien. Sie beschleunigte ihren Schritt vom Trab zu einem Rennen und versuchte zu entscheiden, wie sie reagieren sollte, wenn sie ihn wieder träfe – ihm danken oder ihm in den Arsch treten? Ihr schien nicht sofort eine Antwort einzufallen.

Sonntag, 18. Juli 1999, 04:39 Uhr
Interstate 81 North
In der Nähe von Roanoke, Virginia

Die Sonne und der Mond waren Hand in Hand in ihrer ganzen weißen Pracht in diesem kleinen Spiegel gefangen. Vor ihm schienen weiße Linien aus der Dunkelheit zu kommen, eine nach der anderen, wie wunderschöne Schwäne, die einander dicht auf dicht folgten.

Alles andere war finster.

Der Fahrtwind, den die vorbeisausenden Schwäne erzeugten, zerrte an Leopolds Gesicht. Er zwinkerte die scharlachroten Tränen fort, die diese visuelle Kakophonie aus Sicht und Un-Sicht hervorrief. Die weißen Linien der Sonne und des Mondes brachen aus dem Spiegel hervor und zerschmetterten ihn zu einem Spektrum von Farbtönen. Jede von ihnen verlockte ihn, sich in seiner makellosen Perfektion zu verlieren. Regenbogenfarbene Bänder hüllten Leopold ein. Sonne und Mond waren nicht mehr gefangen. Die Zwillingskugeln dehnten sich weit über die Plastikränder des Spiegels aus und hüllten Leopold in gleißendes Licht.

Im gleichen Moment wichen die Schwäne hektisch nach links aus, ohne ihre Flugformation aufzulösen. Ein tiefes Hupen ertönte, das Leopold bis ins Mark zu erschüttern schien. Das Geräusch ertönte hinter ihm. Er schaute über die Schulter ins Angesicht von Sonne und Mond, befreit vom Rückspiegel, als sie auf ihn zurasten.

Leopold riß das Lenkrad herum, schoß nach rechts und passierte wieder die Schwäne. Sonne und Mond rasten an ihm vorbei. Die Spektralfarben blitzen auf und waren fort.

Die Reifen kamen vom Asphalt ab und hatten nur noch unsicheren Halt auf dem Kies des Seitenstreifens, als der Wagen herumschleuderte. Instinkte, die in einer weit entfernten sterblichen Vergangenheit geschärft worden waren, setzten plötzlich ein. Leopold warf sich in das Schleudern hinein, übersteuerte und drehte das Lenkrad dann sicher in die andere Richtung, um das zweite Schleudern zu korrigieren. Das Auto schien für eine Sekunde am Rande der Flucht zu schweben, dehnte sich dann aber in die Unendlichkeit... plötzlich kippte es nach rechts und kam rutschend zum Stehen.

Leopold konnte vor seinem geistigen Auge schon den nächsten Augenblick sehen, obwohl er noch nicht eingetreten war – das Auto überschlug sich und landete auf der Seite, dem Dach, rutschte entlang des Highways in die Böschung hinein und kam in einem Regen aus Glas und zerdrücktem Metall zum Stehen.

Die Stille beruhigte das wirbelnde Gemisch aus Sicht und Un-Sicht. Weiße Linien lagen auf der Straße, wo sie den Platz der Schwäne im Flug eingenommen hatten. Sonne und Mond hatten sich in zwei kleine, durchdringendere Lichter verwandelt, die etwa hundert Meter den Highway hinauf zum Stehen gekommen waren.

Das Lachen der Muse, das aus dem Nichts erklungen war, verhallte in der Ferne. In der Verwirrung des Augenblicks war er sich ihrer gar nicht bewußt gewesen. Jetzt wandte er sich hektisch um, um noch einen Blick auf sie zu erhaschen, aber seine Bewegungen trieben die Welt nur wieder in Richtung der schwankenden Achse des Irrsinns.

Er legte den Kopf auf seinen Sitz und gestattete ihr, frei von Belästigungen zu entkommen.

Die Muse würde ihn nicht verlassen. Mit jeder Stunde wurde er sich dieser Überzeugung sicherer. Er war ihr Auserwählter, ein Ventil der unenthüllten Enthüllungen. Sie führte ihn immer weiter, auf daß er Vollkommenheit erschaffen konnte. Wegen ihres Ansporns hatte er dem jungen Mann sein Auto weggenommen und war nach Norden gefahren, die ganze letzte Nacht und auch die heutige.

Die Antworten lagen in dieser Richtung. Leopold war sich dessen sicher.

Aber selbst wenn dem so war, wurde ihm klar, würde der Morgen bald kommen. Er mußte eine Zuflucht finden. Die Reise würde morgen fortgesetzt werden.

Schritte ertönten. Die Welt um Leopold kam zur Ruhe, er war sich teilweise des Mannes bewußt, der aus der Richtung des am Straßenrand abgestellten Lkws auf ihn zukam.

„Jesses, ist alles in Ordnung mit Ihnen?" fragte der Trucker. „Sind Sie besoffen oder einfach nur bescheuert, oder – lieber Gott, ihr Auge ist – "

Leopold packte zu, riß den Mann durch das offene Fenster und trank innerhalb eines Herzschlages aus seinem gebrochenen Genick.

Einige Minuten später fuhr Leopold von der verstümmelten Leiche fort und überquerte die Mittellinie in Richtung der nach Süden führenden Fahrstreifen.

Es gab hier einen Autohof, gar nicht weit weg, dachte er. *Ich werde einen Fahrer überzeugen, mir Schutz zu gewähren.*

Der Fahrer würde während des Tages nicht weiterfahren. Dessen war sich Leopold sicher.

Teil zwei:
Bein

Donnerstag, 22. Juli 1999, 01:02 Uhr
Alte Hayesburg-Schule
Hayesburg, New York

Ramona lag auf dem Rücken auf dem rutschigen Parkett und starrte in die düstere Höhe der gewölbten Decke hinauf, ohne wirklich etwas zu sehen. Sie kniff ihre Augen zusammen. Ihr ganzer Wille war darauf ausgerichtet, dem Trieb zu widerstehen, der sie schon die ganze Nacht herausgefordert hatte. Die Schritte, die auf sie zukamen, die sie hörte und spürte, waren Erleichterung und Ablenkung zugleich. Ramona erkannte Jenny, ohne hinzuschauen – das ruhige Heranschreiten, zögernd, aber nicht schleichend.

Jenny hielt wenige Schritte vor ihr an, sagte aber nichts. Ramona schlug die Augen auf. Das einzige Licht in dem höhlenartigen Raum, das von den Straßenlaternen vor der Tür herrührte, schimmerte durch die Fenster in der Ecke. Jenny nickte ihr mit einem nervösen Lächeln zu. Ihre Lippen, einst voll wie die eines Models, stellte sich Ramona vor, waren nun so blaß, daß sie schon fast blau angelaufen erschienen.

„Ich wollte dich nicht stören", sagte Jenny. Sekunden verstrichen. Sie schien in der Finsternis immer unruhiger zu werden. „Ich dachte, du würdest vielleicht – "

„Schlafen?" fragte Ramona mit einem verächtlichen Schnauben. „Schläfst du wirklich? Selbst am Tage?"

Jenny zog sich einen Stuhl heran und setzte sich darauf. Die einzigen Stühle, die sie in dieser verrammelten Schule gefunden hatten, waren für Kinder – anscheinend hatten die Erwachsenen ihre Stühle mitgenommen, als das Gebäude geschlossen worden war –, und Jenny, die in der ansonsten leeren Sporthalle saß, schien nicht viel zu groß für den Stuhl zu sein, sondern zu schrumpfen, damit er zu ihr paßte. Sie sah aus wie ein Kind, das ganz allein an einem großen dunklen Ort war.

„Nein", sagte Jenny. „Es fühlt sich nicht an, als schliefe man. Aber es muß wohl Schlaf sein... denke ich."

„Hast du Träume?"

Jenny schüttelte den Kopf. „Nicht, daß ich wüßte." Sie starrte verlegen ihre Füße an. „Es ist nicht wie Schlaf. Es fühlt sich eher an, als... "

„Sei man tot", sagte Ramona. Die Worte hingen in der Grabesstille der Turnhalle.

Jenny kniff die Augen zusammen und schüttelte den Kopf – sie versuchte, den Gedanken, von dem sie wußte, daß er wahr war, abzustreifen. Ramona wußte, wie es dem Mädchen ging, sie machte das manchmal auch noch durch, aber nicht in einem Maße wie Jenny. Vielleicht hatte Jenny zusammen mit ihrem sterblichen Leben mehr verloren als Ramona, so daß es schwerer für sie war.

Eine einzelne dunkelrote Träne tropfte aus Jennys Augenwinkel, ein klarer Hinweis auf ihre Unfähigkeit, die Realität zu akzeptieren. Der Blutstropfen fiel auf das Holz des Fußbodens. Ramona hob einen Finger und wischte die Tränenspur von Jennys Wange, steckte den Finger in den Mund.

Vampirin, dachte Ramona.

Als sie den Geschmack des Blutes kostete, blieb das Wort in ihrem Geist hängen.

Vampirin.

Darnell hatte vollkommen Recht. Wie konnte Jenny nur so tun, als seien sie irgend etwas anderes? Jenny zu schelten brachte aber auch nichts, dachte Ramona. Warum verstand Darnell das bloß nicht? Hatte er denn gar nichts von dem Empfinden, mit dem Jenny noch immer kämpfte? Hatte Darnell denn keine Sorgen über das, was er geworden war?

Ich habe Angst vor dem, was ich bin, dachte Ramona.

„Wann ist es zu Ende?" flüsterte Jenny. Blut umrahmte den unteren Rand ihres Auges.

„Ich habe keine Ahnung." Ramona schloß wieder die Augen. Sie konnte noch immer Jennys Blut schmecken. Und wieder spürte sie das Verlangen, dem sie sich schon die ganze Nacht verweigerte.

Im Gegensatz zu ihrer Freundin hatte sie akzeptiert, Vampirin zu sein, aber sie fand gerade erst heraus, was das bedeutete. „Manchmal muß man es einfach wegstecken", sagte Ramona laut.

Durch Jennys lautes Luftholen wurde Ramona klar, daß ihr Kommentar wie ein oberflächliches Fortwischen ihrer Sorgen geklungen hatte. Ramona setzte sich auf, um das Mißverständnis klarzustellen, aber Jenny war bereits aufgesprungen und schon auf dem halben Wege durch die Sporthalle. Sie versuchte, ihr Schluchzen zu unterdrücken, aber Blutstropfen zeigten ihren Weg.

Ramona seufzte tief. *Jen muß wirklich härter werden*, dachte sie. Aber Ramona konnte heute abend Gesellschaft gebrauchen.

Wo ist eigentlich Darnell hin? fragte sie sich. Er hatte vorhin im Keller herumgewühlt, war auf der Suche nach einem tiefergelegenen Keller oder Lagerraum, der sogar noch weiter vom Sonnenlicht entfernt wäre, über die alten eingemotteten Möbel geklettert.

„Das brauchst du nicht", hatte Ramona gesagt, aber er hatte nur gegrunzt und mit seiner Suche weitergemacht.

Sowohl Darnell als auch Jenny hatten seltsam auf Ramonas neueste Entdeckung reagiert.

Sie hatten New York schon vor vier Nächten verlassen. In der ersten Nacht waren sie nicht weit gekommen. Ramona hatte eine Karte aus einem Trödelladen mitgehen lassen, und sie hatten sich tagsüber in einem Abrißgebäude versteckt.

In der zweiten Nacht waren sie gen Norden aufgebrochen, Richtung Hayesburg. Am Anfang ging es langsam. Killer des Sabbat schienen in jedem Schatten zu lauern. Sogar Darnell schien Angst zu haben. Ramona hielt Ausschau, fand aber keine Spur, kein Anzeichen vom Sabbat oder von dem seltsamen Fremden, der nach Gefahr roch, aber auch ihre Flucht ermöglicht hatte. Und wieder hatten die drei ein verlassenes Haus gesucht, um dort zu übertagen.

In der nächsten Nacht waren sie viel weiter nach Norden vorgedrungen und ohne Schutz gewesen, als das erste Rosa und Orange des Morgens sich am Horizont ausbreitete. Ramona und die anderen waren am Rande einer der kleinen Städte gewesen, die am Hudson River verstreut lagen. Und diesmal hatte es keine eindeutige Wahl für eine zeitweilige Unterkunft gegeben.

„Glück gehabt?" hatte Ramona Darnell gefragt, der eine Erkundungstour durch etwa ein Drittel der Stadt gemacht hatte. „Irgendwelche ausgebrannten Gebäude?"

„Keins mit Keller", hatte er geknurrt.

Jenny hatte manisch an ihren Fingernägeln gekaut und war in angespannter Stille dagesessen.

„Warum hast du denn solche Angst vor der Sonne?" hatte Darnell gehöhnt. „Du bist doch keine Vampirin, erinnerst du dich?"

Ramona hatte ihr Gezanke unterbrochen. Sie hatten keine Zeit dafür gehabt. Die drei hatten zusammen mit ihrem anderen Kumpel den Großteil des Landes in einem Kleinbus durchquert – das war Eddies Idee gewesen – und hatten sich daher nie Sorgen um einen Schlafplatz machen müssen. Vielleicht, dachte Ramona, hätten sie den Bus doch noch länger behalten oder sich einen neuen besorgen sollen. Aber im Verlauf der Wochen war sie es immer mehr leid gewesen, in einem Fahrzeug eingesperrt zu sein. Die zwei Nachtmärsche, die sie von der Stadt weggeführt hatten, hatten ihr und den anderen erlaubt, aktiv zu sein. Es wäre schlimmer gewesen, wenn sie in einem Auto eingesperrt gewesen wären und sich bei jedem vorüberfahrenden Auto gefragt hätten, ob in ihm ein Sabbatterrorkommando saß. Ganz abgesehen davon hatten die drei mit ihren übermenschlichen Fähigkeiten einen guten Schnitt erreicht.

Autos taugen nichts, entschied Ramona. Die Nacht war dazu da, erforscht zu werden, man sollte die Luft riechen können und den Boden unter den Füßen spüren.

Sie hatte herunter auf ihre klauenbewehrten Füße geschaut – es war bestimmt Darnell und Jenny aufgefallen, da war sie sich sicher, aber beide hatten Verstand genug gehabt, es mit keinem Ton zu erwähnen – und hatte ihre Zehen tiefer ins Erdreich gegraben. Sanftes Wohlbefinden hatte ihre Füße umfangen, als bestünde eine seltsame Verbundenheit mit der Erde. Sie hatte noch ein wenig tiefer gegraben, und plötzlich hatten ihre Füße begonnen, langsam in den Boden zu sinken. Und obwohl es keine Erklärung dafür gegeben hatte und sie sehr überrascht war, fühlte es sich doch richtig an, als ob sie dafür geschaffen war.

Worte aus dem verlorengegangen Glauben, den sie als Sterbliche gepflegt hatte, waren ihr wieder eingefallen – *Asche zu Asche, Staub zu Staub.*

„Kommt mal her," hatte sie ihre Freunde zu sich gerufen.

Überrascht waren sie gekommen und hatten je eine von Ramonas Händen genommen.

„Schließt die Augen und denkt an nichts", hatte sie den beiden geraten.

Mit den Fingerspitzen hatte sie das Blut spüren können, das unter der untoten Haut lag, die sie festhielt. Sie hatte die Unruhe spüren können, mit der Darnell ihre Hand hielt, und die Spannung, unter der jeder von Jennys Muskeln zu stehen schien. Aber Ramona hatte sie auch durch den Boden unter ihren Füßen spüren können. Sie hatte die Kühle gespürt, die Bruderschaft mit der Erde, und instinktiv hatte sie diese Bruderschaft sich auf die anderen beiden ausbreiten lassen. Sie hatten begonnen, in Trance zu fallen, ohne es zu bemerken, und die Erde hatte auch sie willkommen geheißen.

Asche zu Asche. Staub zu Staub.

„Was machst – " hatte Jenny schwach wegen der Schwere der Trance angefangen zu protestieren, aber Ramona hatte ihre Hand nur noch fester gegriffen und nur ein Schweigen geerntet.

Die Kälte hatte begonnen, sich durch ihre Füße in ihre Beine auszubreiten. Sie hatte gespürt, daß die anderen es auch fühlten. Ihr Unterleib und Oberkörper waren von der Erde umarmt worden. Ramona hatte ihren Willen ausgedehnt, um Jenny zu beruhigen. Darnell hatte die Umarmung teilnahmslos, aber ohne sie zu mögen akzeptiert. Ihre Leiber waren in den Boden versunken, in den sie schon seit langer Zeit für immer hätten zurückgekehrt sein sollten.

Ramona hatte sich vorgestellt, wie die ersten Strahlen der Morgensonne durch das Blätterdach brachen. In ihren Gedanken waren die Blätter in Flammen aufgegangen. Sie hatten ihrem schmorenden, brennenden Fleisch Gesellschaft geleistet, als die Sonne ihr Gesicht berührte. Brannte sie denn? Sie war zu tief in den Schlummer der Toten gefallen gewesen, um es zu wissen oder sich darum zu sorgen. Die Erde hatte aus ihr getrunken, das Feuer gelöscht und jede Faser ihres Wesens umfaßt.

Asche zu Asche. Staub zu Staub.

Finsternis. Kälte. Sicherheit. Vergessen.

Als Ramona die Augen wieder aufgeschlagen hatte, war die Nacht hereingebrochen gewesen. Die Sonne war wieder gebannt. Sie hatte auf dem Boden in einer Kuhle gelegen, ebenso wie Darnell und Jenny, die neben ihr lagen. Die anderen beiden hatten sich gerührt, als erwachten sie aus einem Traum. Ramona hatte still dagelegen und die Kühle genossen, die Kälte, die auch ihr Fleisch durchdrungen hatte.

Ich könnte hier bleiben, hatte sie urplötzlich gewußt. *Ich könnte in den Boden sinken und nie wieder hervorkommen.* Der Gedanke hatte etwas für sich. Aber was war mit ihren beiden Freunden? Was war mit Zhavon?

Jenny hatte sich aufgesetzt und ausdruckslos vor sich hin gestarrt. Darnell hatte sich den Dreck von der Kleidung gewischt. Keiner von beiden hatte etwas gesagt. Sie waren Ramonas fragendem Blick ausgewichen.

Schließlich hatte sich Angst auf Jennys Gesicht gezeigt, als sie sich an Ramona gewandt hatte: „Wie – "

Darnell hatte sich aufgerappelt und Jenny auf den Hinterkopf geschlagen. „Halt bloß die Schnauze! Und du... " Er hatte seine Aufmerksamkeit und einen langen anklagenden Finger Ramona zugewandt. „Mach das nie wieder mit mir!" Dann war er herumgewirbelt und in Richtung Städtchen gegangen.

Jenny war viel zu verwirrt gewesen, um böse mit Darnell zu sein, sie hatte Ramona nur immer noch angeschaut wie das Kaninchen die Schlange...

„Es ist einfach passiert", hatte Ramona Jennys angefangene Frage beantwortet. „Es ist einfach so passiert."

Sie hatte sich ebenfalls aufgerichtet und war in die Richtung gegangen, in die Darnell verschwunden war. Einen kurzen Moment später hatte sie gehört, wie Jenny ihr gefolgt war.

„Ich konnte es nicht aufhalten", hatte Jenny hinter ihr gesagt.

„Wenn du das hättest, hätte dich die Sonne geschnappt", hatte Ramona geknurrt.

Sie verstand nicht alles, was geschah. Wie sollte sie es den beiden erklären, wenn sie es nicht *gespürt* hatten?

In der nächsten Nacht hatten sie Hayesburg erreicht. Ramona hatte gewußt, daß Zhavon nicht weit weg war. Und wieder hatte Ramona nicht gewußt, wie sie zu dieser Überzeugung gekommen war. Sie hatte es gewußt. Es war keine Zeit geblieben, das Mädchen sofort aufzusuchen, da Darnell und Jenny in einem der seltenen Fälle von Einigkeit darauf bestanden hatten, zunächst einen Unterschlupf zu suchen, wenn dies der Ort war, wo sie bleiben würden.

Ramona hatte gerade erwähnen wollen, daß sie jetzt kein Gebäude mehr zum Schutz brauchten, da hatte sie die Wut in Darnells Augen und die Angst in Jennys gesehen und sich dagegen entschieden. Sie hatten die verrammelte Schule gefunden und den Tag darin verbracht.

Jetzt lag Ramona auf dem Boden, ihre Finger berührten die synthetische Versiegelung, die das Holz beschützen sollte, als Jennys Schritte und ihr Schluchzen in der Entfernung verklangen.

Ich haben ihnen diesmal ihren Willen gelassen, dachte Ramona. Sie war bei ihnen in dieser Schule geblieben. *Aber wovor haben sie dann Angst?*

fragte sie sich. In der Erde zu versinken, um der Sonne zu entkommen, war ihr so natürlich vorgekommen wie.... das Trinken von Blut. *Das ist ein weiterer Teil davon... ein Teil dessen, wozu wir geworden sind. Ein Teil, für den die beiden noch nicht bereit sind.*

Ramona saß aufrecht auf dem glatten Boden und starrte ihre Füße an. Sah zu, wie sie ihre verkrüppelten, klauenbewehrten Zehen krümmte und wieder ausstreckte. Es gab Dinge, für die sie selbst noch nicht bereit war. Aber sie schien keine Wahl zu haben. Vielleicht war ja nichts falsch daran, wenn Darnell und Jenny sich an das klammerten, was sie gewesen waren.

Ich sollte die beiden nicht drängen, entschied Ramona. Außerdem hatte sie selbst schon genug Probleme, ohne die der anderen.

Die ganze Nacht, bevor Jenny auf sie zugekommen war, hatte sie versucht herauszufinden, woher die Triebe kamen, die sie spürte. In den Tagen vor ihrer Verwandlung war sie sich ihrer Stimmungen und ihres Antriebs immer sehr bewußt gewesen. Die Veränderung hatte ganz neue Regeln von Ursache und Wirkung aufgestellt, die meisten von ihnen hatte Ramona durch Ausprobieren herausgefunden. Die „Einkaufsliste" der Gefahren war für sie zu einer Art Mantra geworden:

Vorsicht vor der Sonne, denn sie verbrennt Fleisch.

Vorsicht vor Mangel an Blut, denn der Hunger wird die Kontrolle übernehmen.

Vorsicht vor zuviel Blut, vor seinem Anblick und seinem Duft, denn auch dann wird der Hunger die Kontrolle übernehmen.

Vorsicht vor ihresgleichen, denn sie sind überall.

Seltsamerweise schien der Fluß der Worte für Ramona, die nie sehr poetisch gewesen war, von ganz allein entstanden zu sein, der Rhythmus schien aus einem verborgenen Platz in ihr aufgetaucht zu sein, aus einem inneren Lied, das nicht mehr durch das Pochen ihres Herzens überlagert wurde.

Heute nacht aber kämpfte sie gegen einen neuen Trieb an. Oder wenn er nicht neu war, dann schien er doch stärker als vorher zu sein.

Zhavon.

Ramona wußte, daß sie nach Hayesburg geschickt worden war. Ihre Mutter hatte gehofft, eine kleine Stadt würde nachsichtiger auf einen solchen Fehler reagieren wie den, der Zhavon beinahe getötet hätte – dem Zhavon auf jeden Fall zum Opfer gefallen wäre, wenn Ramona ihr nicht geholfen hätte. Die Anwesenheit der Sterblichen war der Grund gewesen, warum Ramona ihre Freunde hierher gebracht hatte. Der Angriff des Sabbat war nur eine nützliche Ausrede gewesen. Ansonsten hätte sich mindestens Darnell gewehrt, nicht, weil er bessere Ideen gehabt hätte, sondern weil das eben seine Art war. Er und Jenny waren Ramona nur gefolgt, weil sie in dieser neuen Welt der Nacht umhertrieben. Ramona war unwillentlich über einen Sinn gestolpert, zumindest die Andeutung eines Sinnes.

Zhavon.

Was hatte sie, fragte sich Ramona, an dem Mädchen angezogen, das in so vielen Nächten Ramonas Schritte absichtlich oder unabsichtlich in dieses Viertel, zu dieser Feuerleiter, an dieses Fenster gelenkt hatte. Sie wünschte, sie hätte es gewußt, weil sie sich schon wieder hinaus auf die Straßen gezogen fühlte. Und auch wenn sie noch nicht alle Einzelheiten des Örtchens erkundet hatte, wußte sie doch, wo – oder eher bei wem – sie landen würde.

Wie sie es schon seit einigen Stunden tat, verweigerte Ramona sich diesem Trieb und blieb in der Grundschule. Sie saß allein in der Mitte der Turnhalle und starrte, ihre Umgebung nur halb wahrnehmend, in die Schatten, wo einst Kinder gespielt und geübt hatten, wahrscheinlich waren sie auch von einem sadistischen Lehrer zum Squaredance gezwungen worden.

Warum gehe ich nicht hin? dachte Ramona. *Deshalb bin ich doch hier.*

Aber kaum war dieser Gedanke in ihrem Geist erschienen, war Ramona auch schon draußen. Instinktiv wich sie den Laternen aus. Gedanken nagten an ihr, aber sie wurden vom Panzer ihrer hyperaktiven Sinne im Zaum gehalten: Der Chor der Grillen übertönte fast das Flattern von Fledermausflügeln im Gebälk der Schule; der erdige Geruch von Rasendünger vermischt mit den Abgasen der Industrie hing über der Stadt; Asphalt rieb sich an den Polstern ihrer dicken Fußsohlen.

Ramona überließ sich diesen Sinneseindrücken. Ihre kräftigen Muskeln und scharfen Reflexe brauchten keine Anweisungen von ihr, um sich schnell, aber vorsichtig zu bewegen, nicht gesehen zu werden – nicht das irgend jemand sich zu dieser nachtschlafenden Zeit im Städtchen rührte, aber Ramonas sichtbar monströse Füße machten es ihr sehr viel schwerer, sich unauffällig unter Menschen zu mischen. Sie strich ohne Sinn umher, wußte aber, wohin ihr Pfad sie bringen würde.

Die Schule war nicht mehr zu sehen. Mehrere Blocks entfernt bellte ein Hund und löste damit eine Kettenreaktion aus, als zwei weitere in das Gebell einstimmten und es vielleicht zwei Minuten lang fortsetzten – weiter über die Erinnerung hinaus, warum sie angefangen hatten zu bellen. Ramona ignorierte den Drang, einen von ihnen zu finden, sich zusammenzurollen und das warme Wohlbefinden eines schlagenden Herzens und einer feuchten Zunge zu genießen. Sie war den Hunden sehr ähnlich, aber auch sehr anders.

Schließlich stand Ramona vor einem kleinen, bäuerlichen Haus, das in einer Reihe ähnlicher Häuser stand. Ein genau bemessener Quader aus roten Ziegelsteinen in der Finsternis. Wie wenig diese Menschen in ihren sicheren Häusern von der Art Leben wußten, das sie früher als Sterbliche geführt hatte, ganz zu schweigen von dem Leben, das sie jetzt führen mußte.

Zhavons Mutter hat gut daran getan, sie hierher zu schicken, dachte Ramona. Es gab schon zu viele Fallen, auch ohne auf die Gefahren, die in der Stadt lauerten, achten zu müssen.

Ramona kletterte in die unteren Äste des Baums am Fenster – *dem* Fenster. *Woher weiß ich das?* fragte sie sich, aber sie versuchte nicht mehr, all die Fragen, die sich ihr stellten, zu beantworten. *Ich wußte es eben.*

Ihr animalischer Blick teilte die völlige Schwärze – jetzt wußte sie auch, warum sie Angst gehabt hatte, hierher zu kommen.

Donnerstag, 22. Juli 1999, 02:31 Uhr
Meadowview Lane
Hayesburg, New York

Rotglühende Augen suchten Zhavons Träume heim, und als sie die Schwelle zwischen Schlaf und Wachen überschritt, schien alles zu verblassen und verändert zu sein.

Aber die Augen blieben.

Zhavon blinzelte heftig. Sie wußte, daß sie nicht mehr träumte, aber sie fühlte sich alles andere als wach. Die Augen waren immer noch da, vor dem Fenster.

Sollten sie nicht fort sein? fragte sie sich im Halbschlaf. *Ich bin wach – sie sollten weg sein.*

Halbherzig dachte sie daran, Tante Irma zu rufen – Tante Irma war genauso hart wie hart wie Mama und dreimal so groß; niemand legte sich mit ihr an –, aber für Zhavon erschienen die Nähe ihrer Tante, die Mauern dieses Hauses unwirklicher als diese roten Augen.

Beobachtend.

Zhavon war nicht durch ein Geräusch geweckt worden. Sie war nicht schreiend vor den Augen weggelaufen, aber eine innere Stimme riet ihr zur Vorsicht. *Ruf deine Tante Irma*, sagte sie. *Hol die Bullen. Jetzt.*

War das Mamas Stimme oder war es die Stimme, die ihr immer Gesellschaft leistete, die sie aber meist ignorierte? Sie wußte, daß die Stimme recht hatte – die Haare, die auf ihren Armen und in ihrem Nacken zu Berge standen, verrieten ihr das –, aber es war nur eine leise Stimme, und jede Sekunde schien sie sich weiter und weiter zu entfernen.

Vor ihrem geistigen Auge erschienen Bilder vergangener Gefahren – der Angriff, das seltsame Paar Schuhe auf der Feuerleiter. Aber das war in New York gewesen. Zuhause.

Hol Tante Irma ... ruf die Bullen... jetzt.

Die Stimme brach ab wie ein schwaches Funksignal. Nein. Es war kein Rauschen, das die Stimme übertönte, wurde Zhavon bewußt. Ein anderes Geräusch. Das Störsignal ihres eigenen, fließenden Blutes, das Pochen ihres Pulses so verstärkt, als ob sie zwei Riesenmuscheln an ihre Ohren halten würde.

Irma... jetzt.

Ein Meer aus Blut überspülte die Stimme, zog sie nach unten, bis nur noch das unbezwingliche Zerren und Reißen des Meeres blieb.

Zhavon starrte durch das Glas, und das Bild vor ihr war ihr eigenes. Durch diese Augen sah sie eine blutrot gefärbte Welt. Sie sah sich selbst auf dem Bett sitzen, langsam einen Fuß vor den anderen setzen, ihr Nachthemd über den Kopf ziehen.

Die Stimme... was sagte sie doch noch gleich?

Ihr eigener Körper, runde Formen, voller Leben. Die Venen waren nicht so dicht an der Oberfläche, aber das ohrenbetäubende Brüllen einer Flutwelle erfüllte ihre Ohren. Sie sah zu, wie sie nach einem Hemd griff, den Jeans, den Schuhen.

Die tosende Welle trug sie vorwärts, löschte das Geräusch ihrer Schritte aus. Ihr Blick war getrübt.

Zhavon öffnete die Augen – hatte sie sie geschlossen? Sie drehte den Türknauf, öffnete die Vordertür, dann trat sie nach draußen, in die Arme des Mädchens aus ihren Träumen.

Donnerstag, 22. Juli 1999, 2:40 Uhr
Meadowview Lane
Hayesburg, New York

Ramona zog Zhavon an sich und drückte das Mädchen an die Brust.

„Ich... ich... " versuchte Zhavon zu sagen.

Ramona bedeutete ihr, still zu sein, streichelte die dichten Locken des Mädchens und schnüffelte an ihrem Ohrläppchen.

„Ich... "

„Pst."

Ramona strich mit ihren Fingern über Zhavons Stirn und zog die Linien ihrer Brauen, ihrer Wangen und ihres Kiefers nach. Wärme ging von der Haut der Sterblichen aus – echte Wärme, Kapillaren, Kanäle des lebensspendenden Blutes, sein Fluß angetrieben vom schlagenden Herzen. Ramonas Finger glitten entlang ihrer Halsbeuge hinab und blieben dort. Neben den angespannten Muskeln pulsierte die Halsschlagader. Ihre Zunge zuckte hervor und kostete den Geschmack von Furcht und Erwartung. Nur ein dünner Schleier aus Blut verwährte ihr das, wonach sie hungerte.

Plötzlich spürte ihre Zunge die scharfen Kanten ihrer Fänge, die ausgefahren wurden.

Oh nein!

Ramona rang um Kontrolle. Sie riß sich los, doch der Schmerzensschrei, den sie hörte, war nicht ihrer.

Zhavon ging in die Knie. Tränen strömten ihre Wangen herab.

Das sind echte Tränen, dachte Ramona. Sie hob die Fingen an ihre eigenen Wangen, spürte die Feuchtigkeit dort – keine blutigen Spuren –, wo sie sich an Zhavon gepreßt hatte. *Das sind echte Tränen.*

Ramona drehte sich von dem sterblichen Mädchen weg und fühlte, wie sie von ihr fortstolperte.

Ich kann es nicht. Ich kann es nicht! dachte sie verzweifelt.

Der Funke des sterblichen Lebens, der Ruf der ähnlichen sterblichen Erfahrungen, eben das Wesen, das Ramona angezogen hatte – das war es, was sie zerstören würde, wenn sie ihren Durst an Zhavon löschen sollte. Sie ahnte, daß sie so wenig, wie sie es nicht geschafft hatte, das Verlangen, das Mädchen zu sehen, für mehr als eine Nacht zu unterdrükken, es schaffen würde, ihren Hunger zu kontrollieren, wenn sie einmal begonnen hatte zu trinken.

Ich kann es nicht.

Ramonas Proteste wurden immer schwächer.

Ich muß von Zhavon weg.

Ich kann es nicht.

Ramona drehte sich um, und zu ihrem Entsetzen sah sie Zhavon auf sich zukriechen.

Donnerstag, 22. Juli 1999, 2:46 Uhr
Meadowview Lane
Hayesburg, New York

Zhavon konnte die Tränen nicht zurückhalten, die ihre Sicht verschwimmen ließen und ihr über die Wangen liefen. Sie hatte solchen Schmerz, solchen Hunger in diesen roten Augen gesehen. Solch unbändiges Verlangen. Zhavon merkte, wie sie dem Mädchen hinterherkroch – sie wollte ihm nicht folgen, war aber unfähig anzuhalten. Rationales Denken war durch animalische Anziehungskraft verdrängt worden. Zhavons Körper schien ihr nicht mehr zu gehorchen.

Das andere Mädchen stolperte um die Ecke. Zhavon versuchte, sich aufzurichten. Ihre Muskeln versagten ihr den Dienst. Sie kroch weiter, voller Angst, das hungernde Mädchen könnte sie zurücklassen. Aber als Zhavon um die Ecke kam, war das hellhäutigere Mädchen nicht weit voraus. Sie war auf die Knie gefallen, ihr Rücken Zhavon zugewandt.

Zhavon kroch an sie heran und bemerkte kaum, was für seltsame, verkrüppelte Füße unter dem Mädchen hervorschauten. Immer noch wurden die Warnungen in ihrem Kopf durch den Ozean, der heraufgedrungen war, übertönt.

Zhavon war nun dicht genug heran, um die Fremde zu berühren, sie griff nach vorn und legte ihre Hand auf die Schulter des Mädchens.

Als sich das Mädchen umdrehte um Zhavon anzuschauen, sah Zhavon die vorherige Verwirrung verschwinden und dem roten Hunger in diesen Tieraugen weichen. Aber etwas... ein verschwindender Hilferuf, voller Hilflosigkeit, schien nach Zhavon zu greifen.

„Ramona?" fragte Zhavon, unsicher, woher sie den Namen kannte, aber sicher, daß sie recht hatte.

Beim Klang ihres Namens übernahm der Hunger die Kontrolle, und das Tier griff Zhavon an.

Donnerstag, 22. Juli 1999, 2:52 Uhr
Meadowview Lane
Hayesburg, New York

Ramona hörte ihren Namen und wußte, Zhavon hatte ihn genannt. Das Tier wußte das auch. Es erhob sich und schlug los, um seinen Hunger zu stillen.

Ramona zerrte am Kragen von Zhavons Hemd, zerriß Stoff und schlug zu. Ihre Fänge sanken in Zhavons Halsansatz – durch Haut, Muskeln und Sehnen, suchten nach der Arterie.

Da war sie!

Blut floß in Ramonas Mund. Die wenigen Hautfetzen, die sie geschluckt hatte, wurden durch das süße Blut heruntergespült, angetrieben durch Zhavons starkes Herz.

Zhavon wurde durch Ramonas ersten Hieb zurückgeschleudert. Sie schrie schmerzerfüllt auf – Schmerz, an den sich Ramona erinnerte. Die Fänge hatten gleichzeitig die stumpfe Kraft eines Hammers und die Agonie von tausend Nadeln, die unter Fingernägel gerammt wurden.

Aber dann bog sich Zhavons Rücken nach hinten durch, und ihr Stöhnen verwandelte sich in etwas anderes, als die Ekstase des Trinkens von ihr Besitz ergriff. Ramona wußte, daß es der Genuß sein würde, der in Zhavons Geist verblieb, wenn sie sanft mit ihr umging.

Sie trank gierig. Der Hunger trieb sie. Ihr ganzes Wesen suhlte sich in diesem Fang.

Diesem Fang...

Zhavon drückte sich an sie. Das Zupacken der Sterblichen, als ihre Finger sich in Ramonas bloße Arme gruben, hätte der leidenschaftliche Griff eines Geliebten sein können. Ihr Kopf fiel zurück, und Tränen rannen über Ramonas Gesicht.

Der Herzschlag ihrer Beute erfüllte sie. Wärme breitete sich in ihrem toten Leib aus und kroch in ihre Extremitäten. Der Hunger ließ sie immer mehr trinken. Bald würde das Herz aufhören zu schlagen.

Niemals!

Ramona hielt inne. Blut lief an ihrem Kinn herab.

Die Anziehungskraft, die von Zhavon und ihrem Leben ausging, konnte den Hunger nicht in Schach halten – aber das mußte sie! Nostalgie oder Blutdurst – Ramona hatte gewußt, was gewinnen würde. Deshalb war sie den Großteil der Nacht fortgeblieben.

Aber sie hatte der Versuchung doch nachgegeben.

Zhavon begann, in Ramonas Armen zu erbeben. Bald würde nicht mehr genug Blut in Zhavon sein, um sie am Leben zu erhalten. Sie würde einen tödlichen Schock erleiden. Zhavon würde sterben.

Nein.

Ramona wollte sich losreißen, in die Finsternis fliehen, aber als Zhavons nächster Herzschlag mehr Blut in Ramonas Mund spülte, schlug eine erneute Welle des Hungers über ihr zusammen. Unfähig aufzuhören, stürzte sie sich wieder auf die klaffende Wunde, nagte sich tiefer, riß das hinderliche Fleisch fort und sog soviel Blut wie nur möglich.

Zhavon winselte, war aber gefangen in der Verzückung des Bisses. Sie wehrte sich nicht, sondern umfing Ramona nur noch stärker, preßte ihre Körper zusammen, als wären sie eins.

Ramonas Wille lag gleichermaßen in der Hand des Bisses. Und doch wußte sie trotz ihrer Triebe noch immer, daß Zhavon auf immer ihre Menschlichkeit verlieren würde, und daß auch Ramonas eigene Menschlichkeit durch diese Tat gemindert würde, doch als der Hunger sich ein weiteres Mal erhob, war sie außer Stande, sich ihm zu widersetzen.

Sie hatte ihren Willen, sich dem Hunger zu widersetzen, noch nicht ganz verloren, als der Pflock sich durch ihren Rücken in ihr Herz bohrte.

Ramona riß Augen und Mund auf. Ein Schmerzensschrei entwich ihr mit einer gurgelnden Fontäne von Blut.

Zhavon wimmerte mitleiderregend und sank zu Boden.

Ein weiterer Stoß des Pflocks trieb ihn durch den Rest von Ramonas Oberkörper, so daß er aus ihrer Brust hervorschaute. Trotz des frischen Blutes in ihren Adern wurden ihre Glieder von einer Kälte ergriffen, die sie erstarren ließ. Sie versuchte, den Pflock zu ergreifen, ihn zurückzuschieben, aber ihre Stärke schwand, bevor sie ihn auch nur berühren konnte.

Als sie fiel wie eine umgeworfene Statue, schwebte eine andere, männliche Gestalt zu Zhavon herab. Sie schnüffelte kurz an der tiefen Wunde an Zhavons Hals, leckte dann über die Ränder und tief in die Wunde hinein. Die Blutung wurde zum Tröpfeln.

Ramona sah zu, wie es ein Toter bei seiner Beerdigung tun mochte – anwesend, aber nicht imstande einzugreifen.

Er wird mich töten, dachte sie, *und dann Zhavon.*

Aber er schien kein Interesse an Ramona zu haben. Er hob Zhavon auf und wandte sich ab. Aus ihrer schiefen Perspektive, gehalten von dem Holzpflock, sah sie für einen kurzen Moment sein monströses linkes Auge. Es wölbte sich viel zu groß für seine Höhle hervor, und ein schleimiger Eiter zischte und brodelte am Rand.

Dann war er fort – mit Zhavon.

Und Ramona blieb gelähmt zurück, um den herannahenden Sonnenaufgang zu erwarten.

Donnerstag, 22. Juli 1999, 2:58 Uhr
Barnard College
New York City, New York

Hadd. Rache.

Was für eine Wendung der Ereignisse, dachte Anwar, *wenn ein Einsatz der Fertigkeiten meines Clans auch noch eine Bezahlung für einen Tod einbringt, den jedes Kind Haqims gern gratis gebracht hätte.* Und er hatte gehört, daß die Bezahlung für diesen *Kafir* eine Karaffe voller besonders altem, mächtigem Blut war. Alt und mächtig. Und zwar sehr alt und mächtig, wenn man den Gerüchten glauben schenken konnte.

Schritte näherten sich. Instinktiv glitt Anwar tiefer in die Schatten hinein. Er bezweifelte, daß jemand ihn sehen konnte, wenn er es nicht wünschte, war aber nicht gewillt, alle Vorsicht fallenzulassen, wenn es denn nicht unbedingt erforderlich werden sollte. Manchmal mußte man Risiken eingehen, aber wenn dies ohne Not geschah, so war es nur töricht.

Die Schritte gehörten zu einem Wachmann, einem der Sterblichen, die angeheuert worden waren, um für die Sicherheit auf dem Campus dieses kleinen Colleges zu sorgen, das inmitten einer verruchten Stadt lag. Es war möglich, daß diese Wache auch ein Scherge der Hexenmeister war, und so stellte er seine dunklen Kräfte der Tarnung nicht auf die Probe, sondern blieb ungesehen, bis der Mann vorübergegangen war.

Der Campus war gut ausgeleuchtet, aber Schatten fand Anwar dennoch spielend. Er hätte beinahe über die Vorstellung gelacht, daß die Straßenlampen und die auffälligen Notrufsäulen ihn auch nur einen Moment lang davon abbringen könnten, sich eine der Frauen zu nehmen, die an diesem Ort studierten. Den Sommer über gab es sowieso wenige von ihnen hier, und zu dieser frühen Stunde war erst recht keine zu sehen. Er hatte ohnehin kein Interesse an ihnen.

Er beobachtete das Seminargebäude auf der anderen Seite des Platzes. Seine Fassade und der Landschaftsgarten vor ihm ähnelten anderen Einrichtungen vor Ort, aber Anwar war von der Korrektheit seiner Anweisungen überzeugt. Sein Kontakt würde aus diesem Gebäude auftauchen, wenn sich ihm eine Gelegenheit bot. Nichts durfte verdächtig wirken. Das war Anwars größte Sorge – daß der Kontakt seinen oder ihren Teil der Mission vermasselte, daß Anwar durch die Inkompetenz eines *Kafir* aufflog. Gegen so viele Hexenmeister hätte er nur wenig Chancen gehabt.

Seltsamerweise machte sich Anwar wenig Sorgen über Verrat. Natürlich war es vorstellbar, daß die ganze Mission ein Hinterhalt war, daß der Kontakt ihn an die Tremere ausliefern würde, aber Anwar hielt das für unwahrscheinlich. Obwohl er seine Arbeit stets effizient verrichtete, machte er sich keine Illusionen, daß sein Tod einen bedeutsamen Schlag gegen seinen Clan oder einen Gefallen an einen Feind bedeuten könnte. Mehr noch als auf die eigene Analyse vertraute er jedoch auf das Urteilsvermögen seiner Ahnen. Wenn sie ihn eines sinnlosen Todes für würdig erachtet hätten, so würde er diesen Weg gerne gehen und mit jedem Schritt Haqim preisen.

Für den Augenblick wartete Anwar geduldig. Jegliches, was vom Licht des Mondes und der Sterne beschienen wurde, hatte seine Zeit.

Hadd. Rache.

**Donnerstag, 22. Juli 1999, 3:03 Uhr
Im Staate New York**

Leopold warf die bewußtlose Sterbliche auf den Rücksitz, kletterte hinter das Steuer und ließ den Motor an. *Jetzt bist du so nah!* dachte er, als sich das Auto mit einem kleinen Sprung in Bewegung setzte und die Kleinstadt hinter sich ließ, die abgesehen von dem, was er ihr geraubt hatte, keinerlei Bedeutung besaß.

So nah, schnurrte die Muse wie ein Spiegelbild seiner eigenen Gedanken. Leopold konnte ihren feuchten Atem im Nacken spüren.

Er versuchte gar nicht erst, sich umzudrehen und einen Blick auf sie zu erhaschen. Leopold hatte gelernt, daß eine solche Hektik sich als unvorteilhaft erweisen konnte, wie die verschiedenen Beulen am Auto und das Gras, das an Kühlergrill und Stoßstangen klebte, bezeugten.

Leopold hatte ein wenig Einsicht in – wenn auch keine Kontrolle über – das chaotische Zusammenspiel von Sicht und Un-Sicht gewonnen. Er mußte nicht mehr jeden Augenblick auf der Hut sein – zumindest, so lange er keine Dummheiten machte –, um das kaleidoskopartige Entgleisen der Welt aufzuhalten. Er erkannte die fahlen Elemente, das weltliche Treibgut seiner Umgebung nun fast so deutlich wie ein Bühnenbild. Er konnte sich nun einigermaßen sicher einen Weg durch diese leblose Landschaft bahnen, die er schon so lange kannte.

So nah, flüsterte ihm seine Muse ins Ohr.

Sie hatte der Sicht Richtung gegeben, und nach einer Phase der Übung und Eingewöhnung konnte er jetzt seine neue Welt betrachten, ohne die alte ganz aus den Augen zu verlieren.

Das Mädchen gehörte zu seiner neuen Welt.

Nach nächtelanger anstrengender (und gefährlicher, denn er gewöhnte sich auf der Reise an die Sicht) Autofahrt hatte ihn die Muse in die Kleinstadt geleitet. Unfehlbar hatte sie ihn geführt – *an diesem Block entlang, hier links.*

Aber was ist es?

Spute dich, hatte sie gescholten. *Die Zeit ist knapp, und wir sind so nah dran...*

Mit Hilfe des Auges hatte Leopold nach und nach die Bedeutungslosigkeit, die kleingeistige Leere seiner früheren Heimatstädte – Boston,

Chicago, Atlanta – erkannt, aber wenn sie das Äquivalent künstlerischer Ausscheidungen waren, dann war diese Kleinstadt nicht mehr als eine Fliege, die sich in ihrem stinkenden Glanz sonnte.

Und doch, Wunder über Wunder, als Leopold dorthin gegangen war, wohin ihn die Muse geführt hatte, hatte er gefunden, was sicher Thema und Material seines größten Werkes werden sollte.

Das Mädchen hatte sich im Griff einer anderen Kainitin befunden, einer der Ungewaschenen, aber Leopold hatte diese Sache bereinigt.

Das Mädchen stöhnte, ihr hilfloser Körper rutschte ein wenig auf dem Rücksitz, dann verlor sie endgültig das Bewußtsein, fiel vielleicht sogar in ein Koma.

Leopold riskierte einen Blick auf sie. Im Gegensatz zu der Kainitin sprach die Sicht auf sie an. Er hatte es gewußt, nachdem er an den Reihen substanzloser Häuser vorbei gewesen war und sie betrachtet hatte – die Perfektion in Linienführung und Formgebung, die Qualität, mit der Licht sich auf ihrer Haut brach. Sie überstrahlte die blasse Umwelt.

Sie, da war sich Leopold ganz sicher, würde Thema und Material für das Werk sein, das ihm wahre Unsterblichkeit einbringen würde.

Dem Himmel sein Dank, daß ich sie gefunden habe, bevor es zu spät gewesen wäre, dachte Leopold. *Diese Barbarin hätte sie zerstört und den Sinn ihres ganzen Lebens zunichte gemacht!*

Leopold hatte über die tiefe Wunde an ihrem Hals geleckt. Seine Zuwendungen hatten sie gerettet. Sie würde leben. Zumindest lange genug.

So nah... mmm... so nah, flüsterte die Muse.

Sie hatte ihn zu diesem Material geführt. Sie würde einen einsamen Ort für ihn finden, und sie würde ihm die richtigen Werkzeuge offenbaren.

Leopold raste nach Norden, weg von der Stadt. *Vor Sonnenaufgang muß ich so weit wie möglich kommen.* Das Lenkrad war klebrig von den Absonderungen, die aus dem Auge sickerten und tropften.

Donnerstag, 22. Juli 1999, 3:05 Uhr
Meadowview Lane
Hayesburg, New York

Verdammte Scheiße.

In ihrer Phantasie wand sich Ramona und stöhnte, versuchte, den unablässigen Qualen zu entkommen, die ihren Leib durchfuhren, aber der hölzerne Pflock durch ihr Herz ließ keinerlei Bewegung zu. Ungeduldig wartete Ramona auf das Ende. Ihr Körper, ihr Herz waren durchbohrt. Dies mußte nicht nur für einen Sterblichen, sondern auch für eine Vampirin bestimmt den Tode bedeuten. Aber da gab es diese Geschichten...

Bring es schon zu Ende, dachte sie. Wenn der Pflock allein schon nicht genug war, dann hätte ihr ihr Angreifer zumindest den Todesstoß geben können, um den Schmerzen ein Ende zu bereiten. Er hätte es ihr ersparen können, nach einer weiteren Nacht in dieser Hölle auf Erden zu erwachen.

Nein, erinnerte Ramona sich. *Er ist fort.*

Und hatte Zhavon mitgenommen.

Verdammte Scheiße.

Ihr Beschützerinstinkt, derselbe Zwang, der Ramona auf die Vergewaltiger hatte losgehen lassen, kam in ihr hoch. Sie erinnerte sich an das groteske Auge ihres Angreifers, malte sich aus, wie sie es ihm aus dem Gesicht reißen würde.

Aber sie war wie gelähmt. Vollkommen hilflos. Und der Schmerz war noch nicht fertig mit Ramona. Er schwoll in ihrer Brust an, schoß durch jedes Körperglied, pochte in ihrem Kopf. Ramona wurde schwarz vor Augen, und alles verblaßte. Dann brach die Finsternis über sie herein.

Ihre Blick klärte sich.

Wie lange...?

Der Himmel war inzwischen deutlich heller geworden. Die Morgendämmerung würde nicht mehr lange auf sich warten lassen. Entsetzen erfaßte Ramona.

Die Morgendämmerung nahte. Die Sonne ging auf.

Ihre Haut juckte, als leckten schon die ersten, unsichtbaren Strahlen über sie hinweg, gierig nach ihrem Fleisch, das zischen und brennen sollte.

Ramona rang die Furcht nieder. Ihre Gedanken ordneten sich so weit, daß sie Überraschung empfinden konnte. *Warum zum Teufel wache ich denn auf?* fragte sie sich.

Zhavons Entführer hatte Ramona mit einem Stück Holz durchbohrt, aber das war nicht mehr ihr sterblicher Leib. Sie war nicht tot, sondern nur gelähmt.

Nur gelähmt.

Aber das würde reichen. Die Sonne würde den Rest schon erledigen.

Jemand könnte mich finden, mich in ein Haus bringen, ehe die Sonne aufgeht, dachte sie verzweifelt, aber sie wußte, was wahrscheinlich eher passieren würde. Wenn Sterbliche sie finden sollten, würden sie sie für tot halten, die Polizei oder den Notarzt rufen, und bis die Hilfe eingetroffen wäre, würde Ramonas Körper nur noch eine rauchende Hülle sein.

Nein. Ramona konnte ausschließlich auf sich selbst zählen.

Nachdem Ramona das erkannt hatte, versuchte sie, ihren Kopf frei zu machen, um ihre gesamte Aufmerksamkeit und Energie in einer Handlung zu bündeln – sie mußte den Arm heben, den Pflock packen und aus ihrem Oberkörper ziehen.

Ansonsten würde Ramona sterben. Und zwar einen ganz grauenhaften Tod.

Und obwohl Ramona darüber sinnieren konnte, ob ein Ende dieses Fluches, der ihr neues Dasein war, nicht eine Erlösung sein konnte, war ihr Selbsterhaltungstrieb zu stark ausgeprägt. Ramona würde es nicht schaffen, sich einfach dem brennenden Schmerz und dem Tod auszuliefern, die mit dem Sonnenaufgang kommen würden. Auch dieses Bild verbannte sie aus ihrem Kopf.

Mit einer unglaublich konzentrierten Anstrengung ließ sie ihre ganze Kraft in den rechten Arm strömen, in die Hand, die dem Pflock am nächsten war. Kein anderes körperliches Empfinden bedeutete etwas. Die Macht ihres Blutes, ihre Willensstärke konnten vollständig auf diese eine Aufgabe gerichtet werden, die ihr eine weitere Nacht schenken konnte. Sie stellte sich vor, wie ihre Hand nach dem Pflock griff und an ihm zog, damit der Bann, in dem er sie hielt, gebrochen würde. Mit jeder Faser ihres Körpers und jedem Fünkchen ihrer Seele wollte Ramona diese eine Bewegung.

Und trotzdem konnte sie nicht einmal den kleinen Finger rühren.

Als Ramona ihr Scheitern erkannte, setzte Panik ein. Die ruhige, rationale Haltung, um deren Bestehen Ramona so gekämpft hatte, verflog, und ihr Verstand wurde angesichts des unaufhaltsam näherkommenden Sonnenlichts von urtümlichem Geheul überflutet. Ihr animalischer Schrecken war ebenso unnütz wie ihre konzentrierte Anstrengung. Beide waren den prickelnden Strahlen der Sonne gleich, die just in jenem Augenblick durch die Bäume fielen.

Ramona blickte starr nach oben, während die Welt vom Dampf verhüllt wurde, der aus dem weichen, weißen Gewebe ihrer Augen emporstieg. Sie fühlte sich, als verbrenne sie von innen, aber auch außen wurde es nun so heiß, als drücke jemand überall auf ihrem Körper Zigaretten aus. Ramonas Lippen begannen zu sieden. Die Haut auf ihrem Gesicht, ihrem Hals, ihren Armen und ihren Füßen begann sich zusammenzuziehen. Todesqual und Panik vermischten sich in ihr, nährten einander. Die Morgensonne ließ den Pflock in ihrem Herzen nur noch wie eine Stecknadel erscheinen, und sie konnte nicht einmal gegen diese Schmerzen ankämpfen.

Dann bewegte sich der Pflock.

Durch den Schleier des Schmerzes hindurch wußte Ramona, daß Teile ihres Körpers verbrannt waren, daß es kein Fleisch mehr gab, das den Pflock noch hätte halten können. Nur deshalb bewegte er sich.

Aber dem war nicht so.

Eine Hand packte das Ende des Pflocks zwischen Ramonas Brüsten. Sie fühlte, wie sie einen kurzen Augenblick hochgehoben wurde, als jemand den Pflock aus ihr herausriß. Sein Verlassen ihres Körpers wurde von einem widerlichen Geräusch begleitet, dem Geräusch, das ein Stiefel macht, wenn man ihn aus dem Matsch zieht. Die Wunde in ihrer Brust wurde sofort von den Strahlen der Morgensonne ausgebrannt.

„Und jetzt ab in die Erde!" ertönte eine Stimme in ihren Ohren. Eine Stimme, die sie schon einmal gehört hatte.

Das Gesicht des Fremden war dem Ramonas ganz nah. Sein wildes Haar verdeckte die Sonne. Er packte sie bei den Schultern.

„Geh schon!" brüllte er Ramona an.

Ich rieche dich nicht, wollte Ramona sagen. Sie roch nur Feuer... Rauch... ihr eigenes Fleisch.

„Geh, du dummer Welpe!"

Ramona drehte den Kopf. *Ich kann mich bewegen*, dachte sie.

Eine große Müdigkeit überkam sie, trotz des Feuers. Und wieder sah sie den Fremden. Er stand neben ihr. Sie sah zu, wie er in der Erde versank.

Ab in die Erde!

Jetzt begriff sie seinen Befehl. Er befahl ihr Zuflucht vor dem Feuer.

Ab in die Erde!

Und Ramona ging in die Erde. Sie versank im Boden, und die Erde, eine kühlende Salbe für ihr brennendes Fleisch, hieß sie willkommen.

Ab in die Erde!

Asche zu Asche.

Donnerstag, 22. Juli 1999, 11:06 Uhr
Im Staate New York

Als erstes spürte Zhavon das Pochen in ihren Schläfen, als schlüge ihr jemand alle zwei oder drei Sekunden einen Hammer auf den Kopf. Es war hundertmal schlimmer als damals, als Alvina an eine Flasche Bourbon gekommen war. Der Schmerz schoß von ihren Schläfen in die Ohren und dann durch den Kiefer, dessen Muskeln angespannt und verkrampft waren, obwohl ihr der Mund aufstand. Methodisch öffnete und schloß Zhavon den Mund, brachte ihren Kiefer zum Arbeiten, bis die Muskeln sich ein wenig gelockert hatten.

So lange brauchte sie, um genug Mut aufzubringen, die Augen aufzuschlagen, und sie brauchte danach noch einmal einen Moment, bevor sie begriff, daß sie schon geöffnet gewesen waren. Zhavon sah nur Finsternis.

Es ist Nacht, dachte Zhavon. *Ich bin in einem dunklen Zimmer.*

Aber irgend etwas war nicht in Ordnung. Eine Menge Dinge waren nicht in Ordnung. Langsam schafften es ihre Sinneseindrücke ins Gehirn, und die Informationen wurden durch das Grauen der vergangenen Stunden gefiltert.

Das Auto, erinnerte sie sich dunkel. *Ich bin nicht mehr in dem Auto.* Zhavon fragte sich, wie lange sie da wohl drin gewesen sein mochte. Einige Minuten? Einige Stunden?

Und davor war... *das Mädchen aus meinen Träumen.*

Ein dumpfer Schmerz ging von ihrem Hals aus. *Das Mädchen aus meinen Träumen*, versuchte sich Zhavon zu erinnern. *Sie... sie... hat mich umarmt. Sie...* Aber dann wurde alles undeutlich und verschwommen.

Schmerz. Und Lust. Zhavon erinnerte sich daran, die Luft angehalten zu haben, scheinbar endlos. Sie erinnerte sich, gehofft zu haben, daß dieses Gefühl weiterginge, und immer weiter.

Dann war da dieses Auto gewesen. Ihr war übel, aber sie konnte sich nicht übergeben.

Und was war jetzt...? Finsternis.

Kleine Nadelstiche. Kitzelnd. Sie kamen von ihren Händen. Sie waren eingeschlafen. Ihre Arme waren eingeschlafen. Hinter ihrem Rücken. Sie versuchte, die Hände zu bewegen, aber es gelang ihr kaum. Ein anderer

Schmerz setzte an ihren Handgelenken ein. Ein Brennen. Abschürfungen von einem Seil.

Ich bin gefesselt, erkannte sie, war aber zu schwach, um irgend etwas anderes zu tun, als es zu bemerken. *Ich bin an etwas angebunden. An einen Pfosten oder so etwas.* An etwas kaltes. Beton vielleicht, oder Stein.

Zhavon blinzelte, aber die Dunkelheit wich nicht. Abgesehen von den Schmerzen war ihr auch kalt. Und zwar eiskalt. Sie war völlig durchgefroren. Zhavon versuchte, die Füße zu bewegen, auch das erfolglos. *Waren sie auch gefesselt?* Sie dachte, sie könnte durch ihre Jeans ein Seil spüren, das fest um ihre Knöchel geknotet war.

Das Pochen in ihren Schläfen wurde lauter und verdrängte für eine Weile alle anderen Gedanken. Irgendwann ließ es wieder nach. Eine schwache Brise blies Zhavon ins Gesicht. Sie begann zu zittern – oder erkannte, daß sie bereits zitterte. Sie konnte nichts sehen, spürte aber, daß sie in einem sehr großen, weitläufigen Raum war.

Da war ein Auge gewesen. Plötzlich sah sie vor sich das Bild eines großen, widerlichen Auges, das vor ihr in der Dunkelheit schwebte. Das konnte aber nicht sein. Ihr Verstand mußte ihr einen Streich spielen.

Das Pochen in ihren Schläfen setzte wieder ein. Das Auge war verschwunden, wenn es denn überhaupt je dagewesen war.

Mama. Zhavon formte das Wort mit den Lippen, die so trocken waren, daß sie für einen Moment aneinander klebten. Kein Ton kam über sie. Leise begann sie zu weinen.

Donnerstag, 22. Juli, 21:05 Uhr
Meadowview Lane
Hayesburg, New York

Der Fremde wartete auf Ramona, als sie sich in dieser Nacht aus der Erde erhob. „Komm." Seine Stimme vermittelte eine bestimmte Dringlichkeit, war jedoch frei von Furcht. Obwohl eine Sonnenbrille seine Augen verbarg, wiesen gelegentliche Bewegungen seines Kopfes darauf hin, daß er sich jedes nächtlichen Geräuschs bewußt war.

Ramona lag reglos auf dem Boden. Sie war für einen Augenblick in dem Gefühl gefangen, mit dem sich ihr Körper von der Erde unter ihr gelöst hatte. Die Erde hatte sie willkommen geheißen, aufgenommen und vor der Sonne geschützt. Sie war Teil der Erde, und die Erde war Teil von ihr gewesen.

Asche zu Asche.

Nun war sie wieder ein eigenes Wesen, und in der Verwandlung war etwas verlorengegangen – ein friedliches Gefühl der Ganzheit verblaßte und wurde durch ihre augenblicklichen, eigenen Bedürfnisse, durch den Schmerz ihres versengten Körpers ersetzt.

Ramonas Kehle war trocken wie Pergament. Ihre Augen waren so trocken, daß ihre Lider klebenblieben, wenn sie blinzelte, und ließen sich nur mit Mühe öffnen.

Der Fremde in seiner heruntergekommenen Kleidung beobachtete sie vorsichtig von dort, wo er sich hingehockt hatte. „Komm", sagte er wieder, aber diesmal waren seine Worte weniger harsch, als ob er verstünde, daß sie einen Augenblick brauchte, um den Perspektivenwechsel zu verarbeiten, den sie gerade durchlebte.

Natürlich erinnerte sich Ramona. Der Fremde war mit ihr im Boden versunken. Kleine Lehmklumpen hingen in seinem wirren Haar. Sie starrte ihn lange an und gestand sich schließlich ein, daß seine Anwesenheit ihr Trost schenkte. Er war ihr so ähnlich, erkannte sie, und an ihm war nichts von der Angst, die bei Jenny und sogar Darnell stets offensichtlich war.

Mühsam leckte sich Ramona die verbrannten Lippen. Die Sonne hatte ihren Tribut verlangt, und obwohl die Erde sie beschützt hatte, hatte sie Ramona nicht geheilt. Als Ramona sich aufsetzte, platzte ihre Haut an den Gelenken auf. Wieder leckte sie sich die Lippen und schmeckte Blut.

„Du nennst *mich* einen blöden Welpen", sagte sie zu dem Fremden. „Du Arschloch."

Er zuckte ob der Beleidigung die Schultern, gab ihr keine Antwort, sondern drehte sich um und begann, sich zu entfernen.

Ramonas steife Muskeln verspannten sich, als sie ihn gehen sah. Sie konnte ihn nicht gehen lassen! Sie wurde von ihm angezogen – von dieser Kreatur, diesem Vampir, der gemeinsam mit ihr in die schützenden Arme der Erde gesunken war. Ramona erhob sich schnell. Stechende Schmerzen überfluteten einen Großteil ihres Körpers, erinnerten sie an den Flammentod, den sie heute morgen fast gestorben wäre, aber sie zwang ihre geschundenen und verbrannten Glieder, sich in Bewegung zu setzen.

Der Fremde war zwischen den Bäumen nicht weit gekommen. Ramona holte auf. Er drehte sich nicht um, aber Ramona war sich bewußt, daß er gewollt – *erwartet* – hatte, daß sie ihm folgen würde, und sie war irritiert, wie leicht sie auf sein Spielchen hereingefallen war. Aber er hatte etwas an sich, das in jeder seiner Bewegungen sichtbar wurde – Selbstvertrauen, Selbstsicherheit. Ramona hatte Männer wie ihn auf den Straßen von L. A. gesehen – nicht die Zuhälter oder Drogenhändler, sondern einige der anderen, der Bandenführer, die furchtlos durch die Straßen wandelten. Wie sie stolzierte der Fremde, ohne es zu bemerken. Seine Schritte wirkten leicht, natürlich. Jede seiner Bewegungen erschien kontrolliert. Er war vollkommen frei von Angst.

Angst.

Ramona hatte seit ihrer Verwandlung in Angst gelebt. Sie, Jenny, Darnell, Eddie – sie alle waren nur aus Angst zusammengekommen. Angst hatte sie dazu getrieben, L. A. zu verlassen, wo so viele ihrer Art nachts durch die Straßen streiften, wo viele unbekannte Gefahren lauerten.

Angst war ihr Begleiter geblieben, wohin sie auch reiste. In Texas war dieses... *Ding* – Darnell hatte es einen Werwolf genannt; Ramona wußte nicht, was es gewesen war, es kümmerte sie auch nicht, solange sie sich von ihm und seinesgleichen fernhalten konnte – wie aus dem Nichts aufgetaucht und hatte Eddie in Stücke gerissen.

In New York hatte sich der Sabbat auf sie gestürzt.

Letzte Nacht hatte ein Bastard mit einem Auge von der Größe eines Baseballs Ramona von hinten mit einem hölzernen Pflock gepfählt und Zhavon verschleppt.

Und keiner dieser Alpträume berührte die persönlichen Ängste, die Ramona plagten – die Vermutung, die *Angst*, daß ihr jede Nacht ein Überbleibsel aus ihrem Leben als Sterbliche entglitt.

Der Fremde, der sich nur noch wenige Meter vor ihr befand, bahnte sich einen Weg durch das bewaldete Areal dieser Kleinstadt, als ob er niemals auch nur eine dieser Ängste an sich herangelassen, als ob er sie alle gemeistert hätte.

Ramona rannte jetzt. Die Beine versagten ihr fast den Dienst. Sie legte eine Hand auf die Brust, auf die Wunde, die nur ansatzweise verheilt war, wo sich der Pflock einen Weg in ihren Körper gebahnt hatte. Fast hätte sie dem Fremden zugerufen, er solle langsamer gehen, aber sie schaffte es nicht, ihm ein Zeichen ihrer Schwäche zu geben. Obwohl sie glaubte, vielleicht etwas von ihm lernen zu können, gefiel ihr nicht, wie der Fremde sie behandelt hatte – er tauchte auf und verschwand dann wieder, gab ihr Befehle, als ob sie ihm gehorchen müßte. Sein Selbstvertrauen, das in vielerlei Hinsicht so anziehend war, grenzte schon an Arroganz. Ramona hatte nicht vor, sich ihm zu unterwerfen.

Das war allerdings nur eine ihrer Sorgen. Während sie hinter ihm herstolperte, dachte Ramona zuallererst daran, wie Zhavon von der Kreatur mit dem mißgestalteten Auge verschleppt worden war.

Zhavon.

Mit jedem Schritt wurden Ramonas Beine zittriger. „Wir müssen Zhavon zurückholen", sagte sie schließlich, da sie dachte, der Fremde würde anhalten, um ihr zu antworten, so daß sie sich ausruhen konnte.

Er hielt nicht inne, schenkte ihr nicht einmal einen Blick. Der Fremde brummte nur und ging weiter.

Ramona folgte ihm weiter. Ihre Muskeln schmerzten nach einer Nacht in der Erde. Ihre Brust und ihr Rücken pochten aufgrund der Pflockwunde. Als sie schon befürchtete, sie könnte nicht mehr weitergehen, hielt er endlich an.

Mitleidlos schwang die dunkle Sonnenbrille zu Ramona herum. Er deutete auf irgend etwas in den Schatten. „Da", sagte er.

„Wir müssen Zhavon zurückholen", sagte Ramona erneut, aber dann folgte ihr Blick seinem ausgestreckten Finger.

Im Unterholz lag eine bewußtlose Frau, eine große Afro-Amerikanerin in einem geblümten Nachthemd. Ramona wollte den Fremden anschreien, um ihn davon zu überzeugen, ihr zu helfen, Zhavon zu finden und zurückzubringen. Statt dessen ging Ramona wie gegen ihren Willen müden Schritt für müden Schritt auf die Frau zu. Der Fremde stand nur da und schaute zu, wie Ramona neben der hilflosen Gestalt niederkniete.

„Wir müssen... ", setzte Ramona an, aber die Worte blieben ihr in ihrem trockenen Halse stecken. Sie fühlte, wie ihre Fänge ein Eigenleben entwickelten und in voller Länge ausfuhren.

Die Frau am Boden war bewußtlos, aber sehr wohl noch am Leben. Ramona berührte eine Beule an ihrem Hinterkopf. Die Frau war nicht aus freien Stücken mit dem Fremden gegangen.

Zum zweiten Mal in zwei Nächten war Ramona unfähig, ihre Muskeln zu kontrollieren, aber dieses Mal war sie nicht gelähmt. Langsam beugte sie sich vor, näher, enger an die hilflose Frau heran. Ramona hatte letzte Nacht von Zhavon getrunken, aber sie hatte zuviel Blut verloren. Auch die Sonne hatte einen Blutzoll verlangt. Ramonas Körper brauchte Blut, um zu heilen.

Sie legte die Hände auf eine Schulter und den Kopf der Frau, und etwas an ihrem Gesicht ließ Ramona innehalten. Eine Erinnerung des Blutes in ihr zerrte an ihrem Verstand. Ramona kannte diese Frau – oder zumindest kannte sie Zhavon, von der Ramona ja getrunken hatte –, und ein Name formte sich in Ramonas Geist – *Irma. Tante Irma.*

Die Welt um Ramona herum begann sich im Kreis zu drehen. Für einen Augenblick war es wieder die gestrige Nacht, und sie nährte sich von Zhavon – und sie war Zhavon. Ihr Blut vermischte, vermengte sich.

Ramonas Augen verdrehten sich, so daß nur noch das Weiße in ihnen zu sehen war, als sie die Blutlust übermannte.

Vorsicht vor Mangel an Blut, denn der Hunger wird die Kontrolle übernehmen.

Ramonas Fänge schlugen in sterbliches Fleisch, und mit dem Blut fühlte sie Kraft in ihren Körper zurückkehren. Vitæ und Kraft. Ramona trank und wurde gestärkt. Der Schlag des Herzens pumpte Blut in Ramonas Mund. Seine Schläge wurde mühseliger, aber sie trank weiter. Von ganz weit her rief eine Stimme *Irma. Tante Irma.* Die geballte Blutgier, die Ramona war, trank und trank und wurde stärker, trank, bis Irmas Herz nicht mehr schlug, bis weder Blut noch Leben in diesem Körper waren.

Irma. Tante Irma.

Ramona beugte sich zurück und starrte die Leiche vor sich an – das eingefallene Fleisch, die Blässe des Todes –, und sie wußte, daß genau dies letzte Nacht auch aus Zhavon geworden wäre, wenn diese Kreatur mit dem Auge nicht eingegriffen hätte.

„Fühlst du dich besser?" fragte der Fremde hinter ihr.

Ramona, die von ihrer wilden Völlerei noch benommen war, drehte sich langsam um und erwiderte seinen Blick.

„Tanner", sagte der Fremde.

„Wie bitte?" Ramonas Stimme war schwach. Sie war von dem Gefühl abgelenkt, mit dem das Blut sie verwandelte, ihr totes Fleisch heilte. Von innen nach außen füllte sich das Loch des Pflocks und schloß sich schließlich. Ihre verbrannte Haut gewann einen Teil ihrer Elastizität zurück, wenn auch die schlimmsten Blasen noch blieben.

„Tanner", wiederholte der Fremde. „Mein Name ist Tanner. Und nicht Arschloch."

Ramona wollte sich erheben. Sie wollte Tanner auf Augenhöhe gegenübertreten, aber sie befürchtete, sie würde wohl fallen, wenn sie es versuchen sollte. Also funkelte sie ihn von dort aus an, wo sie gerade neben dem rapide erkaltenden Leichnam kniete. „Du hast diese Frau aus dem Haus geholt, neben dem wir in der Erde waren", sagte sie.

Tante Irma.

Ramona war noch nie in dem Haus gewesen, hatte niemals die Frau auf dem Boden mit eigenen Augen gesehen. Und doch wußte sie alles.

Tanner ging nicht auf Ramonas Beschuldigung ein. Er stand nur da und sah sie an.

Ramona schaute weg, aber ihre Aufmerksamkeit wurde sofort auf die Leiche gelenkt, auf die Frau, die sich nie wieder erheben würde. *Tante Irma.*

„Du gehörst nicht mehr zu *ihnen*", sagte Tanner.

Ramona fuhr herum und sah Tanner ins Gesicht. „Du weißt gar nichts über mich!" Aber sie wußte, daß sie sich irrte. Er war neben ihr mit der Erde verschmolzen. Er hatte ihr diese Frau gebracht, hatte sie beim Trinken beobachtet. Er wußte mehr über sie als sie selbst.

„Menschen sind Nahrung", sagte Tanner. „Nicht mehr und nicht weniger."

Tanner zeigte nicht auf die Leiche, aber Ramona wußte, wovon er sprach. Sie wußte, von *wem* er sprach.

Er sprach von Zhavon.

„Wo ist sie?" fragte Ramona mit plötzlicher Dringlichkeit. „Wo hat er Zhavon hingebracht?"

„Zhavon ist nichts", sagte Tanner gleichgültig. „Nur Nahrung."

Tanners Ausweichen zeigte Ramona, daß sie recht hatte, daß er es wußte. Ihr Magen krampfte sich zusammen. Winzige Tröpfchen blutigen Schweißes traten aus Ramonas untoten Haut. Jeder Gedanke daran, von ihm etwas über ihre neue Existenz zu lernen, schwand, ging an den Trieb verloren, dessen Ziel Zhavon war. „Du hast mich beobachtet. Du hast ihn gesehen", sagte sie.

Sie erhob sich mühsam, ging einen Schritt auf ihn zu.

„Du bist mir schon gefolgt, seit wir in der Stadt sind. Du hast ihn gesehen, Tanner."

Sie konnte ihren Angreifer, das seltsame Auge wieder genauso deutlich vor sich sehen, wie als sie mit dem Pflock durch das Herz am Boden lag. „Aber du hast mich nicht sofort gerettet. Du bist ihm gefolgt", riet Ramona. „Wo hat er Zhavon hingebracht?"

Tanner verschränkte die Arme vor der Brust. „Ich habe dich nicht sofort gerettet, weil du eine Lektion zu lernen hattest, Ramona."

„Wo ist Zhavon?"

„Du hast es immer noch nicht begriffen, Ramona. Hast die Sonne gegrüßt und es immer noch nicht begriffen."

„Ich brauche deine Lektionen nicht!" Ramona packte Tanner am Hemd.

Tanner bewegte sich keinen Millimeter. Obwohl Ramona ihn am Hemd gepackt hatte, fühlte er sich an, als wäre er ein fest im Boden verankerter Felsbrocken. „Du hast keine andere Wahl", sagte er. „Du wirst lernen... und wirst überleben."

Ramona ließ ihn los, trat einen Schritt zurück. Sie sah ihren eigenen verwirten Gesichtsausdruck in seiner schwarzen Brille.

Keine andere Wahl. War das eine Drohung? fragte sie sich.

Aber er hatte sie schon zweimal gerettet, einmal vor dem Sabbat, einmal vor der Sonne. Hatte er sich nicht als Verbündeter, wenn nicht gar Freund erwiesen? Ramona sah ihn nachdenklich an. Tanner wartete ungeduldig, aber worauf? Er sah nicht aus, als ob er sie angreifen würde, aber er hatte gezeigt, daß er sich mit einer atemberaubenden Geschwindigkeit bewegen konnte.

„Ich weiß, daß ich meinen Arsch aus der Sonne raushalten muß", sagte sie und zog verächtlich die Oberlippe hoch.

Tanner blieb völlig ungerührt. „Das hast du schon in der ersten Nacht nach deinem Kuß gelernt, Welpe."

„Nenn mich niemals – !"

Eine schallende Ohrfeige ließ Ramona zurücktaumeln. Sie stolperte über die Leiche hinter ihr und landete unsanft auf dem Boden, aber einen Wimpernschlag später war sie wieder auf den Beinen und bereit, sich zu verteidigen.

Tanner stand immer noch mit verschränkten Armen da, als hätte er sich nie bewegt. Seine vollkommene Gelassenheit enervierte Ramona und verscheuchte den Gedanken daran, ihn anzugreifen.

„Du gehörst nicht mehr zu den Sterblichen", sagte er, als er auf den Boden zu Ramonas Füßen wies.

Nicht auf den Boden, erkannte Ramona, sondern auf *ihre Füße*, die so monströs und deformiert waren. Das Feuer des Widerstandes in ihr erlosch. Plötzlich war sie sich ihrer selbst voll bewußt, schämte sich ihrer Entstellung und dessen, was sie geworden war.

„Wisse, daß du Gangrel bist, Ramona", sagte Tanner. „Und ich dein Erzeuger. Ich habe dich zu dem gemacht, was du heute bist."

Ramona wich ein paar Schritte zurück, als hätte er sie erneut geschlagen. Tanners erste Worte verblaßten. Sie hatten wenig Bedeutung für sie. *Gangrel... dein Erzeuger...* Aber seine letzte Aussage...

Ich habe dich zu dem gemacht, was du bist.

Ein schrilles Klingeln erklang in Ramonas Ohren. Mit einem Schlag erkannte sie, wie angespannt ihre Haut war – die Verbrennungen, den Schaden, den die Sonne bei ihr angerichtet und den nicht einmal Blut ganz hatte heilen können.

Ich habe dich zu dem gemacht, was du bist.

Die kalte Leiche lag vor ihr, zwischen ihr und diesem Fremden, dieser Kreatur, die ihr unzweifelhaft so ähnlich war. Ein toter Körper ihres alten Lebens, der lebende Leichnam ihrer neuen Hölle.

Wisse, daß du Gangrel bist.

„Er hat das Mädchen genommen und ist nach Norden aus der Stadt gefahren."

Ramona dachte, Tanner hätte die Worte gesprochen, aber als sie dort hin schaute, wo er gestanden hatte, war er verschwunden.

Donnerstag, 22. Juli 1999, 22:00 Uhr
Im Staate New York

Das Auge brachte Leopold früher zu Bewußtsein, als er sich normalerweise erhoben hätte. Trotz der Tiefe der Höhle, die ihn vor direkter Sonneneinstrahlung schützte, waren sein Geist und sein Körper noch zu sehr in der Lethargie verhaftet, die ihn gewöhnlich gefangenhielt, solange die Sonne noch am Himmel stand. Er setzte sich auf dem kalten Fels auf und wischte sich den klaren Schleim aus dem Gesicht, der unablässig aus dem Auge rann. Dieses Unbehagen war ein Preis, den er nur allzu gern für die Einsichten zahlte, die er gewonnen hatte.

Hier entlang, lockte ihn seine Muse.

Leopold folgte ihrem Ruf. Die gewundenen Tunnel waren nun sogar noch unwirklicher als heute morgen zum Zeitpunkt seiner Ankunft hier. Die schwarzen Weiten verloren sich fast gänzlich ins Nichts. Das Echo jedes seiner Schritte floh ungehindert in den tiefsten Schlund der Erde.

Leopold hatte die Welt schon immer mit den Augen des Künstlers gesehen. Als Sterblicher war ihm keine Einzelheit entgangen. Er sah keine Wüste, sondern jedes einzelne Sandkorn.

Nach seinem Kuß war das, was ihm zuvor auf natürliche Weise zugefallen war, zum Kampf geworden. Zwar hatte sein Hang zum künstlerischen Ausdruck auch jenseits der Sterblichkeit Bestand gehabt, die Möglichkeit jedoch, diesem Trieb gerecht zu werden, schien ihm genommen worden zu sein. Er war verzweifelt umhergeirrt. Mit der Zeit hatte er sich zurechtgefunden, einen Weg entdeckt, das wettzumachen, was er nicht zurückgewinnen konnte. Seine Besessenheit in bezug auf Einzelheiten war einer Besessenheit in bezug auf Reduktion gewichen – der Ästhetik einer betäubenden Leere. Er hatte in seinen Beschränkungen eine Wahrheit gefunden.

Aber sowohl das sterbliche Detail als auch der untote Verlust waren nur Facetten der Un-Sicht. Nun würde sein größter Erfolg als Sterblicher nur noch wie ein müder Abklatsch erscheinen. Wie sehr Leopold doch all jene bedauerte, die immer noch so waren, wie er es selbst einmal gewesen war.

Das Auge hatte ihm erlaubt zu erkennen, wie vollkommen unbedeutend alles gewesen war, das ihm einmal etwas bedeutet hatte. Auf seinem Weg durch die Höhlen schien er durch eine große Leere zu wandern.

Nicht einmal das kleinste bißchen des Berges war für die Sicht real, und die Un-Sicht, die ihn die vergangenen Wochen über geplagt hatte, verblaßte wie die alte Erinnerung an eine Geliebte aus Jugendtagen. Leopold kümmerte es nicht, daß sein rechtes Auge mit Schleim verkrustet war. Eigentlich gefiel es ihm, von der begrenzten und verwirrenden Perspektive befreit zu sein. Nur die Sicht blieb.

Die Veränderung hatte sich irgendwann während der vergangenen Nacht vollzogen – nachdem er an das Mädchen gekommen, nachdem er eiligst nach Norden in die bewaldeten Berge gefahren war. War es geschehen, als er die Höhlen betrat, oder schon zuvor, als er mit dem Mädchen über der Schulter durch die Wälder wanderte, während ihm die Muse den Weg wies?

Hier entlang.

Sie führte ihn immer noch. Er vertraute ihr blind, ihr, die ihm die Erleuchtung gebracht hatte. Er war auserwählt. Er würde eine solche Größe erreichen, daß sein Name für alle Zeit gepriesen und höher eingeschätzt werden würde als der Toreadors selbst. Leopold würde *der* Toreador sein – der Name nicht länger nur Bezeichnung eines Clans, sondern ein Titel, sein Titel, und Leopold würde der Maßstab für alle sein, die vor ihm kamen und nach ihm kommen würden.

Die Essenz des Lebens, der Schönheit... schnurrte die Muse in Leopolds Ohr.

Er legte den Kopf schief. Seltsam, dachte er, daß obwohl die Sicht immer mächtiger wurde und ihn von den Banden der alten Vision befreite, er immer noch nicht mehr von der Schönheit seiner Muse gesehen hatte. Nur flüchtige Blicke.

Geduld, beruhigte die Muse seinen Geist.

Sein kurzer Zweifel verflog, als er in das strahlende Leuchten seines Materials trat. Das Mädchen war immer noch dort, wo er sie zurückgelassen hatte, als er zur Morgendämmerung tiefer in die Höhlen geflohen war. Er hatte sie an einen vier Meter hohen Stalagmiten gebunden und ihr die Hände hinter dem Rücken gefesselt. Zhavon war zu schwach, um gegen ihre Fesseln anzukämpfen. Während der Nacht hatte sie ihre Blase entleert. Der stechende Geruch, ein Zeugnis der lebenden Welt, ordnete alle Sinne Leopolds.

Ja... Leben... Schönheit. Der Sirenengesang der Worte seiner Muse lenkte seine Gedanken.

Leopold wußte, es gab keinen Grund, an ihren Worten zu zweifeln. Hatte die Muse ihn nicht zu diesem Material geführt? Hatte sie ihn denn nicht an diesen Ort wunderbarer Einsamkeit gebracht? Nun mußte sie ihm nur noch die Mittel – die Werkzeuge – zeigen. Auf ihr Geheiß hin hatte er seine Hämmer und Meißel zurückgelassen, da sie doch nur Instrumente der Un-Sicht waren.

Leopold stand vor dem Mädchen. Sie allein war inmitten der ungreifbaren Umgebung der Höhle wirklich. Die Sicht offenbarte sie Leopold ganz – ihre dunkle, sonnengebräunte Haut, wie frisch aus dem Boden geholter Lehm. Ihre dichten, krausen, dunklen Locken, wie Weinranken auf dem Antlitz der Erde. Der Winkel, in dem ihr Kopf schlaff nach vorn hing, eine Sonnenblume kurz vor der Morgendämmerung.

Bring sie zum Erblühen, flüsterte seine Muse.

„Aber... wie denn?" stammelte Leopold. Er verstand es immer noch nicht ganz. Wie konnte er tun, was die Muse verlangte?

Ich werde es dir zeigen, sagte die Muse, als sie ihn bei der Hand nahm.

Donnerstag, 22. Juli 1999, 22:04 Uhr
Meadowview Lane
Hayesburg, New York

Ramona konnte Tanners Witterung nicht aufnehmen, aber wie lange hatte er sie schon beobachtet, während es ihr nur wenige Male gelungen war, seine Anwesenheit zu spüren, und meist auch nur dann, wenn er wollte, daß sie von seiner Nähe wußte? Sie wußte nicht, was er vorgehabt hatte, und würde nicht hier herumstehen, um es herauszufinden.

Leise bahnte sie sich einen Weg zum Haus zurück. Ramona sah wieder Tante Irmas Leichnam, wie er einsam und verlassen zwischen den Bäumen lag. *Tante Irma – sie ist nicht meine Tante*, rief sich Ramona ins Gedächtnis zurück, aber ihre Gewissensbisse, den Leichnam an diesem abgelegenen Ort zurückgelassen zu haben, wo man ihn erst in ein paar Tagen finden würde, wollten nicht aufhören. Ramona konnte das unangenehme Gefühl nicht abschütteln, Verwandtschaft im Stich gelassen zu haben, und in gewisser Weise war Irma eine Blutsverwandte, denn Zhavons Blut floß noch immer durch Ramonas Körper. Ganz zu schweigen von Irmas Blut.

Was ist mit den anderen? Ramona wurde wütend auf ihren Hang zu Schuldgefühlen. *Wenn man jemandes Blut trinkt, dann gehört er danach noch lange nicht zur Familie – sonst hätte ich eine verdammt große.* Sie schob diese Gedanken beiseite. Ramona konnte nicht die Verantwortung für jeden Sterblichen übernehmen, der ihr zufällig über den Weg lief. Nicht, wenn sie überleben wollte.

Sie waren Nahrung. Nicht mehr.

Obwohl viele Narben der Morgensonne blieben, war Ramonas Stärke durch die Blutzufuhr größtenteils wiederhergestellt. Sie schlich ins Haus und fand, wonach sie suchte – die Schlüssel zu dem alten Buick vor Irmas Haus.

Als Ramona aus der Einfahrt fuhr, war sie voller widerstreitender Gedanken und Gefühle. Zweimal, bei Zhavon und dann bei ihrer Tante, hatte Ramona die Kontrolle über sich verloren. Der Blutdurst hatte sie überwältigt. Nur der unerwartete Angriff hatte Zhavons Leben gerettet. Tante Irma hatte weniger Glück gehabt – wenn man es als Glück bezeichnen konnte, von dem Ding mit dem Auge gerettet zu werden. Ramona wußte nichts über ihren Angreifer. Sie konnte sich das unnatürliche Auge, das sie während ihrer quälenden Lähmung gesehen hatte, nicht erklären. Für Ramona war es das wichtigste, Zhavon zu finden.

Aber warum? Damit du sie dann töten kannst, bevor es ein anderer tut? fragte sie sich.

Es war eine Frage, die Ramona nicht beantworten konnte, aber derselbe Trieb, der sie dazu gebracht hatte, Zhavon zu folgen und ihr Blut zu kosten, stachelte sie nun weiter an.

Ich werde den Hunger kontrollieren, versprach Ramona sich. Über die Details würde sie sich später Gedanken machen. Zuerst mußte sie Zhavon finden.

Auch Tanners Worte spukten Ramona im Kopf herum.

Ich habe dich zu dem gemacht, was du bist.

Gangrel.

Tanner hatte sie zur Vampirin gemacht. Soweit alles klar. Aber warum? Warum gerade *sie*? Und was wußte Tanner außerdem, was Ramona in Erfahrung bringen mußte? Er hatte etwas über eine Lektion gesagt. Aber Ramona konnte immer noch seine Ohrfeige spüren. *Ich werde mir von diesem Arschloch keine Befehle erteilen lassen. Ich habe ihn nie um etwas gebeten.*

Aber Tanner schien so viel mehr zu wissen als sie.

Ramona verdrängte den Gedanken. *Zhavon.* Darauf mußte sie sich jetzt konzentrieren.

Er hat Zhavon genommen und ist nach Norden aus der Stadt gefahren. Das hatte Tanner gesagt.

Ramona kannte sich mit den Straßen in dieser Gegend nicht aus.

Sie wußte nicht, was im Norden lag, mit Ausnahme der Adirondack Mountains, aber aus irgendeinem Grund hatte sie das Gefühl, Zhavon finden zu können.

Frag nicht lang. Fahr einfach, sagte sie sich. Zuviel zu denken könnte das zuversichtliche Gefühl verscheuchen, könnte sie hilflos machen. Also fuhr sie nach Norden. Aber ein weiterer Gedanke ließ Ramona zusammenzucken.

Jenny. Und Darnell.

Was sollte Ramona mit ihnen tun? *Sie müssen hier nicht mit hineingezogen werden*, dachte sie. *Das ist mein Schlamassel.*

Aber was, wenn sie schon mit hineingezogen worden waren? Zhavon wurde schon einen ganzen Tag vermißt. Tante Irma hatte bestimmt die Polizei angerufen, und in einer kleinen Stadt wie dieser, dachte sich Ramona, würde sie die besorgte Tante nicht lange warten lassen, bevor sie eine Suche startete. Was, wenn die Polizei die Grundschule durchsucht hatte? Sie wäre ein plausibles Versteck gewesen.

Ramona wendete das Auto, so schnell sie konnte, ohne halsbrecherisch zu erscheinen. Es war noch nicht spät genug, als daß die Straßen verlassen gewesen wären, und sie brauchte niemanden, der Tante Irmas Auto mit einer fremden Person am Steuer erkannte, der dann die Polizei gerufen hätte.

Ramona fühlte sich, als krieche sie auf die Schule zu, aber schließlich erreichte sie ihr Ziel. Von außen sah alles noch ganz genau so aus wie letzte Nacht.

Ramona ging hinter das Schulgebäude und kletterte durch das zerbrochene Fenster, das sie bei ihrer Ankunft gefunden hatten. Sie lief zur Sporthalle hinüber und wurde von Dunkelheit und Stille empfangen.

Er hat Zhavon genommen und ist nach Norden aus der Stadt gefahren.

In den Keller? fragte Ramona sich, beschloß aber, daß sie nicht die Zeit hatte, lange nach ihren beiden Freunden zu suchen. „He, ihr da. Ich bin's nur", rief sie.

Sie hörte, wie sie die Treppen hinaufkamen – Darnells leichter Schritt, Jennys weniger unauffälliger Gang –, obwohl Ramona wußte, daß sie versuchten, leise zu sein. Darnell trat durch die Tür an der Treppe in die Sporthalle, sagte aber keinen Ton.

„Ramona!" Jenny war erleichtert, ihre Freundin wiederzusehen. „Die Polizei war tagsüber hier. Wir hatten Angst –"

„Gab es Ärger?" unterbrach Ramona sie.

Darnell schüttelte den Kopf. „Sie haben nur ein bißchen rumgeschnüffelt und sind dann gegangen. Keine große Sache."

Ramona wußte genau, daß die Angelegenheit ernster gewesen war. Alle drei waren sich bewußt, wie verletzlich sie bei Tage waren. Direkte Sonneneinstrahlung oder nicht, es gab keine Garantie, daß sich irgendeiner von ihnen verteidigen konnte, während sie der tägliche Schlaf gefangenhielt. Selbst eine kleine Gruppe Sterblicher konnte sich als tödliche Gefahr herausstellen. Aber Ramona wollte gar nicht länger darüber nachdenken.

„Kommt mit", sagte sie.

Jenny setzte sich in Bewegung, blieb aber stehen, als sie sah, daß sich Darnell nicht gerührt hatte.

„Wohin?" fragte er.

Wo immer er Zhavon auch hingebracht hat, hätte Ramona beinahe gesagt, aber sie hielt sich zurück, weil sie die Herausforderung in Darnells Augen sehen konnte. Was würde er tun, wenn er erfuhr, daß der Grund für Ramonas häufige Abwesenheit eine Sterbliche war?

Ramona hatte keine Zeit, um Darnells Frage zu beantworten.

„Mein Gott!" sagte Jenny, die ihr Zögern vergaß und quer durch die Sporthalle auf Ramona zukam. „Was ist passiert?"

Sie wollte den großen blutigen Fleck auf Ramonas Brust berühren, hielt aber kurz davor inne. Ohne zu wissen, was sie tat, schnupperte Jenny über eine Armeslänge hinweg an dem Blut.

„Irgendein Bastard hat mir einen Pflock durchs Herz gerammt, und jetzt verfolge ich ihn", sagte Ramona und vermied so eine Lüge, ohne die Wahrheit zu erzählen. „Wir haben keine Zeit." Ohne auf eine Antwort zu warten, drehte sie sich um und lief aus der Turnhalle. Jennys Schritte waren von Anfang an hinter ihr. Darnell war etwas zögerlicher, aber bis sie am alten Buick angekommen waren, hatte er sie eingeholt.

Als sie von der Schule weg und aus der Stadt hinausfuhren, Darnell vorne neben Ramona, Jenny auf dem Rücksitz, erzählte ihnen Ramona, wie sich ihr Angreifer von hinten an sie herangeschlichen und den Pflock durch ihren Körper gestoßen hatte. Sie erzählte, wie sie hilflos dabei zugesehen hatte, wie er verschwand, und von dem vorstehenden, triefenden Auge. Das allein weckte so großes Interesse, daß sie jede Erwähnung von Zhavon oder Tanner umgehen konnte.

„Einen Pflock durchs Herz?" fragte Jenny ungläubig. „Und du hast ihn rausgekriegt? Du hast es... überlebt?"

„Ich bin hier, oder?" sagte Ramona.

Es mißfiel ihr, ihre Freunde zu täuschen, aber die Vorstellung, ihnen alles zu erzählen, mißfiel ihr noch viel mehr. Warum, das wußte sie nicht. Irgend etwas in bezug auf Zhavon und Tanner war zu intim, genau wie Ramonas eigenes Unvermögen, sich beim Anblick von Blut unter Kontrolle zu halten. Ihre Gedanken waren noch zu wirr, als daß sie sie jemand anderem hätte anvertrauen können. Darnell und Jenny mußten es nicht wissen, beschloß sie, ohne ihr Gewissen beruhigen zu können.

„Was ist das?" fragte Jenny vom Rücksitz aus.

„Was?" fragte Ramona. Sie spürte, wie Finger ihr Ohr berührten, und drehte schnell den Kopf von Jennys Hand weg. „Was machst du denn da?" Ramona faßte sich selbst ans Ohr. Es blutete nicht oder so. Dann fühlte sie, was Jenny bemerkt haben mußte. Der obere Teil ihres Ohrs lief nun spitz zu, war nicht länger abgerundet, wie er hätte sein sollen. Die Rückseite der Spitze war von kurzem, dichtem, leicht gewelltem Haar überzogen, das an Fell erinnerte.

„Was zum ... ?" Ramona betastete ihr linkes Ohr, mit dem gleichen Ergebnis wie beim rechten.

„Ramona?" fragte Jenny ängstlich. „Ist alles in Ordnung?"

„Mir geht es gut." Ramona konnte spüren, wie Darnell sie vom Beifahrersitz aus anstarrte.

Er hatte sehr wenig gesprochen, seit sie ins Auto gestiegen waren, und hatte sich lieber damit beschäftigt, mit den Fingern auf der Innenverkleidung der Tür zu trommeln oder unruhig die Füße zu bewegen, während er Ramona zugehört hatte. Darnell starrte sie immer noch an, vielmehr ihr Ohr, aber sein Verstand schaltete wie üblich schnell auf Pragmatismus. „Weißt du, wo wir hinfahren, Ramona?" fragte Darnell.

Ramona umklammerte das Lenkrad fester. Darnells Frage war eine weitere gewesen, über die sie nicht hatte nachdenken wollen. Letzte Nacht hatte Ramona beinahe direkt den Weg zu dem Haus genommen, in dem Zhavon untergebracht gewesen war, obwohl Ramona noch nie zuvor dort gewesen war oder auch nur ein Bild davon gesehen hatte. Heute nacht fuhr Ramona auf unbekannten Straßen. Sie bog immer dann ab, wenn es ihr richtig erschien. „Ja", sagte sie.

„Was geschieht mit dir?" flüsterte Jenny, aber für Ramonas geschärfte Sinne klangen die Worte wie Donnerhall.

Über die Schulter sah sie erst ihre weibliche Begleitung an, dann Darnell. Dieselbe Frage hing unausgesprochen an seinen Lippen. Diesmal antwortete ihnen Ramona vollkommen ehrlich. „Bei Gott, ich wünschte, ich wüßte es", sagte sie, wobei es ihr nicht gelang, Unsicherheit und Angst daran zu hindern, sich in ihre Stimme zu schleichen.

Die nächste halbe Stunde fuhren sie schweigend. Mitternacht war bereits vorüber. Ramona achtete auf die Straße, versuchte aber, nicht über den Weg nachzudenken. Es schien leichter zu sein, abzubiegen, wenn sie der Sache nicht allzu viel Aufmerksamkeit schenkte. Wenn sie darüber nachdachte, wohin sie fuhr, krochen Zweifel in ihren Kopf. Dann überkam sie die Überzeugung, daß sie ihre Freunde auf eine hoffnungslose Irrfahrt mitgenommen hatte, daß sie jeden Moment von ihr verlangen würden, sie solle wenden und sie zurück nach Hayesburg bringen, zurück zur relativen Sicherheit der Schule. Schließlich hatte Eddie in einer ähnlich menschenleeren Gegend den endgültigen Tod gefunden. Der Gedanke daran, daß sie sie alle in den endgültigen Tod führte, ließ sie zusammenzucken.

Sie versuchte, diese Gedanken zu meiden, sie sofort zu verdrängen, wenn sie doch auftauchten. Sie dachte lieber an Zhavon – an den Geschmack ihres Schweißes und ihres Blutes, an den Geruch von Angst und Erwartung, daran, wie selbstverständlich es sich angefühlt hatte, das Mädchen im Arm zu halten, den Schwung ihrer Schulterblätter und ihres Rückens zu spüren.

Andere Gedanken drängten sich ihr ebenfalls auf.

Ich habe dich zu dem gemacht, was du bist.

Ramona schaute kurz aus dem Fenster, sah die zunehmend seltener werdenden Zeichen der Zivilisation und fragte sich, wie es Tanner geschafft hatte, ihr insgeheim so weit und so lange zu folgen. Er war ihr offensichtlich in New York und auf ihrem Weg aus der Stadt gefolgt: War er ihr schon vorher gefolgt? Wenn Tanner sie wirklich zu dem gemacht hatte, was sie war, würde das bedeuten, daß er in L. A. gewesen war. In der Nacht ihrer Verwandlung war er es gewesen, der sie von hinten gepackt, ihren Kopf nach hinten gedrückt hatte und...

Ramona schüttelte den Kopf, um klarer denken zu können. *Wohin fährst du, Mädchen?* fragte sie sich, aber war das nicht schon immer die Frage gewesen?

Ohne Vorwarnung trat Ramona voll auf die Bremse. Jenny krachte von hinten gegen die Vordersitze. Darnell fing sich mit den Händen auf dem Armaturenbrett ab. Genauso unvermittelt legte Ramona den Rückwärtsgang ein und trat dann das Gaspedal durch. Jenny fiel von der Rückbank in den Fußraum.

„Was zum Teufel... ?" Darnell kämpfte sich in eine aufrechte Position.

Der Buick fuhr – fast außer Kontrolle geraten – einen Zickzackkurs, während Ramona rückwärts die enge Landstraße hinunterraste. Das schwache Leuchten der Rücklichter ließ alles um sie herum in pechschwarzer Finsternis zurück.

„Ramona...!" Jenny zog sich an der Rückenlehne des Fahrersitzes hoch.

Ramona stieg wieder auf die Bremse. Das Auto kam schlitternd zum Stehen. Jenny und Darnell wurden gegen ihre Sitze gepreßt. Ramona schaltete die Scheinwerfer aus und starrte einen Moment aus dem Fenster, während ihre Freunde um Fassung rangen.

„Dort", sagte sie und setzte denn Buick wieder in Bewegung.

Sie bog auf einen unebenen Waldweg ab. Ramona war noch nie querfeldein gefahren, und sie vermutete, daß es dem Buick wohl ähnlich erging. Selbst in der Dunkelheit konnte sie ohne die Scheinwerfer weiter sehen, aber als das Auto schneller wurde, wurde jede Kurve trotzdem schwieriger zu nehmen. Sie rumpelten über ausgewaschene Schlaglöcher. Büsche und Äste peitschten am Auto entlang.

„Was zum Teufel tust du da?" rief Darnell.

Ramona wandte den Blick keinen Augenblick von dem Waldweg ab. In einer weiteren Kurve brach das Heck des Buick aus. Es prallte gegen einen Baum, aber Ramona fuhr unbeirrt weiter. Sie hatte das Lenkrad, an dem sie sich festhalten konnte.

Jenny und Darnell stießen ständig gegen die Seiten und das Dach des Autos.

Ramona kämpfte nicht gegen den Drang an, der sie und ihre beiden Freunde auf diesem selbstmörderischen Kurs vorantrieb. *Was macht das schon?* fragte sie sich. Sie war nicht in der Lage gewesen, sich von Zhavon fernzuhalten oder sich daran zu hindern, zuerst von Zhavon und dann von Tante Irma zu trinken. Warum sollte es jetzt anders laufen? In dieser Hinsicht war sie wie Darnell und Jenny nur ein Fahrgast bei dieser Achterbahnfahrt ins Ungewisse.

Der Buick streifte einen weiteren Baum. Einer der Scheinwerfer zerbarst. Einen Augenblick später klatschte ein Ast gegen die Windschutzscheibe. Risse fuhren wie Blitze durch das Glas.

„*Ramona!*" Darnell war plötzlich nur wenige Zentimeter von ihrem Gesicht entfernt und schrie aus Leibeskräften.

Ramona stieg wieder in die Eisen. Das Autor schlitterte erst ein wenig zur einen, dann zur anderen Seite und kam inmitten einer Staubwolke schließlich zum Stehen.

Es herrschte Stille.

Ramona stierte geradeaus.

Auf dem Rücksitz verfiel Jenny wieder in eine Angewohnheit aus den Tagen als Sterbliche – sie hyperventilierte.

Darnell starrte Ramona zornig an. „Was für eine Scheiße ziehst du denn hier bitteschön ab?"

Ramona starrte auf das Auto vor ihnen, das Auto, vor dem der Buick nur einen halben Meter entfernt angehalten hatte – eine schwarze Limousine mit einem Nummernschild aus Georgia.

Jetzt sah auch Darnell das Auto. Er blinzelte. „Leck mich am Arsch."

Freitag, 23. Juli 1999, 0:45 Uhr
Im Staate New York

Geduld.
Aber wie sollte er geduldig sein angesichts dieser Entdeckung, die den Zenith so vieler Jahre des Lebens und des Unlebens darstellte?
Geduld... oder du wirst sie zerbrechen, warnte ihn seine Muse.
Es war wahr, bemerkte Leopold abwesend. Das Mädchen verlor leicht das Bewußtsein, und auch wenn sie für sein Werk nicht wach sein mußte, so waren die Früchte seiner Arbeit doch unter diesen Umständen um so vieles süßer.
Lenkt ihre Zerbrechlichkeit von ihrer Vollkommenheit als Arbeitsmaterial ab? fragte Leopold sich.
Er tat einen Schritt zurück und konzentrierte die Sicht vollständig auf Zhavon. Als er dies tat, wurden seine Sorgen hinweggewaschen wie die Schreie eines Kleinkindes durch die Muttermilch. Schon jetzt übertraf seine Arbeit alles, was er bisher versucht hatte, und am bezeichnendsten war wohl, daß er nicht mehr länger von einem grobschlächtigen Versuch in den nächsten stolperte, um seine Muse zu erfreuen. Diesmal hatte sie ihn bei der Hand genommen, und er hatte die *Wahrheit* gesehen. Er hatte sie *gespürt. Sie war durch seinen Körper geflossen, süßer als das Blut jedes Sterblichen.*
Die Essenz allen Lebens. Die Essenz aller Schönheit.
Sie gehörten ihm! Und wehe allen Toreador, die ihn je verspottet hatten.
Niemals wieder! schwor er. *Sie werden sich mir alle beugen.*
Geduld, erinnerte die Muse ihn und brachte ihn zum Werk zurück, das vor ihm lag.
„Ja." Sein Flüstern schwoll zu einem Crescendo an, und die Wände der Höhle warfen es zurück.
Das Geräusch schien das Mädchen mit neuem Leben zu erfüllen. Leopold bewegte sich näher an sie heran. Sie erfüllte seine Sicht. Und wieder ging es Leopold nur darum, die Essenz der Wahrheit zu enthüllen.

Freitag, 23. Juli 1999, 1:08 Uhr
Im Staate New York

Nach dem Aussteigen ließ Ramona Darnell vorgehen. Jeder von ihnen, sogar Jenny, hätte der Spur folgen können. Der Entführer hatte anscheinend keine Anstrengungen unternommen, seine Spur zu verbergen. Noch deutlicher als seine breiten Fußabdrücke und die umgebogenen und zerbrochenen Zweige war der Pfad milchig grünen Schleims, der vom Auto wegführte und eine hier und da unterbrochene Spur in die Wälder bildete.

Darnell schnüffelte an einem der Schleimhäufchen. „Der Wichser hätte auch eine Spur von gebrauchten Gummis hinterlassen können."

Während Darnell sie führte, schaute Ramona ständig von einer Seite zur anderen. Sie starrte aufmerksam in das dichte Unterholz.

Jenny, die hinter Ramona ging, bemerkte es. „Könnte es hier –"

„Nein." Ramona wußte, welche Frage Jenny auf der Zunge lag, sie konnte es daran sehen, daß Jenny noch zittriger als sonst war, und sie roch die Angst, die Jenny umgab.

„Denkst du, er hat eine falsche Spur gelegt?" fragte Jenny, die sich der Abfuhr wegen schämte und nun versuchte, die Frage, die sie eigentlich hatte stellen wollen, mit einer anderen zu überspielen.

Ramona schüttelte den Kopf. „Er sah nicht aus wie jemand, der auf Schleichen Wert legt."

„Wie konnte er sich dann an dich anschleichen?" fragte Jenny.

Zunächst gab Ramona Jenny keine Antwort. Sie öffnete den Mund, um ihnen alles zu erzählen – über Zhavon, Tanner –, aber dann schloß sie ihn wieder, ohne etwas gesagt zu haben.

Sie müssen es nicht wissen, dachte Ramona.

Darnell schien jetzt versessen darauf zu sein, den zu finden, der Ramona verletzt hatte, und ihm kräftig in den Arsch zu treten, und Jenny folgte ihnen einfach. Warum sollte sie das ganze jetzt verkomplizieren? Später würde sie ihnen mehr erzählen können.

„Ich war abgelenkt", sagte sie schließlich, ohne sich umzudrehen, um Jenny nicht in die Augen sehen zu müssen. „Paßt gut auf", fügte Ramona hinzu, und sie konnte hören, wie Jenny sich verkrampfte. Es war keine falsche Spur, um die sich Jenny so sorgte, das wußte Ramona. Es war der Werwolf – *Werwölfe*, denn schließlich gab es ja auch mehr als nur einen Vampir – und das, was mit Eddie geschehen war.

Ramona hatte ganz andere Sorgen. Sie machte weder sich selbst noch den anderen vor, keine Angst vor diesen Monstern zu haben. Nur Verrückte hatten keine Angst vor ihnen. Aber sich Sorgen zu machen würde ihren Hals nicht retten. Ramona wußte, daß sie und ihre Freunde hier draußen, fernab von den Städten, tief in der Scheiße steckten, wenn es denn tatsächlich Werwölfe in der Gegend geben sollte. Aber sie konnten nicht anders, als mit dem Problem umzugehen, wenn sie vor ihm standen. Oder sie konnten flüchten und Zhavon im Stich lassen.

Dazu war Ramona nicht bereit.

Es waren jedoch nicht diese Kreaturen – Schemen aus Klauen und knurrendem Tod –, nach denen Ramona Ausschau hielt. Sie hatte das ungute Gefühl, beobachtet zu werden – das Gefühl, das sie in letzter Zeit häufig gehabt hatte, das Gefühl, das auch Zhavon gehabt haben mußte, wenn Ramona vor ihrem Fenster kauerte. Ramona hielt mit Darnell Schritt, aber ihre Aufmerksamkeit galt den Schatten.

Tanner.

Sie wußte, er war irgendwo dort draußen.

Ist er das wirklich? fragte sie sich mit einsetzendem Zweifel an ihrer Intuition. *Wir sind Stunden gefahren. Konnte er so lange mithalten?*

Undurchdringlich ragte der Wald um sie herum auf. Die seltsamen nächtlichen Geräusche der Wildnis erweckten jeden Schatten zum Leben. Das Zirpen jedes Insekts, jedes Blatt, das in einem Windhauch erschauerte, dienten Ramona als Erinnerung daran, was mit ihren Ohren geschehen war. Sie zuckten; richteten sich nach jedem Geräusch aus. Es waren nicht mehr die Ohren eines Menschen, sondern die eines Tiers.

So, wie auch ihre Füße keine menschlichen Füße mehr waren.

Du hast dem Tier nachgegeben.

Das waren Tanners Worte gewesen.

Ich habe dich zu dem gemacht, was du bist.

Tanner, der so verdammt selbstsicher war. Er schien alles zu wissen, konnte wahrscheinlich alles.

Ich hätte es tun können, befand Ramona endlich. *Ich hätte den Buick stundenlang verfolgen können, ohne gesehen zu werden.* Also konnte Tanner es auch. Wie weit war er ihr schon ohne ihr Wissen gefolgt? Den ganzen Weg von L. A.?

Darnell hielt inne, um am jüngsten Schleimhaufen zu schnüffeln. Vielleicht hatte es mit dem Mondlicht zu tun oder dem Filtereffekt des Lichts, wenn es durch das Blätterdach des Waldes fiel, aber Ramona war sich sicher, daß viele der Glibberhaufen unterschiedliche Farben gehabt hatten – manche grünlich wie die ersten paar, andere viel dunkler, fast schwarz, einige durchsichtiger und wieder andere, die kränklich grün und dunkelrot waren, wie eine Mischung aus Blut und dickflüssiger Galle. Nur der faulige Geruch war jedesmal der gleiche. Darnell bestätigte das mit einem angewiderten Naserümpfen.

Vom Auto ab hatte die Spur stetig in die Adirondacks geführt. Für einen Sterblichen wäre die Kletterei ermüdend gewesen, aber durch Ramona floß die Kraft frischen Blutes und das Wissen, daß irgendwo da vorne Zhavon in der Tinte steckte.

Zhavon hat doch nur Pech, dachte Ramona. Sie fragte sich, ob all das passiert wäre, wenn Zhavons Mutter nicht versucht hätte, das Mädchen zu schützen, indem sie es fortschickte.

Oder wenn ich sie nicht gefunden hätte.

Ramona spürte, wie sich die Last der Schuld auf ihre Schultern legte, wenn auch nur für einen Augenblick. *Aber sie wäre in der Nacht, in der sie angegriffen wurde, getötet worden, wenn ich nicht gewesen wäre*, erinnerte sie sich. Geschickt schob sie die Schuld für ihre eigenen und damit auch für einen Großteil von Zhavons Problemen auf einen anderen:

Tanner. Er hat mich zu dem gemacht, was ich bin – zumindest sagte er das. Er hat alles ausgelöst.

Ramona hielt weiter in den Schatten Ausschau nach seiner Gestalt. Sie versuchte, den Gestank des Schleims zu ignorieren und suchte nach jenem anderen vertrauten Geruch, konnte ihn aber nicht finden.

Ist Tanner da draußen?

Darnell hielt inne, als sie den Grat eines Kamms erreichten, aber nur kurz, um Witterung aufzunehmen. Dann deutete er die andere Seite der Anhöhe hinunter. „Wir müssen hier entlang. Wir kommen ihm näher."

Darnell schien versessen darauf zu sein, seine Beute zu stellen. Ramona war sich nicht sicher, ob er von dem Verlangen getrieben wurde, die Verletzung seiner Freundin zu rächen, oder ob die Jagd nun Darnell so in Beschlag genommen hatte, wie sie es manchmal auch mit ihr tat.

„Woher weißt du, daß wir näher kommen?" fragte Jenny.

Darnell richtete sich auf und knirschte mit den Zähnen. Wie so oft erkannte Ramona seine angewiderte Reaktion auf vieles, was Jenny sagte oder tat. Diesmal brach jedoch keine Tirade aus ihm hervor. Vielleicht hatte ihn das Jagdfieber überwältigt, oder vielleicht war er sich auch außerhalb der ihm vertrauten Stadtlandschaft gar nicht mehr so sicher.

Aus welchem Grund auch immer unterdrückte er seinen Zorn und sprach Jenny mit tiefer Stimme an: „Hier ist die Witterung frischer. Wir holen also auf. Merkst du das denn nicht?"

Jenny scharrte mit den Füßen in der Erde, ohne seinen Blick zu erwidern. „Wir sind schon weit gelaufen, und bald setzt die Dämmerung ein. Sollten wir nicht zurück... in eine sichere Zuflucht?"

Wir haben die sicherste Zuflucht, die wir uns wünschen könnten, direkt unter unseren Füßen, dachte Ramona, aber sie schenkte Jenny nicht ihre volle Aufmerksamkeit.

Durch eine Lücke zwischen den Bäumen war im Tal westlich von ihnen eine Wiese zu sehen. Die Wiese endete an einer Klippe, und an einem ihrer Enden lag, in einem Pinienhain versteckt, der Eingang zu einer Höhle.

„Da", sagte Ramona.

„Hä?"

„Was?"

„Da." Sie zeigte auf die Höhle. Darnell und Jenny stellten sich neben sie und folgten ihrem ausgestreckten Finger. „Da ist er." Ramonas Finger begann zu zittern.

Da ist Zhavon.

„Woher –"

Darnell schnitt Jenny das Wort ab. „Bist du dir sicher?" fragte er.

Ramona nickte zustimmend. „Er hat eine Sterbliche bei sich. Ich will sie da rausholen."

Ramona schaute Darnell nicht an, konnte aber spüren, wie sich sein stechender Blick in sie hinein bohrte.

Hast du es denn nicht gespürt, Darnell? wollte sie schreien. *Hast du nicht gespürt, wie dir dein Leben – das wirkliche Leben – Stück für Stück mit jedem Sterblichen, von dem du dich genährt hast, entglitt? Wir verlieren... etwas. Sie aber hat es noch! Ich kann sie nicht sterben lassen.*

Aber Ramona starrte weiter auf den Höhleneingang und sagte nichts.

„Laßt uns gehen", sagte Darnell.

Jenny trat ängstlich von einem Bein aufs andere. „Und der Sonnenaufgang?"

Jetzt sprach Ramona durch zusammengebissene Zähne: „Ich werde nicht zulassen, daß die Sonne dich erwischt, Jenny."

Die hellhäutige Vampirin war durch Ramonas Absichten keineswegs erleichtert, aber Jenny erkannte, daß jetzt nicht die Zeit für Streitigkeiten war. Zähneknirschend folgte sie den anderen, als Darnell sie den Kamm hinunterführte.

Natürlich führte die Spur aus Schleim und zertrampelter Vegetation hinunter zur Wiese und direkt über sie hinweg.

„Wartet, während ich der Spur hinüber zur anderen Seite folge", sagte Darnell. „Wenn sie zur Höhle führt, gebe ich euch ein Zeichen, und ihr nähert euch dann aus verschiedenen Richtungen."

„Scheiß drauf", sagte Ramona und folgte ihm.

Jenny, die nicht alleingelassen werden wollte, kam auch.

Das Gras, das Unkraut und die Wildblumen der Wiese ragten mehr als mannshoch in den Nachthimmel. Auch ohne den Schleim hätte Darnell der Spur aus gebrochenen Stengeln mit Leichtigkeit folgen können. Während sich die drei ihren Weg über die Wiese bahnten, warf Jenny ständig Blicke zurück auf den Horizont im Osten. Infolgedessen trat sie Ramona immer wieder in die Hacken oder stolperte und machte mehr Lärm als Ramona und Darnell zusammen. Das war weitaus irritierender als ihre Angst, an die sich Ramona mittlerweile gewöhnt hatte.

Nach dem dritten oder vierten Tritt wirbelte Ramona herum und knurrte. *„Wir werden ihn töten, und wir werden in der Höhle bleiben"*, flüsterte sie zischend. *„Also paß auf, wo du hinläufst!"*

Trotz dieser Peinlichkeit schien Jenny erleichtert, und so kamen sie ohne weiteren Zwischenfall am Höhleingang an. Das schwarze Loch in der Klippe war größer, als es Ramona vom Kamm aus eingeschätzt hatte. Vielleicht paßte sogar ein Auto durch die Öffnung, wenn es denn so weit in die Wildnis kam. Unter den Pinien, die ihre Wurzeln durch den Felsboden gezwängt hatten, hielt das Trio an und legte die Köpfe schief, um dem Klang einer Stimme in der Ferne zu lauschen. Ramona konnte spüren, wie nah sie ihrem Ziel jetzt waren. Sie mußte sich zusammenreißen, um Zhavon nicht Hals über Kopf zu Hilfe zu eilen. Leise schlichen sie durch die Öffnung.

Die Höhle wurde fast sofort enger, so daß sie in einer Reihe gehen mußten, Darnell, Ramona und dann Jenny. Sie wählten ihre Schritte mit Bedacht, und selbst Jenny trat keine losen Steine durch die Gegend. Vielleicht übertönte das Geräusch tropfenden Wassers – hier muß es irgendwo einen unterirdischen Bach geben, dachte Ramona – das bißchen Lärm, das sie machten, aber niemand sprach ein Wort. Ob es an der Akustik der Höhle oder ihrem geschärften Gehör lag, wußte sie nicht, aber ab und an erreichte sie der Klang der fremden Stimme. Und einmal hörte Ramona ein schmerzerfülltes Stöhnen – eine Stimme, die sich von der anderen unterschied, eine Stimme, die sie erkannte.

Zhavon!

Wieder rang Ramona den Impuls nieder, Hals über Kopf zu ihr hin zu eilen. *Wir werden das hier zusammen erledigen,* sagte sie sich. Ramona hatte ihre beiden Freunde mitgebracht. Es wäre dumm gewesen, jetzt ganz allein loszulaufen. Aber jetzt wartete Ramona mit jedem weiteren Schritt auf ein erneutes Stöhnen, auf einen Ruf Zhavons. Wenn Darnell und Jenny die zweite Stimme hörten, so reagierten sie in keiner Weise darauf.

Halte durch, drängte Ramona Zhavon stumm. *Halte durch.*

Sie dachte darüber nach, wie sich die Sterbliche fühlen müßte. Ramona, ihre Freunde und der Entführer, so dachte sie, konnten im Dunkeln ziemlich gut sehen, obwohl es in der Höhle stockfinster war. Zhavon aber würde blind sein, von Dunkelheit umgeben, allein mit der Berührung der Hände, der Fänge ihres Entführers...

Zorn begann in Ramona zu brodeln. Sie spürte, wie sich ihre Fänge ausfuhren. Abgesehen davon, daß er sie gepfählt hatte, hatte dieser Typ auch noch ihre Sterbliche gestohlen.

Sein Arsch gehört mir! Ramona preßte sich an Darnell und drängte ihn so schweigend zur Eile.

Nach ein paar Schritten öffnete sich der Gang zu einer weit größeren Kammer. Die Decke war in der Finsternis nicht zu erkennen.

„Ja", erklang die Stimme vor ihnen, nun wesentlich klarer. „Ja, meine Liebe."

Darnell packte Ramona an den Schultern, als sie an ihm vorbei wollte.

Er schüttelte sie mit vorwurfsvollem Blick, der zur Vorsicht mahnte. Ramona schlug seine Hände weg, blieb aber an seiner Seite. Sie wußte, Darnell hatte recht.

Gemeinsam schlich das Trio an der Höhlenwand entlang. Die gesamte Kammer war ein Irrgarten aus Stalagmiten. Langsam führte Darnell sie näher an die Stimme heran.

„So... nein, noch nicht ganz... ah, ja."

Ramona blieb so unvermittelt stehen, daß Jenny beinahe wieder in sie hineingelaufen wäre.

Blut. Ramona roch Blut. *Zhavons Blut.*

Blutdurst vermischte sich mit Zorn, drängte Ramona weiterzugehen, aber sie hielt sich zurück. Sie schloß einen Moment die Augen und atmete tief durch – ein Rückfall in ihre Tage als Sterbliche. *Halte durch*, dachte sie wieder, aber dieses Mal galten die Worte eher ihr selbst als Zhavon.

Darnell bedeutete seinen Freundinnen mit erhobener Hand, noch vorsichtiger zu sein. Nach ihrem nächsten Schritt konnte Ramona um den Rand eines Stalagmiten vor sich den Entführer sehen. Dieser wandte ihnen den Rücken zu. Sie glaubte, das ungekämmte Haar, den abgetragenen Pullover und die alte, schmutzige Arbeitshose wiederzuerkennen. Sie hatte ihn ja nur einmal kurz gesehen.

Darnell veränderte seine Position nicht und gab Ramona zu verstehen, sich weiter nach links zu orientieren. Leise schlich sie an den von Darnell angedeuteten Punkt. Sie befand sich immer noch im Rücken des Entführers. Er schien keine Ahnung zu haben, daß noch jemand in der Höhle war, außer ihm und –

Er machte einen Schritt zurück und drehte sich so weit zur Seite, daß sein Auge für Ramona sichtbar wurde – dieses große, pulsierende Auge. Dicke Schleimspuren hatten sein Gesicht und seinen Leib durchnäßt. Der Glibber an den Rändern des Auges zischte und warf Blasen.

Dann machte er einen weiteren Schritt nach hinten und enthüllte...

Zhavon?

Ramona hatte erwartet, sie sei an den großen Stalagmiten gefesselt, aber anstelle Zhavons war da... Ramona war sich nicht sicher, *was* es war. Es besaß ungefähr menschliche Formen – Rumpf, Kopf, Arme, Beine. Es hatte Haare auf dem Kopf und im Schritt und etwas, das wie eine Brust mit einer Brustwarze aussah, aber der Rest des Körpers war grauenhaft mißgestaltet. Arme und Finger waren verbogen – nicht gebrochen, sondern eher verdreht wie Ton oder heißer Kunststoff – und irgendwie mit dem Steinmonolithen verschmolzen, an den die Knöchel der Kreatur gefesselt waren. Als Ramona bewußt wurde, daß sie tatsächlich eine menschliche Gestalt betrachtete, sah sie, daß der Brustkorb freigelegt war. Sie konnte Rippen sehen, Lungen, die langsam Luft einsogen und wieder ausstießen... und ein schlagendes Herz.

Oh mein Gott! Ramona wich angewidert zurück. *Wie kann sie noch am Leben sein?*

Sie schaute weg von dem Gesicht, starrte statt dessen auf das Seil um die Knöchel, auf die relativ unangetasteten Füße, auf die achtlos weggeworfene Kleidung, die ringsherum verstreut lag.

Und Ramona erkannte die Kleidung.

Sie wich einen weiteren Schritt zurück, unfähig zu verarbeiten, was sie da gesehen hatte.

Der Entführer, der seinen Blick keinen Augenblick von der Kreatur vor ihm abwandte, ging wieder näher auf das Wesen zu. Sich seines verborgenen Publikums nicht bewußt, berührte er seine Gefangene mit einer Hand im Gesicht. Die Kreatur zuckte zurück, war aber zu schwach und desorientiert, um Widerstand leisten zu können. Wo die Hand ihre Wange berührte, fiel die Haut ein.

Sie zerschmilzt! Ramona hatte noch nie etwas Vergleichbares gesehen – Haut, die wie Wachs schmolz!

Der Folterer zog das Fleisch mit der Hand länger, als sich die Haut jemals hätte dehnen lassen sollen. Er berührte mit der langgezogenen Wange der Kreatur ihre Schulter und massierte sanft, während Haut mit Haut verschmolz. Er hielt die Stelle noch einen Augenblick fest und tätschelte sie dann zärtlich. Und die ganze Zeit über, in der er seine Gefangene berührt hatte, hatte das Auge in einem unnatürlichen Safrangelb geleuchtet, wie ein hartgekochtes, verfaulendes Ei.

„Ja, sie ist wunderschön", sagte er, als antworte er auf eine Frage. Er beugte sich vor und küßte die Kreatur liebevoll auf ihre neugeformte Wange. „Du näherst dich der Vollkommenheit, meine Liebliche. Du wirst mich zum gefeiertsten Toreador machen." Ein Lachen schüttelte seine ausgemergelte Gestalt. Das Glühen des Auges erlosch. „Ich werde der Toreador aller Toreador sein!"

Toreador? Ramonas Gedanken rasten. Sie konnte sich keinen Reim auf das machen, was sie sah und hörte.

Aber dann öffnete das Wesen den Mund – den Teil, der sich noch öffnen ließ –, und ein dumpfes, gepeinigtes Stöhnen kam ihr über die Lippen.

Das Geräusch ließ Ramona auf die Knie fallen, da es bestätigte, wovon sie sich die ganze Zeit versucht hatte einzureden, daß es nicht wahr war, nicht wahr sein *konnte*.

Ein weiteres Stöhnen.

Dieser Geruch von Blut, die Kleidung, die Stimme...

Es war Zhavon!

Vor Ramonas Augen begannen die Wolken des Blutzorns aufzuziehen. Ihre Finger krümmten sich zu Klauen, die genau zu jenen an ihren Füßen paßten. Sie warf Darnell einen Blick zu. Er schien ruhig zu sein. Er gestikulierte in Ramonas Richtung. Was wollte er sagen? Dann verstand sie. Sie sollte sich bei ihrem Angriff auf den Entführer auf dessen Oberkörper konzentrieren, er würde sich um die Beine kümmern.

Kaum hatte Ramona begriffen, was er von ihr wollte, nickte sie einmal und sprang. Darnell schoß im gleichen Moment los.

Sie zielte auf das Auge. Als sie durch die Luft der Höhle flog, konnte sie schon spüren, wie ihre Klaue das Auge aufspießte. Sie konnte sehen, wie es aus seiner Höhle gerissen wurde und eine Spur von Schleim und Blut hinter sich herzog.

Aber so kam es nicht.

Darnells niedriger, von seiner Bahn her kürzere Sprung ließ ihn einen Sekundenbruchteil vor Ramona sein Ziel erreichen. Darnell krachte in die Kniekehlen des Toreador, der wild zu schwanken begann.

Ramona landete auf seinen Schultern, und ihr Klauenhieb kratzte über das Gesicht des Entführers – nur Millimeter rechts an seinem Auge vorbei. Sie erwischte ein Nasenloch und riß ihm einen ansehnlichen Teil des Organs ab, aber sein Stolpern war genug gewesen, um das Auge zu retten.

Alle drei landeten auf dem Boden, Ramona auf dem Toreador. Darnell rollte sich von ihm weg und kam auf die Beine, bereit, zuzuschlagen.

„Was... ? Wer seid... ?" Die Schmerzensschreie des Toreador verstummten, als ihn Ramona auf den Rücken drehte.

Als sie die Hand zu einem Schlag hob, der ihm wohl den Kopf hätte abtrennen können, bleckte er die Fänge und fauchte wie das in die Enge getriebene Tier, das er nun letzten Endes war.

Ramona war sich vollkommen sicher, daß er einer von ihnen war.

Im selben Moment schien sich das verformte Auge noch weiter auszubeulen und glühte in einem kränklichen Gelb. Plötzlich spritzte der zischende Schleim um das Auge in Ramonas Gesicht. Reflexartig schloß sie die Augen, aber der Schleim verbrannte ihre Haut wie Säure, und dort, wo er auf ohnehin versengtes Fleisch getroffen war, spürte sie, wie er sich bis zum Knochen durchfraß.

Ramona schlug die Hände vors Gesicht, verbrannte sie sich ebenfalls und rollte sich schreiend von ihm weg.

„Ramona!" Jenny, die gesehen hatte, wie ihre Freundin verletzt worden war, schaltete sich ins Geschehen ein. Ramona öffnete die Augen gerade rechtzeitig, um zu sehen, wie Jenny und Darnell gemeinsam auf den Entführer losgingen, der sich rasch wieder erhoben hatte.

Mit einem Handstreich schickte der drahtige Entführer Jenny mit blutüberströmtem Gesicht zu Boden. Darnell mußte ausweichen, um nicht mit ihr zusammenzuprallen. Er landete in Ramonas Nähe.

„Schnapp dir die Sterbliche", grollte er. „Wir kümmern uns um diesen Wichser." Ohne zu zögern, warf er sich erneut ihrem Feind entgegen, und im Gegensatz zu Jenny hatte der Entführer Darnells Kraft und Schnelligkeit nichts entgegenzusetzen. Darnell warf ihn zu Boden.

Ramona schüttelte den Kopf, um wieder klar zu werden. Sie ignorierte das Brennen dessen, was aus dem Auge gespritzt war. Sie erhob sich und eilte zu Zhavon hinüber.

Zhavon? Nein, das kann sie nicht sein.

Ramona wollte nicht glauben, daß sie es war.

Nein...

Aber eines der Augen der Kreatur öffnete sich und starrte ihr ins Gesicht. Der Mund öffnete sich, aber das Wesen gab nur unverständliche Laute von sich. Ramona sah weg. Sie mußte sich zwingen, sich wieder umzudrehen – und wünschte, sie hätte es nicht getan. Sie sah die gespaltene Zunge, deren Enden mit dem Gaumen verschmolzen waren. Ramona sah wieder das Auge der gequälten Kreatur – *Zhavons Auge* – an, und ihr Ekel verwandelte sich in Mitleid.

„Ich werde dir helfen..." – sie stockte, erstickte fast an dem Namen –, „Zhavon."

Zhavon nickte schwach, dann schloß sich ihr Auge. Ihr Kiefer und ihr Kopf hingen schlaff herunter.

Ramona drehte sich um, als sie Schreie hörte. Darnell hatte sich sprungbereit zusammengekauert. Er war einem weiteren Spritzer aus dem Auge ausgewichen, aber Jenny hatte nicht soviel Glück gehabt. Die Schulter und der Ärmel ihres Pullovers rauchten ebenso wie die Haut, die darunter lag.

Schnell wandte sich Ramona wieder Zhavon zu und durchtrennte mit einem schnellen Schnitt ihrer Klaue das Seil um ihre Knöchel. Die Arme des Mädchens waren eine ganz andere Geschichte. Es gab kein Seil, das man hätte durchschneiden oder entknoten können, sondern nur Haut und Gestein – die Haut war mit dem Stalagmiten hinter Zhavon fest verschmolzen. Und es hätte viel zu lange gedauert, den Fels des Stalagmiten Stück für Stück wegzuschlagen.

Der Kampf war nun in so etwas wie eine Pattsituation übergegangen. Darnell und Jenny, die sich ihre verbrannte Schulter hielt, umkreisten vorsichtig ihre Beute und hielten das seltsame Auge ganz besonders fest im Blick. Der Entführer wich langsam zu einer Wand zurück, wobei er zu verhindern versuchte, daß einer seiner Angreifer in seinen Rücken gelangte. Nachdem er seine beiden Widersacher eingeschätzt hatte, schenkte er Darnell die größere Aufmerksamkeit.

Ramona zögerte nur einen Augenblick. Sie haßte es, dem Mädchen noch mehr Leid zuzufügen, aber mehr als alles andere wollte sie die arme Zhavon von diesem Ort der Folter wegbringen. Ramona packte ihren Arm und zog. Die Haut riß vom Stein weg, und ein Schrei erfüllte die Höhle und hallte ohrenbetäubend von ihren Wänden wider.

Aber es war nicht Zhavon, die schrie.

Der Entführer richtete sich kerzengerade auf. Sein Kopf zuckte hoch. Er starrte an seinen unmittelbaren Angreifern vorbei, die er nicht länger zu bemerken schien.

„Rühr mein Meisterwerk nicht an!" brüllte er, und plötzlich schien er zu wachsen und weniger ausgemergelt zu sein. Das Auge warf ein seltsames, blasses Licht in die Kammer.

Ramona hob Zhavon hoch, erstarrte aber, als der Blick des Auges auf sie fiel. Dieses Starren hielt Ramona fest, als der Haß zahlloser Jahre ihren Knochen jegliche Leidenschaft entzog. Wie unbedeutend nun diese Sterbliche erschien, wie kleinlich die Instinkte, die Ramona antrieben. Wer war sie, dieses monumentale Kunstwerk zu verschandeln?

Unter der Last von Äonen brachen Ramonas Wünsche zusammen. Sie fiel auf die Knie und legte die Sterbliche auf den Boden.

Darnell und Jenny verstanden Ramonas Handlungen nicht, aber sie sahen, daß ihr Feind abgelenkt war, und so sprangen sie ihn an.

Laßt ihn doch in Ruhe, dachte Ramona plötzlich verwirrt. *Warum sind die beiden ihm eine solche Bürde?*

Das Auge sandte einen Blitz aus goldenem Licht aus, und die folgende Szene spielte sich wie in Zeitlupe vor Ramona ab. Jenny sprang auf die Flanke des Entführers zu, aber aus dem Höhlenboden schoß ein Stalagmit empor, wo zuvor keiner gewesen war. Der Fels traf Jenny mitten im Sprung. Seine Spitze bohrte sich in ihren Bauch und riß sie in eine aufrechte Position. Er fuhr durch Jennys Körper, zerschmetterte Knochen und zerfetzte Haut, als er sich seinen Weg durch ihren Brustkorb bahnte. Nachdem er aus ihrem gebeugten Rücken aufgetaucht war und ihren Hals vollständig durchbohrt hatte, stellte der Stalagmit endlich sein Wachstum ein.

Jennys Kopf, eine blutige Masse aus Knochen und blondem Haar, fiel auf den Höhlenboden.

Darnell griff zur selben Zeit an wie Jenny, aber für Ramona schien auch er sich in dem blitzenden goldenen Licht wie in Zeitlupe zu bewegen.

Der Toreador fing Darnell.

Die Wucht von Darnells Sprung hätte sein Ziel zumindest ein paar Schritte nach hinten taumeln lassen müssen, aber der Entführer packte Darnells Schultern und fing ihn ab, ohne auch nur zusammenzuzucken.

Dann drückte der Entführer zu. Er zog Darnells Schultern zu den Seiten weg, und während Ramona ihn verzückt beobachtete, machte er Darnells Schultern gut einen halben Meter breiter. Das Fleisch, die *Knochen*, dehnten sich unter den Händen des Entführers.

Darnell heulte auf, während er auf die Knie fiel. Seine Arme baumelten nutzlos an den Seiten herab. Die Schultergelenke und die dazugehörigen Muskeln hatten keine Chance mehr auf ein Zusammenspiel. Und dann streckte das Monster mit dem Auge die Hand nach Darnells Gesicht aus.

„*Nun komm schon!*"

Ramona erschrak über den Klang von Tanners Stimme direkt neben ihr. Der Schock holte sie zurück aus ihrer Erstarrung, löste sie aus dem Griff des Auges.

„*Laß uns von hier verschwinden!*" drängte er mit einem harschen Flüstern.

Irgend etwas war anders an ihm, aber in dieser verwirrenden Situation wollte Ramona einfach nicht darauf kommen, was es war.

„*Schnapp dir Zhavon und komm mit!*" Er gestikulierte in Richtung Zhavon und wandte sich zum Gehen, so wie er es schon einmal früher in dieser Nacht getan hatte.

Zhavon. Das Blut. Jenny. Konnte das alles in nur einer Nacht geschehen sein?

Tanner hatte Ramona unmittelbar nach Sonnenuntergang zwischen die Bäume geführt. Bald würde der Morgen dämmern. Und wieder hatte er ihr befohlen, ihm zu folgen, und sich dann zum Gehen gewandt. Ramona schaute dorthin zurück, wo das Monster seine Finger in Darnells Stirn drückte. Knochen gaben nach wie Ton in der Hand eines Töpfers. Darnell wimmerte, als seine Augenhöhlen immer kleiner wurden.

„*Verdammt noch mal, Welpe! Darnell wird allein klarkommen müssen!*"

Ramona schaute wieder Tanner an. Beim letzten Mal hatte er einfach angenommen, sie würde ihm folgen. In seinem Selbstvertrauen war er einfach weitergegangen. Diesmal hatte er angehalten, um sich zu vergewissern. Diesmal hatte seine Stimme etwas Flehendes. Als sie ihm in die Augen starrte, wußte Ramona, was anders an ihm war.

Er hatte Angst.

Sie stand Tanner ins Gesicht geschrieben. Er stand etwas gegenüber, vor dem er lieber geflohen wäre, als es zu bekämpfen.

Ich habe dich zu dem gemacht, was du bist.

Und doch wußte Tanner nicht, was hier zu tun war. Und er hatte Angst.

Diese Erkenntnis erfüllte Ramona mit Schrecken.

Ich bin dein Erzeuger, hatte Tanner zu ihr gesagt. *Ich habe dich zu dem gemacht, was du bist.*

Sie hatte gedacht, er würde derjenige sein, der ihr geheimes Wissen offenbaren, ihr den Sinn ihrer neuen Existenz zeigen würde. Aber er verstand nicht, was hier vor sich ging. Tanner rannte weg. Und zwar voller Angst.

Ramona hob Zhavon auf und begann, Tanner hinterherzulaufen. Als er sie kommen sah, beschleunigte er seine Flucht. Darnells Schreie hallten durch die Höhle. Sie folgten Ramona den Tunnel hinunter. Sie lief immer schneller und schneller, konnte ihnen aber nicht entfliehen.

Und dann hatte Ramona die Höhle hinter sich gelassen und stand auf der Wiese. Darnells Schreie hallten ihr immer noch in den Ohren.

Tanner wurde nicht langsamer, aber Ramona holte ihn beinahe ein, obwohl sie die Last der reglosen Zhavon zu tragen hatte. Im Osten wurde der Himmel heller. Dieser Anblick erinnerte Ramona nicht so sehr an den Schmerz, den sie erst beim letzten Sonnenaufgang erlitten hatte, sondern vielmehr daran, wie besorgt Jenny gewesen war, wo sie wohl den Tag verbringen würden – Jenny, deren Kopf nun zu Füßen eines Monsters auf dem Höhlenboden lag. Ramona machte einen falschen Schritt, strauchelte und wäre beinahe zu Boden gestürzt.

Ist Darnell vielleicht noch schlechter dran? fragte sie sich. *Ich sollte zurück in die Höhle gehen und ihn retten. Aber wie nur?*

Ramona schüttelte den Kopf. *Es spielt keine Rolle. Ich sollte... dort bei ihm sein... und mit ihm sterben.*

Aber dort vor ihr auf der Wiese war ihr Erzeuger, derjenige, der sie zur Vampirin gemacht hatte. Er schien so viel schlauer zu sein als sie. Er konnte sich mühelos an sie anschleichen und dann spurlos verschwinden. Und *er* rannte ebenfalls weg.

Das sollte dir eine Lehre sein, Mädchen, dachte Ramona.

Tanner und Ramona überquerten die Wiese und begannen, den Hügel hinaufzuklettern. Tanner hatte einen Vorsprung herausgearbeitet, als Ramona gestrauchelt war, aber nun hatte sie ihn fast wieder eingeholt. Ohne ein einziges Mal innezuhalten lief er auf den Grat zu. Nicht ein Blatt oder Zweig bewegte sich, wenn er vorüberging. Das Knirschen jeden Schrittes, den Ramona machte, schien dem nahenden Morgen ihre Anwesenheit zu verkünden. Sie begann, sich selbst zu kasteien: *Ich bin so laut wie...* und unterbrach sich dann.

Jenny.

Tanner hielt auf halbem Weg die Westseite des Kammes hinauf inne. „Das sollte reichen", sagte er. „Wahrscheinlich lodert auf der anderen Seite des Grats schon die Sonne. Wir werden hier im Boden versinken."

Im Boden versinken. Ja natürlich. Sie hatten keine Zeit mehr, einen Unterschlupf zu finden. Aber Ramona starrte unverwandt auf die schlaffe Gestalt in ihren Armen. „Ich kann sie nicht einfach zurücklassen", sagte sie traurig.

Zum ersten Mal, seit sie aus der Höhle herausgekommen waren, schaute Tanner Ramona in die Augen. Sein Gesichtsausdruck war leer. Er sagte nichts.

„Ich kann Zhavon nicht zurücklassen!" schrie Ramona. Ihre Sicht verschwamm vor blutigen Tränen.

„Tu, was du tun mußt", sagte er.

„*Fick dich, Tanner!*"

Tanner schaute Ramona teilnahmslos an.

Ramona setzte Zhavon auf dem Boden ab und streichelte ihr übers Haar. „Ich kann sie nicht einfach..." Zhavons Gesicht war genauso schwer entstellt wie der Rest ihres Körpers, vielleicht sogar noch schlimmer. Ein Auge war weg, vielleicht unter Fleisch und Knochen verborgen. Die Nase war zur Seite weggedrückt – dem sanften, steten Keuchen, das aus den Überresten von Zhavons Mund kam, nach zu urteilen, konnte Zhavon wahrscheinlich nicht einmal mehr dadurch atmen. Ihre schönen Lippen waren platt, gestreckt, und ihr Kopf war deutlich zur Seite hin abgeknickt, festgehalten von der fleischigen Wange, die vor Ramonas Augen mit der Schulter des Mädchens verschmolzen war.

„Ich kann sie doch nicht einfach..."

Ramona roch das Blut. Es war überall an ihr. Zhavons Arme bluteten, wo sie vom Fels weggerissen worden waren, und sie hatten wohl schon die ganze Zeit über weitergeblutet, als Ramona Zhavon trug.

„Tu, was du tun mußt", sagte Tanner, und dann versank er in der Erde.

Ramona starrte Tanner nach. Sie war sich nicht sicher, ob er einfach unter der obersten Schicht Erde versunken oder ob sein Körper tatsächlich Teil der Erde geworden war. Sie war sich nicht sicher, was bei ihrem Körper der Fall sein würde, wenn sie ihm folgte. Mehr Zeit, sich zu entscheiden, hatte sie nicht. Die letzten Minuten des Tagesanbruchs, wenn sich die Sonne endlich über den Horizont erhob, schienen immer schnell zu verrinnen. Ihre Haut fühlte sich schon ganz warm an, als hätte sie Fieber. Aber nur lebendes Fleisch konnte fiebrig sein.

Zhavons geschundener Körper lag reglos zu Ramonas Füßen. Das Mädchen war genauso in ein Monster verwandelt worden wie Ramona. Aber während Ramona jagen, Nahrung finden und überleben konnte, konnte Zhavon so nicht leben.

Ramona streichelte die glatte Haut des Mädchens – nahezu ihr einziges Merkmal, an dem sie wiederzuerkennen war, abgesehen von dem einzelnen Auge, das sich nun öffnete, um Ramona anzustarren. Zhavon konnte nicht sprechen. Selbst wenn ihre Zunge nicht mit ihrem Gaumen verschmolzen gewesen wäre, sie wäre zu schwach gewesen.

Wahrscheinlich würde sie nicht einmal mehr den Tag überleben, versuchte sich Ramona einzureden. Und selbst wenn es Zhavon schaffte, würde kein Schönheitschirug den Schaden beheben können, den man ihr angetan hatte.

Ich täte ihr einen Gefallen, dachte Ramona. *Ich kann sie nicht einfach so zurücklassen.*

Dann ging die Sonne auf. Ihr blieb so wenig Zeit.

Ramona blickte inmitten der Monstrosität aus verformtem Fleisch in das menschliche Auge hinein. Sie wollte etwas sagen, um Zhavon zu trösten, aber ihr fehlten einfach die Worte. Zärtlich küßte Ramona das, was die perfekte Wange eines Teenagers hätte sein sollen. Ein letztes Mal betrachtete sie Zhavon in ihrer Nacktheit und versuchte, in diesem obszönen Haufen das Mädchen zu sehen, das sie einst gekannt hatte.

Dann streckte Ramona die Hand nach dem offenen Herzen aus und legte sie auf das schlagende Organ. Trotz des unvorstellbaren Schadens, den man ihrem Körper zugefügt hatte, schlug das Herz immer noch und pumpte Zhavons Blut durch diese Gestalt.

Als die Sonne ihren Rücken zu versengen begann, trank Ramona. Zhavons Blut war süß, aber Bitterkeit verzehrte ihre Seele. Ramona trank, bis das sterbliche Feuer erloschen war, und dann sank sie in die Erde darnieder.

Teil Drei:
Asche

Freitag, 23. Juli 1999, 21:09 Uhr
Im Staate New York

Als das Anbranden des Bewußtseins Ramona sacht, aber unverkennbar berührte, sah sie sich ernsthaft versucht, es zu ignorieren, sich tiefer in die unterirdische Ruhe hineinzuwühlen, die sie entdeckt hatte. Für ihre Zurückhaltung existierte kein einzelner Grund; das Gefühl war breit und vielschichtig wie ein Flickenteppich. Ramona sah sich selbst eingemummelt zwischen den Decken und Laken ihres Bettes liegen, wenn sie nicht aufstehen und sich zur Schule schleppen wollte, wo beinahe alles geschehen konnte. Diese Zögerlichkeit war aber nicht so sehr in einer Verachtung für ihre Vergangenheit verwurzelt, sondern vielmehr in einer schrecklichen Angst vor der Zukunft.

Langsam wurde Ramona sich ihrer Umgebung deutlicher bewußt. Sie war nicht mehr das Mädchen, das sie einst gewesen war. Die Schule war nicht das Problem. Es gab keine Decken, gab keine Laken. Der Friede, der Ramona umhüllte, war der der Erde selbst – Lehm, Fels, Wurzeln, krabbelnde Kreaturen. Sie war bei ihnen; sie war eine von ihnen.

Ist es ganz am Ende vielleicht genauso? fragte sich Ramona. Konnte der Tod – der *endgültige* Tod – friedlicher sein?

Sie dehnte ihr Bewußtsein auf ihre Umgebung aus. Sie verflocht sich mit dem weitläufigen Wurzelwerk, das einer großen Eiche Stand und Nahrung bot. Sie folgte den verschlungenen Pfaden von Murmeltierbauten.

Vielleicht werde ich einfach hierbleiben.

Es wäre so leicht gewesen, ein Ende des Schmerzes.

Doch obwohl Ramona von Zufriedenheit erfaßt wurde, regte sich noch etwas anderes in ihr – Hunger. Er hielt ihr Herz in einem festen Griff und würgte ihre Seele. Denn es war nicht ihr Körper, der Hunger verspürte, sondern das Tier in ihr, das nach seiner Freiheit heulte. Gedanken an Ruhe, an Frieden dienten nur dazu, die Wildheit seines Tobens zu steigern.

Du hast dem Tier in dir nachgegeben.

Es hatte sie schon seit zwei Jahren getrieben, so wie es sie nun wachrüttelte. Sie hatte den Hunger schon oft verspürt, aber nie erkannt, welche Kraft hinter ihm stand. Nie zuvor hatte sie erfahren, wie nahe das Tier unter der Oberfläche ihrer Seele lauerte.

Auch Ramona stieg näher an die Oberfläche – die Oberfläche der Erde. Dunkelheit und Zufriedenheit verblaßten zur fernen Erinnerung. Nur langsam drang das Gefühl von Luft auf ihrem Gesicht in ihr Bewußtsein. Sie streckte die Finger, die Zehen, zwang Muskeln und Sehnen zur Bewegung, die schon lange hätten zu Staub zerfallen sein müssen.

Asche zu Asche.

Die Geräusche der Nacht tasteten sich in ihre weichende Lethargie. Grillen und Baumfrösche erinnerten sie daran, daß sie weit entfernt von dem vertrauten Asphaltdschungel war, in den sich die Sterblichen einschlossen. Die Geräusche erinnerten und warnten sie.

„Wenn du dann so weit wärst...?"

Der Schock, eine Stimme in unmittelbarer Nähe zu hören, weckte Ramona endgültig. In weniger als einer Sekunde war sie auf den Beinen, bereit, angegriffen zu werden.

Keine zehn Meter entfernt hockte Tanner, und auf dem Teil seines Gesichts, das nicht hinter seinem Haar oder der Sonnenbrille verborgen lag, war ein finsterer Ausdruck zu erkennen.

Tanners Anwesenheit brachte Ramona die Erinnerung zurück. Sie durchflutete sie wie ein von einem grausamen Wind angefachter Feuersturm. Jenny war tot. Das könnte durchaus auch für Darnell gelten. Und für Zhavon...

Zhavon!

Der Name war ein Heulen. Es war Zeugnis des Tiers in Ramona. In Erinnerung an ihr Verbrechen der letzten Nacht sank sie zu Boden – erinnerte sich, wie sie sich direkt vom schlagenden Herzen des Mädchens genährt hatte, bis es das letzte Blut aufgegeben hatte. Zhavons Herzblut.

Ramona, im Schneidersitz kauernd, den Kopf auf die Hände gestützt, wartete darauf, ihre blutigen Tränen – Zhavons Blut – nicht mehr zurückhalten zu können. Aber die Tränen kamen nicht. Da war nichts als eine große Leere. Und über diese Leere hinweg hallte das Heulen des Tiers.

„Komm nie", belehrte sie Tanner, „aus dem Boden, ohne zu wissen, wer – oder was – dich erwartet."

Ramona ignorierte Tanner. Er war verärgert, aber das kümmerte sie nicht. Sie konnte sich nicht am eigenen Schopf aus dem Sumpf von Schuld ziehen, der Zhavons Tod umgab. Erst vor kurzem hatte Ramona zu verstehen begonnen, welcher Art das Band zwischen ihr und dem Mädchen war – wie die Nähe zu der Sterblichen es Ramona erlaubte, am

Rest ihrer schwindenden Menschlichkeit festzuhalten. Und jetzt war Zhavon tot. Von Ramona umgebracht. Für einen Moment glaubte sie, das heisere Gebell des Tiers überall um sie herum zu hören, aber es war nur eine Brise, die mit den Blättern der Bäume spielte.

Tanner rührte sich nicht. Er starrte sie nur an.

Ramona erwiderte den Blick. Das ergab alles keinen Sinn für sie. Zwei Jahre lang hatte sie nur Angst und Hunger gekannt. Jetzt stand jemand vor ihr, der hätte Erklärungen geben können, aber er schien eher daran interessiert zu sein, sie herumzukommandieren.

Nun, aber Mr. Lincoln hat leider die Sklaven befreit, dachte sie.

Tanner hatte ihr ihr altes Leben geraubt. Er hatte sie nicht gefragt, ob sie dieses Dasein aus Nacht und Blut wollte.

„Ich muß gehen", sagte er. „Ich habe nur auf dich gewartet."

„Willst du, daß ich mich bei dir bedanke?" fragte Ramona, aber ihr Trotz wurde von Furcht unterlaufen. Er würde gehen. Seit sie herausgefunden hatte, daß es ihn gab, war es schon mehrfach so gewesen. Er tauchte kurz auf und verschwand wieder – vor Ramonas Fenster, in der Werkstatt, im Wäldchen von Hayesburg. Der einzige Unterschied bestand jetzt darin, daß er sich zum ersten Mal die Mühe gemacht hatte, es ihr vorher zu sagen.

„Ich habe viele Fragen", sagte Ramona.

„Alles zu seiner Zeit." Tanner rührte sich nicht. Er war ruhig. Es war, als sei er nicht mehr am Leben.

„Ich weiß nicht viel von dir", schnappte Ramona, „aber ich habe nicht allzuviel Spaß."

Tanner starrte Ramona immer noch an. „Ich muß andere holen."

Andere holen.

Ramona war sich nicht sicher, was Tanner meinte. Andere wie Zhavon, um das hungrige Tier in ihr zu füttern? Oder meinte er mit den anderen Darnell und Jenny, die gerettet werden mußten? Ramona rief sich ins Gedächtnis, daß Jenny jenseits aller Rettungsmöglichkeiten war.

„Wir müssen Darnell da rausholen", sagte Ramona zu Tanner.

Tanner schüttelte den Kopf. „Ich werde erst noch einige andere holen."

Sein Gesicht verriet nichts, aber Ramona erinnerte sich an den Ausdruck darauf, den sie letzte Nacht gesehen hatte. Sie wollte auch nicht in die Höhle zurück, aber sie konnte Darnell nicht einfach so im Stich lassen.

„Darnell ist nicht tot... könnte vielleicht nicht tot sein", beharrte sie.

„Es wäre besser für ihn", sagte Tanner nüchtern.

Ramona wollte diesen Punkt noch einmal erläutern, aber als sie daran dachte, wie der Verrückte mit dem Auge Zhavon entstellt hatte, erkannte sie, daß Tanner recht hatte.

„Aber wir müssen es herausfinden", sagte sie.

Überraschenderweise nickte Tanner zustimmend. „Ja. Ich werde andere holen gehen, und dann werden wir diese Kreatur vernichten."

Ramona betrachtete ihn genau. Seine Miene war nicht mehr so finster, seit sie das Streiten eingestellt hatte. Aus dem, was er sagte, schloß sie aber, daß er viel weniger Hoffnung hegte als sie, Darnell könnte so lange durchgehalten haben. Tanner wollte Rache. Männer waren eben so. Tanner dachte, sein Stolz sei irgendwie verletzt worden, und er würde zurückgehen und dieser Kreatur in den Arsch treten.

Dieser Kreatur.

Alles, woran sich Ramona erinnern konnte, war das schleimige Auge, pulsierend, triefend. Hatte es ihr wirklich Säure ins Gesicht gespritzt? Sie fuhr mit den Fingern über teilweise verheilte Haut – verheilt dank Zhavons Blut – um Augen und Nase herum. Der Kampf in der Höhle schien schon jetzt ein Rudiment aus einem Alptraum zu sein. Die Erinnerung daran war verblaßt, obwohl die Säureverbrennungen auf ihrem Hemd durchaus real waren.

Für Jen und Darnell war es auch real, dachte Ramona.

Und für Zhavon.

„Wo ist Zhavons Leiche?" fragte Ramona, als sich der letzte Nebelschleier über ihrem Verstand verzog und die Erinnerungen an die letzte Nacht wieder greifbarer wurden. Hier hatte sie Zhavons Leben beendet, aber die Leiche war nirgends zu sehen.

„Ich habe Zhavon begraben", sagte Tanner.

„Und wo?" wollte Ramona wissen. Ihre Fingernägel wurden zu Klauen. Sie ließ die Muskeln in ihren Händen spielen.

„Ich muß fort", sagte Tanner.

Ramona ging zu ihm hinüber. „Du gehst nirgends hin, bis ich ein paar Antworten bekommen habe."

Sie wußte, daß sie nicht so streitsüchtig hätte sein sollen und daß Tanner ihr eher beibringen würde, was sie wissen mußte, wenn sie ihn respektvoll behandelte, aber sein Verhalten und seine Aussagen machten sie immer schnell aggressiv. Warum sollte sie ihn mit Respekt behandeln, wenn er für sie auch keinen übrig hatte?

„Ich brauche keine Erlaubnis, Welpe."

Welpe. Wieder dieses Wort. Als sie es hörte, kochte Ramona. „Wir müssen uns dringend über diese Welpensache unterhalten."

Ohne Warnung bleckte Tanner die Fänge und ihm entfuhr ein dämonisches Zischen. Er riß sich die Brille vom Gesicht und enthüllte blutrote Augen – die Pupillen waren vertikale Schlitze wie bei einer Katze –, und ihr Blick bohrte sich durch Ramona hindurch. Sie stolperte einen Schritt zurück.

„Ich werde deinen Ungehorsam nicht länger dulden", stieß er zwischen zusammengepreßten Zähnen hervor. „Ich habe die Leiche am Table Rock vergraben, zwei Meilen in dieser Richtung." Er deutete in den Wald hinein. „Warte dort, und ich werde andere schicken. Wir sollten uns nicht so nahe an der Höhle aufhalten."

Er machte auf dem Absatz kehrt, hielt aber nach wenigen Schritten inne. „Zeige deinen Ahnen gegenüber angemessene Unterwürfigkeit, oder du wirst nicht überleben."

Und damit war er verschwunden. Ramona hatte kaum eine Bewegung wahrgenommen, aber er war nicht mehr da.

Mein Gott, dachte sie. *Seine Augen...*

Sie stand einfach nur da und starrte auf die Stelle, an der er gestanden hatte, auf die Stelle, an der diese unmenschlichen Augen ihrem Blick begegnet waren.

Plötzlich hatte sie wacklige Knie. Sie ließ sich unsanft zu Boden plumpsen.

Er ist genauso schlimm wie dieses Toreadording.

Und Tanner, ihr Erzeuger, hatte sie nach seinem Bilde erschaffen.

Freitag, 23. Juli 1999, 22:10 Uhr
Im Staate New York

Der Table Rock war leicht zu finden – drei Kilometer nach Norden, wohin Tanner gedeutet hatte, ehe er gegangen war. Es störte Ramona, daß er ihr so leicht entwischt war. Sie war nicht einmal abgelenkt gewesen; sie hatte ihn angestarrt, und plötzlich war er nicht mehr da. So wie sich ihr der Motorradfahrer in dieser ersten Nacht an der Brücke genähert hatte: Erst war er hier gewesen... und dann dort. Ohne irgend etwas dazwischen.

Es war das, was *sie* mit Sterblichen machen konnte.

Aber zuerst nicht, erkannte sie.

Nach der Verwandlung waren Monate vergangen, bevor sie die bemerkenswerten Fähigkeiten, die sie gewonnen hatte, zu verstehen und zu kontrollieren begonnen hatte. Und dann hatte es noch einmal Monate gedauert, bis sie auch in der Anwesenheit von Sterblichen diese Fähigkeiten mit einer gewissen Zuverlässigkeit und Kompetenz ausüben konnte.

Waren diese anderen Vampire einfach geübter als sie? War es eine Frage der Erfahrung, oder waren sie nur um so vieles mächtiger, wie sie einem Sterblichen überlegen war? Ramona wollte nicht einfallen, wie man das herausfinden konnte. Bis jetzt hatte sich Tanner nicht als mitteilsam erwiesen, und sie bezweifelte, daß er ihr etwas beibringen würde, was seine Kontrolle über sie beeinträchtigen konnte. Er genoß seine Überlegenheit zu sehr, um sie aufzugeben. Ramona würde von ihm lernen müssen, was sie nur konnte, und den Rest zwischen den Zeilen herauslesen.

Wenn sie diesem Toreador erst einmal in den Arsch getreten hatten – *was immer zur Hölle ein Toreador auch sein mochte* –, würde Tanner möglicherweise zugänglicher werden.

Es war unübersehbar, wie der Table Rock seinen Namen erhalten hatte. Es war ein riesiger Fels, Ramonas Schätzung nach etwa zehn auf fünfzehn Meter groß, dessen rauhe Oberfläche erstaunlich eben war.

„Wie ein Tisch", sagte Ramona wieder zu sich selbst, als sie auf den Felsen kletterte. „Irgendein Gründervater hat bei dem Ding hier richtig Einfallsreichtum bewiesen." Der Klang ihrer Stimme beruhigte sie, wenn auch nur ein wenig.

Ramona war weniger an dem Felsen interessiert, sondern eher an dem menschengroßen Fleck frisch umgegrabener Erde an einem nahegelegenen Hügel.

Zhavon.

Plötzlich fühlte sich Ramona, als hätte sich die Erde unter ihren Füßen aufgetan. Der Fels schien nicht mehr stabil zu sein. Als sie hinunterkletterte, zitterten ihr die Knie. Ramona strauchelte. Die Bitterkeit Tanner gegenüber, die sie genährt hatte, wurde hinweggerissen, und es blieb nur Leere, ein großes Nichts, wo zuvor noch etwas anderes gewesen war... aber was?

Darnells Rettung, der Toreador, Tanner, der Sabbat, das Überleben – all die Dinge, die im Augenblick ihren Geist hätten beschäftigen sollen, waren sehr klein und weit weg, unwichtig, bedeutungslos.

Alles, was im Augenblick zählte, waren Verlust und Schuld.

Und Zhavon.

Ramona fiel auf der frisch umgegrabenen Erde, die ihre Verdammnis war, nieder. Sie preßte ihr Gesicht in sie und erinnerte sich daran, wie sie die verletzte Sterbliche durch finstere Straßen getragen und nach Hause zurückgebracht hatte.

Du hast Zhavon das Leben gerettet, sagte eine Stimme in Ramona. *Sie lebte doch schon von gestohlener Zeit.*

„Ich habe Zhavon getötet", schluchzte Ramona, aber als sie sich die Erde aus dem Gesicht wischte, stellte sie fest, daß es trocken war. Sie hätte weinen sollen. Sie wollte auch weinen. Aber es waren keine Tränen in ihr. Ramona war trocken und leer.

Es war dein Recht, sie dir zu nehmen, sagte die Stimme. *Du hast Zhavon gerettet.*

„Ich habe Zhavon getötet."

Du hattest vorher bereits getötet. Und du wirst wieder töten.

„Zhavon..." Ramona erstickte fast an dem Namen. In den Worten, die die Stimme zu ihr sprach, lag kein Trost. Kein Trost konnte ihren Schmerz lindern. Sie hätte Zhavon verlassen können, nachdem sie sie gerettet hatte. Danach hätte sie sich von ihr fernhalten können, wenn sie sich unter Kontrolle gehabt hätte.

Sie lag mit ausgebreiteten Armen auf dem Grab und erinnerte sich an ihren Versuch zu fliehen und wie Zhavon *ihr* gefolgt war.

Zhavon wollte dich! sagte die Stimme. *Zhavon wollte, daß du ihr Blut nimmst.*

Aber Ramona konnte die Lüge hören, die in den Worten lag. Ein Sterblicher konnte sich gegen den Hunger genauso wenig wehren wie Ramona. Sie erinnerte sich an die Nacht der Verwandlung – wie diese Gestalt, dieser *Tanner*, sie sich genommen hatte. Sie hatte ihm nachgegeben. Sie hatte nicht anders gekonnt und ihm nachgegeben. Sie hatte sogar für wenige Augenblicke gedacht, sie hätte nachgeben wollen, aber es gab keine echte Wahl, keinen freien Willen.

Zhavon wollte, daß du ihr Blut nimmst.

„Nein, das wollte sie nicht!" Ramona wies die Lüge zurück.

Zhavon hatte keine Wahl gehabt, hatte es nicht gewollt.

Auch Ramona hatte keine Wahl gehabt.

Aber Tanner hatte eine Wahl gehabt. Er hatte die Wahl für Ramona getroffen, und er hatte die Wahl für Zhavon getroffen.

Ramona grub die Finger in die Erde und ballte ihre Klauen zu Fäusten.

„Bastard." Sie wollte, daß Tanner zurückkehrte. Sie wollte ihm die Brust aufschlitzen, sein Herz herausreißen und es ihm in die Kehle stopfen. Sie würde sich an seinem Blut laben und zusehen, wie sein überlegener Gesichtsausdruck zu einer Totenmaske erstarrte.

Dein Blut ist stark. Es ist deine Verpflichtung.

Ramona schüttelte den Kopf, um ihre Gedanken zu sammeln und die Stimme zu vertreiben. Wieder berührte sie ihr Gesicht und fragte sich, warum sie nicht zu weinen vermochte. Sie suchte nach der Sorge, die sie vorhin noch zu überwältigen gedroht hatte, konnte sie aber nicht mehr spüren. Alles, was sie fand, waren Zeichen ihrer Abwesenheit, wie Fußabdrücke einer ausgestorbenen Spezies – Fußabdrücke ihrer ausgelöschten Menschlichkeit. Mitgefühl wurde durch Bitterkeit, Hoffnung durch Haß ersetzt.

Sie klopfte die kleinen Gräben eben, die sie auf dem Grab gezogen hatte, schleppte sich zurück zum Felsen, kletterte ihn hinauf und brach zusammen. Dort lag sie und wollte nicht auf das Grab schauen, wollte nicht die Ruhestätte einer Person sehen, deren Blut durch ihre Adern floß.

Ramona wollte nicht hinsehen, aber das Blut war nicht zu täuschen. Es wußte, daß die eingebrachte Menschlichkeit schon bald verwelken und sterben würde wie eine Rosenblüte, die vom Strauch geschnitten wird.

Ramona lag ruhig und kalt auf dem flachen Stein. Die Grillen und die Baumfrösche nahmen von ihrer Pein keine Notiz.

Freitag, 23. Juli 1999, 22:45 Uhr
Gildehaus der Fünf Städte
New York City, New York

Johnston Foley testete den Edelstein ein letztes Mal. Die Flamme, die vom Streichholz auf die Kerze übertragen wurde, flackerte kurz und fing sich dann. Seine Gedanken waren voll konzentriert, als er mit den Gesängen begann und die Kerze Stück für Stück näher an die Quarzkugel in der geöffneten Truhe brachte.

Die Kerze war noch mehr als einen halben Meter von dem Stein entfernt, als die Flamme erlosch, so vollständig, als hätten unsichtbare Finger das Feuer am Docht erstickt.

Erstaunlich, dachte Johnston.

In der vergangenen Woche war die vom Stein ausgehende Kraft immer stärker und stärker geworden. Johnston Foley hatte noch nie zuvor beobachtet, daß die Kerze in dieser Entfernung ausgelöscht worden war. Es war ein einfaches, unkompliziertes Ritual, aber er konnte nicht anders, als es als Omen von nicht zu unterschätzender Bedeutung zu sehen. Er würde die Rätsel des Edelsteins lösen, und seine Vorgesetzten würden unweigerlich auf seine Effizienz und seine Fertigkeiten aufmerksam werden. Wie könnten sie das auch nicht?

Aisling war von ihrem Ratstreffen in Baltimore zurückgekehrt. Sie hatte Johnston Foley nur wenig über die Vorgänge dort erzählt, aber selbst sie konnte ihr Interesse an dem Edelstein nicht verbergen. Als er ihr das gleiche Ritual vor zwei Nächten vorgeführt hatte, hatte er gesehen, wie sich ihre Augenbraue unmerklich gehoben hatte – jene verräterische Geste, die in seiner Vorstellung das einzige Anzeichen jeglicher Emotion von mörderischem Zorn bis sexueller Ekstase war.

Sie muß sich schwarz ärgern, den Edelstein an mich delegiert zu haben, dachte Johnston Foley. *Gewiß wird meine Rolle in dieser Angelegenheit dem Pontifex zugetragen werden... vielleicht sogar Ratsherrin Meerlinda selbst!*

Johnston Foley glättete die Falten seiner Zeremonienrobe und gab sich Mühe, solch fröhliche Gedanken aus seinem Kopf zu bannen. Jacqueline hatte die erforderlichen Gegenstände zusammengetragen – und eine bemerkenswerte Arbeit geleistet, wie Johnston Foley zugeben mußte. Aaron, ein verläßlicher Lehrling, hatte die zeremoniellen Reinigungen durchgeführt und die angemessenen Schutzzeichen rund um Johnstons Gemächer herum angebracht – zum einen, um zu vermeiden, daß jemand Unvorsichtiges das Ritual unterbrechen konnte, zum anderen als Vorsorge gegen alles, was durch das Ritual entfesselt werden konnte. Johnston Foley, der sich innerhalb der Grenzen der Schutzzeichen aufhielt, war auf lange Sicht ersetzbar. Das Gildehaus war es nicht.

Johnston Foley trat einen Schritt von dem Stein zurück und überblickte die Paraphernalia auf seinem Arbeitstisch: zwei zwanzig Zentimeter hohe, zehn Zentimeter breite, ovale Spiegel mit Silberrahmen und einer perfekten, glatten Oberfläche. Fünf Stäbe aus Pinienholz, die auf die Größe von Bleistiften zurechtgeschnitten und glatt geschmirgelt waren. Ein flaches Silbertablett, dessen eingravierte *Fleur de Lis* zur Einlegearbeit auf der hölzernen Truhe paßte. Sieben Kerzen aus rotem Wachs, das mit den Eingeweiden einer Wildeule vermengt war. Mehrere Bögen Pergament mit Goldschnitt. Ein Tintenfaß aus Obsidian und zu guter Letzt ein bestimmtes Set von Schreibfedern, die nur für Rituale verwendet wurden. Um das Pergament, die Tinte und die Federn hatte sich Johnston Foley persönlich gekümmert. Die anderen Gegenstände, die Jacqueline zusammengetragen hatte, sowie Aarons Arbeit hatte er zu seiner vollen Zufriedenheit überprüft.

Nun war es Zeit.

Johnston Foley schloß die Augen und wischte mit der Leichtigkeit, die Jahrzehnte der Wiederholung mit sich brachten, sämtliche störenden Gedanken aus seinem Kopf. Jedes kleinste Stück geistigen Treibguts wurde einer passenden Nische zugewiesen, bis seine geistigen Kräfte ungehindert wirken konnten. So besaß er die Freiheit, mit seinem inneren Auge jenen Ort zu schauen, an dem sich mystische Energie wie ein Teich über einem ewiglich dahinplätschernden Springbrunnen sammelte. Johnston Foley sprang hinein, tauchte durch die Oberfläche des Teiches tief hinunter in die Zisterne, ein Reservoir, auf das nur wenige je zugreifen konnten.

Ein Teil von Johnstons Geist war sich bewußt, daß die Zeit um ihn herum verstrich, daß außerhalb der Grenzen seines Körpers Stunden vergingen. Er schlug die Augen auf, aber die Verzerrung der Zeit, diese Diskrepanz zwischen einer körperlichen Handlung und der Ankunft der Lichtwellen, die dem Auge erlaubten, diese Handlung erst zu sehen, hatte ihre Konstanz verloren. Der oberflächliche Anteil seines Geistes, der sich der äußeren Wirklichkeit annahm, empfing Reize, die keine Nanosekunden, sondern Minuten alt waren.

Johnston sah, wie er die beiden Spiegel neben die Seiten der hölzernen Truhe gestellt hatte, die den Stein enthielten. Er sah die weit entfernten Momente, in denen seine Hände sieben Kerzen im gleichen Abstand voneinander und von der Truhe aufgestellt hatten.

Plötzlich machte die Zeit einen Sprung, wie sie es so gerne tat. Johnston Foley mußte das Silbertablett vor der Truhe plaziert haben, denn nun lag es da. Seine Lippen bewegten sich wie von selbst. Er sang Worte in einer Sprache, die viel älter war, als es die meisten Linguisten für möglich gehalten hätten, aber sein Gespür für die Zeit in bezug auf Sprache unterschied sich von dem in bezug auf Sicht. Worte, die erst in der nächsten Stunde erklingen würden, vermischten sich mit Bildern, die Minuten alt waren. Johnston Foley war mehr Medium als Meister dieses Rituals. Aus der Zisterne seiner Seele schöpfte es Gestalt und Form.

Eine Welle im Teich verdunkelte das Gespür für die Zeit, ließ Beziehungen sich ändern. Johnston Foley sah nun, wie seine Hände die Pinienstäbe umfaßten. Seine Augen registrierten, wie er jeden Stab zerbrach, und wie Blut und nicht Pflanzensaft in das Tablett tropfte.

Mit dem Bruch des letzten Stabes erwachten die Kerzen zu flackerndem Leben. Der Rauch schien rot zu sein – eine Illusion, die vom mittlerweile glühenden Quarz erzeugt wurde, der heller brannte als jede andere Flamme seit jenen, die bei der Erschaffung der Welt getobt hatten. Der Geruch erinnerte Johnston Foley an den Trost im Leib seiner Mutter – wie viele Jahrhunderte waren vergangen? Und doch war er dort, warm, getröstet vom nahen Schlag ihres Herzens. Er war wieder ein Embryo geworden, verbunden mit einem höheren Wesen. Aus dem amorphen Gewebe seines jungen Körpers formte sich eine Hand.

Als die Hand sich ausstreckte, fühlte er, daß ihn nicht das weiche, elastische Fleisch des schützenden Leibes seiner Mutter umgab, sondern harter, kalter Fels. Er versuchte seine Hand zurückzuziehen, aber der Fels wurde wie lebendiges Fleisch, um ihn festzuhalten. Selbst die Schnur, die seine Verbindung zum Leben war, wickelte sich wie eine Henkersschlinge um seinen Hals. Um ihn herum kam ein Gewitter auf. Wärme und Trost verflogen.

Johnston versuchte zu schreien, als er in die Dunkelheit hinabgerissen wurde.

Samstag, 24. Juli 1999, 01:17 Uhr
Im Staate New York

Ramona konnte sich nicht erinnern, seit der Nacht ihrer Verwandlung geschlafen zu haben – es sei denn, sie zählte ihre tägliche Flucht vor der Sonne mit, aber diese Stunden erschienen ihr mehr wie ein Winterschlaf oder eine Katatonie als wie richtiger Schlaf. Sie war sich nicht sicher, daß sie in dieser Nacht geschlafen hatte – es war eher unwahrscheinlich –, aber plötzlich bemerkte sie, daß Zeit verstrichen war. Es war später gewesen. Wie ein Sterblicher intuitiv den Morgen, den Mittag und den Abend zu unterscheiden wußte, so war Ramona auf die Phasen der Nacht geeicht. Es war nicht schwer zu lernen. Nun stellte sie fest, daß es später in der Nacht war, und irgendwie hatte sie die dazwischenliegenden Stunden verpaßt.

Schlaf? Ramona fühlte sich nicht ausgeruht. Sie hatte nicht geträumt, aber das war auch etwas, was seit der Verwandlung nicht mehr geschehen war. Sie und Jenny hatten vor gar nicht allzu langer Zeit, gerade noch vor ein paar Nächten, darüber gesprochen, aber bei alledem, was vorgefallen war, schien es eher Jahre her zu sein. Jenny war von ihren Ängsten befreit, und Ramona hatte niemanden mehr, mit dem sie die ihren teilen konnte.

Ihr tat die Brust weh, nicht aufgrund der Verletzung, sondern der Leere wegen. Vielleicht war es die Last ihrer Schuld gewesen, die sie in den Schlaf gezwungen hatte. Für wenige Stunden hatte es weder Gedanken noch Erinnerungen noch Schmerz gegeben. Aber nun waren sie ihre ständigen Begleiter, und sie waren nie weit weg.

Was hatte Ramona in ihre Welt des Verlustes zurückgerufen? Denn zweifellos waren Trauer und Bitterkeit noch lange nicht fertig mit ihr. Vielleicht war es das scharrende Geräusch in Ramonas Nähe, das langsam in ihr Bewußtsein drang.

Sie fuhr hoch. Sie hatte geglaubt, den Rücken eines Mannes zu sehen, der in der Erde des frischen Grabes herumstocherte. Als er das Geräusch ihrer Bewegung vernahm, wirbelte er zu ihr herum. Sie sah sich den Augen und den gebleckten Zähnen einer riesigen Ratte gegenüber.

Ihr Schock wurde rasch durch Instinkte verdrängt. In nur einer Sekunde war sie auf den Beinen und sprungbereit.

Das Rattending fauchte. Graberde fiel von seiner zuckenden Schnauze. Die Kreatur schien genauso gut fliehen wie angreifen zu können, als sie langsam wegschlich, um das Grab zwischen sich und Ramona zu bekommen, obwohl der kleine Erdhügel nur wenig Schutz bieten konnte.

„Tanner-Kind", sagte die Ratte.

Sie war sprachlos. Ihr Schock, diese Kreatur zunächst so nah bei sich vorzufinden und dann ihr Gesicht zu sehen, war nichts verglichen mit der Überraschung, Worte über diese unmenschlichen Lippen kommen zu hören. Ihre Augen verengten sich zu Schlitzen, als sie die Kreatur genau betrachtete.

Ihr Körper war gebückt, aber menschlich, von Lumpen bedeckt, die nach Abfall und schlimmerem rochen. Ihr Gesicht hatte eine vage menschliche Form, obwohl es definitiv an das einer Ratte erinnerte – die großen, vorstehenden, eng beieinanderliegenden Augäpfel, die zuckenden Tasthaare, die auf groteske Weise mißgestaltete riesige Nase, das fliehende Kinn, die winzigen spitzen Zähne.

„Tanner-Kind", sagte die Ratte wieder, wie als Bestätigung, da Ramona ihr nicht geantwortet hatte. „Tanner sagte schon, du wärst stur."

Die Ratte kicherte über ihren eigenen Witz, oder vielleicht lachte sie gar nicht, sondern es war ihr etwas im Hals steckengeblieben. Ramona war nicht sicher, was das beunruhigende Geräusch denn nun sein sollte.

Ramona immer noch beäugend begann die Ratte, wieder in der aufgeworfenen Erde herumzustochern. „Grab", murmelte sie.

Ramona sprang von dem Felsen und landete neben dem Grab. Sie schlug nach der Ratte und schrie: „Geh weg, du verfickter rattengesichtiger Hurensohn!"

Die Ratte duckte sich und wäre beinahe über die eigenen Füße gestolpert, als sie aus Ramonas Reichweite huschte. Sie fauchte wie ein Tier.

„Manchmal Blut in den Leichen", beharrte sie. „Genug zum Teilen." Sie reckte den Hals, um sehen zu können, ob Ramona ihr versöhnliches Angebot annehmen würde.

„Niemand gräbt diese Leiche aus!" Ramona machte einen Schritt auf sie zu und hob eine Klaue. Die Ratte wich zurück.

„Dein Blut?" fragte sie, als sei das ein Anspruch, den sie nachvollziehen könnte.

Ramona schaute auf das Grab. Sie fragte sich, was es für einen Unterschied machte, was mit der Leiche geschah. Zhavon war tot. Für immer.

Gherbod Fleming

Aber trotzdem konnte Ramona den Gedanken nicht ertragen, daß dieses Rattending die Überreste des Mädchens ausgrub und an ihnen herumknabberte.

„Ja, mein Blut", sagte sie. „Niemand gräbt diese Leiche aus."

Die Ratte nickte verstehend. Scheinbar war die Angelegenheit für sie erledigt. Sie schlich näher zu Ramona heran, weil es keinen Grund mehr für eine Konfrontation gab.

„Wie heißt du?" fragte sie auf eine Art, die sehr vertrauenserweckend und nicht unfreundlich war.

„Ramona." Sie sagte es ihr, ohne darüber nachzudenken. Sie glaubte nicht, daß sie etwas zu befürchten hatte, solange die Ratte vom Grab wegblieb.

Die Ratte wartete, als ob sie damit rechnete, Ramona würde noch mehr sagen, aber das Mädchen schwieg. Also richtete sich die Ratte auf und sprach: „Ich bin Rattengesicht. Ich kenne alle Städte New Yorks. Ich bin schlauer als die Wolflinge und schneller als der Sabbat."

Sie blickte Ramona immer noch an, als hätte das Mädchen noch etwas zu sagen.

„Das ist nett", sagte Ramona schließlich. *Ich hab dich nicht nach deinem Lebenslauf gefragt.*

Sie standen ein paar Minuten lang einfach nur da. Ramona beobachtete die Ratte, um sichergehen zu können, daß sie sich nicht am Grab zu schaffen machte. Rattengesicht schnüffelte den Table Rock ab und zeigte deutliches Interesse an allem, *außer* dem Grab.

„Dein *Name* ist Rattengesicht?" fragte sie, da ihr die Stille mißfiel, die nur von Rattengesichts leisen Schnüffelgeräuschen beim Herumstöbern unterbrochen wurde. „Hatte deine Mutter einen Zahnarztbohrer im Arsch?"

Rattengesicht unterbrach sein Schnüffeln. Er blickte mit einem Glitzern in den Augen zu ihr auf, das ein Anzeichen echter Traurigkeit hätte sein können. „So nennt man mich... "

Sie brauchte nicht zu fragen *warum*. „Ich würde mich von niemandem Rattengesicht nennen lassen", sagte sie. Sie konnte nicht anders, als auf ihre monströsen Füße zu schauen und an ihre Ohren und Tanners Augen zu denken.

Wie werden sie mich nennen? fragte sie sich. War Ramona irgendwie besser dran als dieser widerliche Rattengesicht? Würde sie sich weiter verwandeln, bis sie nur noch ein Tier war? Ramona hatte die Nacht, in der sie zur Vampirin geworden war, immer als *die* Verwandlung betrachtet, aber es schien, als sei ihre Verwandlung noch nicht abgeschlossen.

Tanner ist mir echt ein paar verdammte Antworten schuldig, befand sie.

Und leise konnte sie die Stimme von zuvor wieder hören: *Sein Blut ist stark.*

Ramona schüttelte den Kopf, scheuchte die Stimme fort. Sie beobachtete Rattengesicht, wie er den Felsen, die Bäume in der Nähe und an der Nachtluft schnüffelte. Schließlich kletterte er auf den Felsen, drehte sich dreimal an einer Stelle im Kreis und setzte sich dann hin. Gelegentlich schnüffelte er weiter in die Luft, aber eigentlich schien er zu warten, obschon er kein Bedürfnis nach einer weiteren Unterhaltung zu verspüren schien. Seine Anwesenheit verärgerte Ramona. Sie wäre lieber allein am Grab gewesen, um im Stillen trauern zu können, oder vielleicht auch nur, um herauszufinden, warum die Leere in ihrem Innern ihr Gefühl, etwas verloren zu haben, mehr als aufwog. Sie konnte nicht verstehen, warum ihr Zhavons Tod so wenig bedeutete. Aber jedesmal, wenn Ramona begann, eines ihrer verzwickten Gefühle zu fassen zu bekommen, wurde sie von Rattengesicht abgelenkt, wie er auf dem Felsen herumzappelte und grunzte. Seltsamerweise war ihre Verwirrung über ihn mit Erleichterung durchmischt. Sie erkannte, daß allein die Zeit ihre Gefühle entwirren konnte und daß es keinen Sinn ergab, sich in Selbstmitleid zu ergehen, egal, wie groß der Trieb auch war, genau das zu tun.

„Hat dich Tanner hergeschickt?" fragte sie.

„Ja. Tanner hat eine Versammlung einberufen."

„Eine Versammlung einberufen? Eine Versammlung wovon?"

Rattengesicht betrachtete sie einen Moment. Verwirrung war auf seinen Gesichtszügen zu erkennen, aber dann nickte er, so als ob er eine Frage für sich allein beantwortet hätte. „Eine Versammlung der Gangrel", sagte er. „Viele von ihnen sind in der Nähe und bewachen Buffalo. Viele kommen. Vielleicht kommt sogar Xaviar."

Gangrel.

Seine Worte weckten Erinnerungen bei Ramona, holten zurück, was Tanner letzte Nacht gesagt hatte: *Wisse, daß du Gangrel bist.*

Und nun gebrauchte Rattengesicht dasselbe Wort. *Eine Versammlung der Gangrel.*

„Aber was ist ein Gangrel?" fragte sich Ramona, ohne die Worte aussprechen zu wollen.

Rattengesicht kicherte; es war das Geräusch, das eine alte Dame macht, wenn sie ausspucken will. „Gangrel ist unser Clan. Ich bin ein Gangrel. Du bist eine Gangrel. Hat dir das Tanner nicht beigebracht?"

Wisse, daß du Gangrel bist, hatte Tanner zu ihr gesagt. *Und daß ich dein Erzeuger bin. Ich habe dich zu dem gemacht, was du bist.*

„Tanner ist mein Erzeuger", murmelte Ramona.

„Ist er", nickte Rattengesicht. „Und du – bist sein Kind?"

Ramona schaute Rattengesicht an und kniff mißtrauisch die Augen zusammen. „Bist du Tanners Kind?"

Rattengesichts Augen traten hervor. „Ich? Ob ich Tanners Kind bin?" Diesmal lachte er ziemlich laut. „Nein. Und ich würde Tanner diese Vermutung nicht hören lassen. Er ist ziemlich wählerisch, der Gute."

„Tanner ist nicht wählerisch, er ist ein Arschloch."

Rattengesicht begann zu lachen, fing sich aber schnell wieder. Er blickte sich ängstlich um, als belausche Tanner sie hinter dem nächsten Baum. „An deiner Stelle wäre ich vorsichtiger", sagte er.

Er sprach mittlerweile deutlich normaler; sein Ich-Tarzan-Du-Jane-Geplapper war ganzen Sätzen gewichen, und er erwies sich als gesprächig. „Tanner hat schon anderen den Kuß geschenkt, aber sich seinen Kindern nur selten offenbart."

„Den Kuß geschenkt?" fragte Ramona. Alles, was Rattengesicht sagte, war ein Rätsel für sie.

„Den Kuß. Einen Sterblichen zu einem von uns gemacht."

Rattengesicht hatte immer noch Angst. Er sprach leise, sah sich ständig um. „Er hat schon anderen den Kuß geschenkt, aber größtenteils hat er sie allein durch die Gegend stolpern lassen, und sie wurden alle getötet. Er muß große Stücke auf dich halten, daß er sich dir offenbare."

„Ich halte nicht allzu viel von ihm", grummelte Ramona. Sie konnte sehen, daß Rattengesicht amüsiert war, aber genauso deutlich konnte sie erkennen, daß er offensichtlich Angst vor Tanner hatte.

Rattengesicht schaute sich wieder um und flüsterte ihr dann zu: „Weißt du, warum er die Versammlung einberufen hat?"

Rattengesicht stellte eindeutig eine Frage, die er seines Erachtens nach nicht hätte stellen sollen. Er hatte den Kopf eingezogen, als erwarte er, für seine Worte geschlagen zu werden. Ramona, die sich erinnerte, wie sie Tanner ohne Warnung geohrfeigt hatte, vermutete, daß Rattengesichts Verhalten gar nicht mal so unvernünftig war. Sie war versucht, ihm zu erzählen, was sie wußte, nur für den Fall, daß es Tanner stinken würde. Er hatte es verdient. Aber in Wahrheit hatte sie keine genaue Vorstellung davon, was eigentlich passiert war. Letzten Endes verzichtete sie zugunsten von Provokation auf Aufrichtigkeit.

„Weil er große Angst hatte."

Rattengesichts Augen wurden wieder groß. Diesmal unterdrückte Ramona ein Lachen. Das hatte Rattengesicht nicht erwartet, aber es war wahr. Sie hatte die Angst in Tanners Gesicht gesehen. Sie verspürte kein Verlangen, in Einzelheiten zu gehen – zu erzählen, daß auch *sie* die Hosen gestrichen voll gehabt hatte und daß auch sie wahrscheinlich tot wäre wie Jenny und vermutlich auch Darnell, wenn Tanner sie nicht aus der Höhle gescheucht hätte. Ramona wußte nicht, was sie Rattengesicht über den Toreador sagen sollte. Sie hatte nicht viel, womit sie ihn vergleichen konnte. Es war besser, Tanner die Geschichte erzählen zu lassen, wenn er kam. Aber Ramona hatte immer noch hunderte von Fragen, und Rattengesicht erwies sich als offener, als es Tanner je gewesen war.

„Die Gangrel sind also ein Clan", sagte sie. „Ist der Sabbat auch ein Clan?"

Rattengesicht schüttelte den Kopf. „Nein. Die Gangrel sind einer der Clans, aus denen die Camarilla besteht – das Bündnis, das den Sabbat bekämpft."

Ramona wurde schwindelig. Jede Antwort, die ihr Rattengesicht gab, warf zwei neue Fragen auf. „Jesus – Erzeuger, Kuß, Gangrel, Camarilla, Sabbat – ich brauche ein Wörterbuch."

Rattengesicht fuhr fort, als hätte Ramona ihn nicht unterbrochen. „Die Sabbatmitglieder sind... Monster. Sie sind sehr gefährlich. Wenn es nach ihnen ginge, würden sie die Maskerade zerstören."

„Die Maskerade?"

Rattengesicht nickte. „Früher, als du eine Sterbliche warst, wußtest du da, daß wir mitten unter euch leben?"

Sie schüttelte den Kopf. „Nein. Ich meine... da gab es nur Filme und Geschichten und solche Scheiße."

„Genau. Genau das ist die Maskerade. Wenn die Sterblichen von uns wüßten, würden sie uns jagen, und das wäre das Ende."

Ramona dachte einen Moment nach. Sie hatten immer versucht, sich bedeckt zu halten und kein Aufsehen zu erregen. Meist hatten sie ver-

Gherbod Fleming

sucht, sich außer vor den Sterblichen auch noch vor anderen Vampiren zu verstecken. Das ergab Sinn... es sei denn, der Sabbat dachte, es gäbe genügend Vampire, um es mit den Menschen aufzunehmen. Aber wenn dem so war, warum kontrollierten denn dann die Vampire nicht schon längst alles?

„Pssst." Rattengesicht riß Ramona aus ihren Gedanken. Seine großen Nagerohren waren aufgestellt. „Es kommt jemand. Aus dieser Richtung."

„Es war schon immer schwer, sich an dich anzuschleichen", sagte eine Stimme aus der Richtung, in die Rattengesicht starrte. Einen Moment später trat ein Mann aus der Dunkelheit und ging zum Table Rock.

Er war größer als Ramona und Rattengesicht, trug Stiefel, Jeans und ein Kordhemd. Seine Kleidung war dreckig und staubig wie von langem Gebrauch, aber nicht so abgerissen wie ihre. Der Neuankömmling trat auf sie zu. Er zog einen Zweig aus seinem langen, strubbeligen Haar und warf ihn achtlos zwischen die Bäume.

„Ich bin Brant Edmonson", sagte er. „Als die Sterblichen um die westlichen Länder kämpften, jagte ich bereits auf ihren Spuren. Als Elijah, der Grausame, verloren ging an das Tier, stand ich an der Seite des mächtigen Xaviar, um ihn zur Strecke zu bringen."

Rattengesicht nickte. Ramona war überrascht, wie ungewöhnlich ihr die Begrüßung vorkam.

„Ich bin Rattengesicht", sagte der andere Gangrel. „Ich kenne alle Städte New Yorks. Ich bin schlauer als die Wolflinge und schneller als der Sabbat."

Ramona lauschte den Worten, die sie schon gehört hatte. Sie wußte nicht, was sie Edmonson sagen sollte. Rattengesicht schien diese Platte jedoch auswendig gelernt zu haben. Der Neue schien aber keine Bedrohung zu sein. Sein Erscheinen hatte Rattengesicht nicht in Aufruhr versetzt, und Rattengesicht schien ziemlich scheu zu sein. Aus der Nähe konnte Ramona riechen, daß Edmonson wie sie war, daß das Blut nicht durch seinen Körper floß, daß es in Wirklichkeit das Blut anderer war. Ohne nachzudenken, griff Ramona zu und schüttelte Edmonson die Hand. Es schien so verkniffen und zugeknöpft zu sein, daß es zu diesen Typen paßte.

„Ich bin Ramona", sagte sie schlicht und trat zurück.

Brant Edmonson schien überrascht zu sein und schaute sie komisch an, als ob er gedacht hätte, Zucker zu essen, statt dessen aber Salz schmekken würde. Der komische Blick verschwand, und Ramona wurde klar, daß er nicht mehr sie anschaute, sondern über ihre Schulter hinweg starrte. Auch Rattengesicht, sah sie, schaute auf die andere Seite des Table Rock. Seine Ohren waren aufgestellt.

Ramona drehte sich um und sah nun auch die Gestalt auf die Lichtung kommen.

Ein kehliges Knurren dröhnte durch die Nacht, aber es waren eigentlich Worte: „Ich bin Jäger-im-Wald. Ich fliehe nicht vor Sterblichen. Ich fange ihre Kugeln mit meinen Zähnen auf. Ich trinke ihr Blut und zermalme ihre Knochen zu Staub."

Ramona wich zurück, so daß sie dem neuen Gangrel nicht am nächsten stand, als er auf den Table Rock sprang. Jäger-im-Wald war nach vorn gebeugt, und trotzdem waren seine Schultern gut dreißig Zentimeter Meter über ihrem Kopf. Seine wilde Mähne bedeckte ihn wie ein Mantel; er trug keine Kleidung und schien nur aus mageren Muskeln und Narben zu bestehen.

Brant Edmonson machte einen Schritt nach vorn. Er stand mit stolz erhobenem Kinn da.

„Ich bin Brant Edmonson. Als die Sterblichen um die westlichen Länder kämpften, jagte ich bereits auf ihren Spuren. Als Elijah, der Grausame, verloren ging an das Tier, stand ich an der Seite des mächtigen Xaviar, um ihn zur Strecke zu bringen."

Von seinem Platz aus wiederholte Rattengesicht seine Vorstellung, wie er es schon zweimal getan hatte. Jäger-im-Wald sah ihn an, doch Rattengesicht sah weg und schaute ihm nicht in die Augen.

Jäger-im-Walds Aufmerksamkeit richtete sich nun auf Ramona. Er trat auf sie zu. Ramona spürte, wie ihr Mund trocken wurde, als hätte sie schon seit Jahren kein Blut mehr getrunken. Jäger-im-Wald kam immer näher. Seine Augen waren gelb und blutunterlaufen, sein Gesicht schwarz von geronnenem Blut.

Ramona öffnete den Mund, aber kein Wort wollte über ihre Lippen kommen. Sie spürte keinerlei Verlangen, Jäger-im-Walds Hand zu schütteln.

„Sie ist Ramona Tanner-Kind", sagte Rattengesicht.

Jäger-im-Wald ignorierte Rattengesicht und starrte Ramona an, bis sie wegsah. Das schien ihn zufriedenzustellen. Er drehte sich um und ging auf Brant Edmonson zu, bis sie nur noch wenige Schritte trennten. Edmonson blieb ruhig stehen. Seine Hände hingen entspannt an den Seiten herab.

Ramona wäre fast aufgesprungen, als sie Rattengesicht neben sich spürte. Sie hatte nicht gehört, wie er sich bewegt hatte. Seine Hand lag auf ihrem Ellbogen, und er zog sie zu sich heran.

„Er ist einer von der üblen Sorte", flüsterte Rattengesicht. „Wir täten gut daran, ihm aus dem Weg zu gehen."

Brant Edmonson schien Rattengesichts Meinung nicht zu teilen. Er stand Jäger-im-Wald gegenüber, und zu Ramonas Überraschung lächelte der kleinere Gangrel.

Es gab kein Warnzeichen, ehe Jäger-im-Wald angriff. Er sprang mit einem Fauchen, bevor Ramona auch nur die Bewegung sehen konnte. Brant Edmonson bekam die volle Wucht des Angriffs ab. Jäger-im-Wald riß ihn um. Der Kampf war schnell vorbei und verlief sehr einseitig, aber nicht, wie Ramona es erwartet hatte.

Brant Edmonson lag unter seinem viel größeren Gegner, aber er war nicht überrascht. Er rollte sich bei der Landung ab und verlagerte sein Gewicht so, daß Jäger-im-Wald aus dem Gleichgewicht geriet und stolperte. Noch bevor sich der Staub legte, den Jäger-im-Walds Sprung aufgewirbelt hatte, war es zu Ende. Edmonson kniete an der Seite seines am Boden liegenden Gegners, eine rasiermesserscharfe Klaue drang ganz sachte an eine der Muskeln am Hals von Jäger-im-Wald. Wenn der größere Gangrel auch nur den kleinsten Muckser machen würde, konnte ihm Brant Edmonson mit einer Drehung des Handgelenks den Hals zerfetzen.

Die Blicke der Kämpfenden trafen einander, und eine unausgesprochene Übereinkunft wurde getroffen. Brant Edmonson zog seine Klaue heraus und stand auf, schaute Jäger-im-Wald jedoch unablässig an.

Ramona spürte einen scharfen Schmerz in den Händen und schaute herab – erst jetzt bemerkte sie, daß sich ihre Fingernägel – ihre *Klauen* – tief in die Handflächen gegraben hatten. Sie sah Jäger-im-Wald zu, wie er sich aufrichtete. Er klopfte weder den Staub ab noch verlor er ein Wort. Er schlich langsam fort in die Dunkelheit.

Ramona verspürte das Verlangen, ihn zu verspotten, als er ging, aber sie wußte genau, daß nicht sie es war, die ihn besiegt hatte. Und er gehörte nicht zu den Leuten, die man sich zum Feind machen sollte. Wahrscheinlich könnte er Hackfleisch aus ihr machen, genau wie sie gedacht hatte, daß er es mit Brant Edmonson machen würde.

Edmonson verhöhnte Jäger-im-Wald nicht, auch schien er nicht beunruhigt zu sein. Im Gegensatz zu Rattengesicht und Ramona, die sich alle paar Minuten nach den Schatten umschauten, sah er aus, als ob nichts Besonderes vorgefallen wäre. Der einzige Unterschied schien darin zu bestehen, daß der Staub an seiner Kleidung frischer war und jedesmal in kleinen Wölkchen aufwallte, wenn er die Arme verschränkte.

„Du bist also Tanners Kind", sagte Brant Edmonson.

Ramona nickte zustimmend.

„Ich habe viel von Tanner gelernt", fügte Edmonson hinzu.

„Das würde ich auch gern sagen" , murmelte Ramona ohne nachzudenken, und wünschte dann, daß sie es nicht gesagt hätte.

Zu ihrer Erleichterung lächelte Brant Edmonson, und zwar nicht wie Rattengesicht es auf seine nervöse Art und Weise getan hatte, als sie Tanner vorhin kritisiert hatte. Sie sah keine Furcht vor Tanner in Brant Edmonsons Augen; sie sah überhaupt keine Furcht in diesen Augen.

„Tanner ist ein guter Lehrer", sagte Edmonson. „Zumindest war er das zu seiner Zeit."

Zu seiner Zeit. Diese Worte erinnerten Ramona an etwas anderes, etwas, das Edmonson zuvor gesagt hatte. *Als die Sterblichen um die westlichen Länder kämpften, jagte ich bereits auf ihren Spuren.* Die westlichen Länder – meinte Edmonson den Wilden Westen? Den Cowboy-und-Indianer-Westen? Zumindest klang es für Ramona so. Aber das würde ja bedeuten, daß er mehr als hundert Jahre alt war! Kein Wunder, daß er sie wie ein Baby behandelte. Sie wollte ihn fragen, wußte aber nicht, ob sie es tun sollte. Es schien seltsame Bräuche unter diesen Gangrel zu geben. Erst die steife, förmliche Vorstellung – es schien ihnen sehr wichtig zu sein, einander mitzuteilen, was sie getan hatten. Und dann zweitens der Kampf, der in weniger als zwei Lidschlägen angefangen und beendet worden war. Das schien sie zumindest verstanden zu haben. Sie hatte Revierkämpfe zwischen Banden in L. A. gesehen. Edmonson hatte klargestellt, daß er über Jäger-im-Wald stand. *Aber wie lange war das klar?* fragte sich Ramona. Sie warf einen Blick in die Richtung, in die er verschwunden war.

Samstag, 24. Juli 1999, 3:32 Uhr
Gildehaus der Fünf Städte
New York City, New York

Die wirbelnde Dunkelheit war einfach nicht zu bekämpfen. Sie zog Johnston hinab, und er war überrascht, als er wieder zu sich kam. Sein Zeitgefühl wurde vollständig von der neuen Perspektive, die sein Bewußtsein beherrschte, überlagert. Zu Johnston Foleys großem Mißfallen war diese neue Perspektive so zersplittert und chaotisch, wie seine eigene geordnet war. Wirbelnde Ströme widersprüchlicher Gedanken, Ängste und Bedürfnisse brachen über ihn herein.

Johnston Foley nahm ein Bewußtsein wahr, das er unter seine Kontrolle hätte zwingen können müssen, aber dieses andere Bewußtsein war aufgerüstet, gestärkt. Es war schlüpfrig und mächtig, und bevor er wußte, wie ihm geschah, spürte Johnston Foley, wie sich Ranken dieser Persönlichkeit um ihn zu winden begannen. Panisch zog er sich zurück. Er hatte seine Desorientierung so weit überwunden, daß ihm ein Rückzug möglich war. Die Ranken schlängelten hinter ihm her, aber Johnston Foley blieb jenseits ihrer Reichweite. Unter großen Mühen verschloß er sich vor diesem anderen, ihn in den Wahnsinn treibenden Bewußtsein – vor dem verrückten Bewußtsein, erkannte er –, indem er sich an einer entfernten Wahrnehmung, einem greifbaren Zeugnis seiner eigenen Identität, festklammerte. Er sah die Schreibfeder nicht, aber er spürte sie zwischen seinen Fingern – den glatten, leicht gebogenen Kiel, die flauschigen Daunen. Sie war unleugbar mit dem verbunden, was er war, mit dem Ritual, das er durchführte, war sein Anker inmitten des tobenden Sturms, sein Schild gegen den *anderen*.

Nachdem er seinen Sinn für das eigene Bewußtsein sicher ans Ufer zurückgeleitet und den Wirbelsturm des anderen eingedämmt hatte, griff Johnston Foley erneut nach dessen Perspektive. Er suchte nach Sinnesreizen, nach einem Zusammenhang in diesem Wahn. Er suchte gründlich, aber dennoch rasch. Johnstons Verteidigung schien zu stehen, aber vielleicht würde sie ohne Warnung fallen. Wenn das geschehen sollte, dann würde ihn der Sturm mit sich fortreißen.

Die Vision formte sich schnell, gewaltsam, und für einen Moment drohte sie, Johnston Foley zurück in den Wahnsinn hinabzuziehen. Aber Johnstons Zielstrebigkeit war ungebrochen. Sein Finger streichelte die

Schreibfeder. Nebenbei sorgte er sich, er könnte dem Schreibinstrument Schaden zufügen, aber die Alternative wäre noch weitaus finsterer gewesen.

Johnston Foley befand sich (nicht er, sondern der andere) in einem großen Raum – dunkel, feucht, kühl. Durch nicht existentes Licht hindurch sah er körperlose Wände, schimmernde Felsformationen, Kalkstein. Die Umgebung verblaßte erst fast vollständig und kehrte dann teilweise in die Wirklichkeit zurück. Johnston Foley fühlte sich, als wäre er (nicht er, sondern der andere) real, aber die Parameter seiner Umgebung schienen einem steten, wilden Phasenwechsel unterworfen zu sein.

Dann wurden Hände ausgestreckt, seine Hände (die des anderen), und sie packten das einzige, was abgesehen von den Händen selbst real und greifbar erschien – einen Schwarzen, ein Kainskind, den blanken Fängen nach zu urteilen. Blank, weil dem Mann der Unterkiefer fehlte. Nein, er fehlte ihm nicht, erkannte Johnston Foley, sondern war unmöglich weit gedehnt, so daß er zwischen den Knien des Mannes hing. Die Zunge des Kainskindes war gespalten, aber nicht nur einmal, sondern dutzendfach, und jeder dieser Fleischriemen zuckte und wand sich, was dem Ganzen den Anschein verlieh, als hätte sich der Mann den Kiefer ausgerenkt und würde versuchen, eine Miniaturausgabe eines Gorgonenhauptes zu verschlingen. Er hatte die Augen verrollt, war aber noch nicht vernichtet.

Während Johnston Foley zuschaute, packten die Hände, die lang und bleich waren und dicke Gelenke aufwiesen, das Kainskind an seinen mißgestalteten Schultern. Fleisch und Knochen schmolzen unter der Berührung und wurden neu geformt. Die Schlangenzunge peitschte hin und her.

Johnston zog sich so weit er konnte zurück. Er wollte nichts mehr sehen. Statt dessen begann er vorsichtig, das andere Bewußtsein, durch dessen Auge er gesehen hatte, abzutasten. Johnston Foley war darauf bedacht, nicht noch einmal durch das tobende Chaos dieses Geistes zu waten; er erforschte ihn aus der Ferne. Dabei hielt er sich an der Schreibfeder fest, und als er sich an Pergament und Tinte erinnerte, verwendete er sie auch.

· **Samstag, 24. Juli 1999, 4:05**
Im Staate New York

Stundenlang waren sie gekommen, und sie alle waren Gangrel. Sie wanderten einzeln zum Table Rock, wenn auch gelegentlich zwei auf einmal eintrafen, die sich unterwegs begegnet waren. Die meisten waren nach Osten gereist, aber als sie erst einmal in der Nähe des Table Rock gewesen waren, hatten viele einen Umweg in Kauf genommen, um aus einer anderen Richtung zu erscheinen. Sie waren vorsichtig. Ein Großteil von ihnen trat für einen kleinen Moment auf die Lichtung, auf der der Felsen lag. Manche schlichen schon bald wieder in die tiefere Dunkelheit des Waldes. Andere verließen die Deckung der Bäume gar nicht erst. Aber Ramona wußte, daß sie da draußen waren, wie auch Jäger-im-Wald. Sie beobachteten.

Sie unterhielten sich leise miteinander. Bekannte, die sich schon seit Jahren nicht mehr gesehen hatten, begrüßten einander und tauschten Neuigkeiten aus. Sie erzählten von ihren Abenteuern, aber nie vergaßen sie die Vorstellung:

„Ich bin Rotzgras. Diese Narbe stammt vom Kampf mit einem Wolfling aus dem Central Park."

„Ich bin Mutabo. Ich habe mich am Blute der Sklavenhändler berauscht, die mich in dieses Land brachten."

„Ich bin Renée Blitz. Nur wenige Kainskinder sind schneller als ich."

„Ich bin Joshua und werde Bluthund genannt. Ich reise in die Städte, die vom Sabbat verseucht sind, und in die Wildnis, in der es von Wolflingen wimmelt. Nicht einmal habe ich mir meine Belohnung nicht verdient."

Ramona lauschte den Vorstellungen. Sie war neugierig auf diese Wesen, die scheinbar alle zu ihrem Clan gehörten – Gangrel. Die Gruppe war bunt zusammengewürfelt wie die Fahrgäste in einem Bus. Manche waren wie sie hier draußen im Wald, kilometerweit von der nächsten Stadt oder auch nur einem größeren Dorf entfernt, nicht in ihrem Element. Andere schienen sich sehr wohl zu fühlen.

Keiner schien allerdings wohlhabend zu sein. Ramona wußte, daß ihr Äußeres sie täuschen konnte, aber Edmonson mit seiner abgetragenen, aber größtenteils intakten Kleidung stand am oberen Ende des Modespektrums der hier Versammelten. Viele andere trugen wie Ramona die Sachen, die sie auch vor Jahren in der Nacht ihrer Verwandlung – ihres Kusses – getragen hatten. Seitdem hatten sie sich kaum Gedanken um ihre Kleidung gemacht. Ramona wußte, daß sie oft monatelang keinen Augenblick darüber nachgedacht hatte, was sie am Leibe trug. Das Wetter war kein Problem mehr; Wind und Kälte machten ihr nichts aus. Und seit ihrer Verwandlung hatte sie ohnehin kein gesellschaftliches Leben mehr gehabt. Sie fragte sich, ob sie wohl in einigen Jahren nackt wie Jäger-im-Wald herumlaufen und nur ihr Haar und die Nacht sie vor fremden Blicken schützen würden.

Ramona starrte in die Dunkelheit. Es machte ihr Angst, nur an Jäger-im-Wald zu denken. Er war niemand, über den sie unvorbereitet stolpern wollte, eigentlich nicht einmal dann, wenn sie damit rechnen mußte. Seine Augen hatten in kaltem Zorn geleuchtet. Ehe Ramona weggesehen hatte, hatte sie den Hunger in ihm erblickt, aber sein Hunger unterschied sich von dem, den sie verspürte. Jäger-im-Wald genoß das Leid, das er anderen brachte, egal ob Sterblichen oder Vampiren – Kainskinder, so nannten sie sich untereinander.

Abgesehen davon, daß es sie unruhig machte, nicht genau zu wissen, wo er steckte, schämte sich Ramona – sie schämte sich *und* war zornig –, daß sie weggesehen hatte. Sie hatte nicht begriffen, daß Jäger-im-Wald sie gefordert hatte. Es war passiert, und sie hatte weggesehen. Sie war nicht vorbereitet gewesen. Das schlimmste daran war, nicht zu wissen, ob es einen Unterschied gemacht hätte, *wäre* sie darauf vorbereitet gewesen. Jäger-im-Wald war so...

„Nah am Tier", hatte Rattengesicht gesagt, als Ramona ihn nach dem furchteinflößenden Gangrel gefragt hatte.

Das war eine passende Beschreibung. Ramona erinnerte sich, wie sie sich in der Nacht gefühlt hatte, als die beiden Männer Zhavon angriffen. Ramona hatte ihnen nicht die Kehle aufreißen und ihre Eingeweide in der ganzen Gasse verstreuen wollen. Es war einfach geschehen. Es war ganz... natürlich gewesen. Und Ramona hatte es genossen – das machte ihr fast am meisten Angst. Es war die Art von Genuß gewesen, von der Ramona glaubte, sie bei Jäger-im-Wald gesehen zu haben.

Unter den versammelten Gangrel waren die vorherrschenden Gesprächsthemen der Sabbat und die Wolflinge. Ramona nahm an den Diskussionen nicht teil, aber sie hörte Bruchstücke von Geschichten. Die

Geschichten über den Sabbat wurden ruhig vorgetragen, wie man es beim Austausch von Neuigkeiten erwarten würde. Scheinbar begann diese Bande, die der Camarilla gegenüberstand – obwohl Ramona eine Geschichte über einen Gangrel namens Korbit hörte, der auf der Seite des Sabbat kämpfte –, einen Großteil des Territoriums der Camarilla an der Ostküste zu übernehmen. Ramona hörte die Namen einiger Städte – Atlanta, Charleston, Washington, D. C. Es hörte sich schlecht an, aber Edmonson und die anderen schienen sich kaum Sorgen zu machen.

Wenn sie von den Wolflingen sprachen, dann nur im Flüsterton. Gelegentlich warfen sie einen Blick über die Schulter. Wahrscheinlich gestanden sie es sich selbst nicht ein, aber Ramona konnte die Angst in ihren Stimmen hören. Einige Gangrel hatten bei der Aufzählung ihrer Heldentaten prahlerisch von den Wolflingen gesprochen, aber als sie nun von den sicheren Routen durch das Revier der Wolflinge oder der Verlagerung von Jagdgründen sprachen, schwang Unsicherheit anstelle von Stolz in ihren Stimmen mit. Selbst Brant Edmonson, der so ruhig und voller Selbstvertrauen war wie Tanner, sprach nur respektvoll von solchen Angelegenheiten.

Es war das Gerede über Wolflinge, das in Ramona das Gefühl auslöste, nicht mehr ganz bei der Sache zu sein. Alle Geschichten drehten sich um Tod und Verstümmelung: ein Freund, der im nördlichen Maine enthauptet wurde. Ein Verbündeter, der die Grand Tetons überqueren wollte und dem der Bauch aufgeschlitzt worden war. Noch einer, der nie aus den Everglades zurückkehrte.

Ramona zog sich in sich zurück. Das Gerede wurde leiser, bis die Stimmen weit weg waren. Sie waren nur noch in ihrem Hinterkopf zu hören. Bestimmte Worte hallten durch ihren Verstand – *Wolfling... Texas... Werwolf... Wolfling* –, verschwammen, überschnitten sich schließlich und verschmolzen zu einer einzelnen beunruhigenden Masse.

Ich habe einen Wolfling in Texas gesehen, sagte Ramona. Sie bewegte die Lippen, aber kein Wort erklang. Sie konnte sich nicht erinnern, sich gesetzt zu haben, aber da saß sie nun auf dem Boden neben Zhavons Grab und ließ lose Erde durch ihre Finger rieseln.

Ich habe einen Wolfling in Texas gesehen.

Sie waren einige Stunden von San Antonio entfernt gewesen. Eddie hatte diesen Hang zu Nebenstrecken gehabt. Er nahm nie eine Interstate, wenn es nicht sein mußte, und als ihnen dann der Sprit ausgegangen war, hatte es um sie herum meilenweit nichts außer ausgetrockneten Flußläufen, Kakteen und Sand gegeben.

Jenny und Darnell hatten heftigst gestritten, wessen Schuld es gewesen war, daß ihnen der Sprit ausgehen konnte. Eddie schien nicht beunruhigt gewesen zu sein. Er hatte behauptet, einen unfehlbaren Orientierungssinn zu besitzen und es als Herausforderung gesehen, eine Abkürzung durch das Kakteengestrüpp zu finden. Ramona hatte ihn gefragt, ob sein Schwanz ein Kompaß sei, aber er hatte sie ignoriert. Schade, hatten beide zugestimmt, daß sie nicht Sand essen statt Blut trinken konnten. Viel Sand. Kein Benzin. Kein Blut.

Plötzlich war da jede Menge Blut gewesen.

Vielleicht hätten sie es kommen gehört, wenn sich Jenny und Darnell nicht gestritten hätten.

Wolfling. Der Name paßte gut zu dem Monster aus Ramonas Erinnerungen. Sie hatten sich dem Rand eines ausgetrockneten Bachlaufes genähert, und dann war da der Wolfling gewesen, wo eine Sekunde zuvor noch nichts zu sehen gewesen war...

Eddie war verletzt zurückgetaumelt. Die linke Hälfte seines Gesichts hatte plötzlich gefehlt. Ramona hatte das erste Knurren erst gehört, als das Blut auf sie herabgeregnet war. Bevor sie noch etwas sagen oder schreien konnten, hatte eine Klaue seinen Bauch aufgerissen wie eine Pinata voll vertrockneter Eingeweide. Eddies Knie hatten nachgegeben, und dann hatte das Monster seinen Kiefer geschlossen und seine Schädeldecke weggebissen.

Eddie war zu Boden gegangen. Sein Blut war im Sand versickert.

Ramona und die anderen waren schockiert mit offenen Mündern stehengeblieben. Sie hatte den feuchten Atem des Wolflings in der trockenen Texasluft spüren können.

Dann war die erste Entscheidung gefallen – die Kreatur hätte nur einmal zuschlagen müssen, um Ramonas Kopf von den Schultern zu trennen, aber statt dessen war es über Eddie hergefallen, hatte seine Schnauze in seinem aufgeschlitzten Bauch vergraben. Eddie hatte leise gewimmert, als sie ihn von innen heraus in Stücke riß.

Die zweite Entscheidung hatten Ramona, Jenny und Darnell zu treffen. Sie hätten den Wolfling gemeinsam anspringen können. Er war ganz auf seine Lust an blutiger Zerstörung konzentriert gewesen. Sie hätten für Eddie zurückschlagen können, der dazu selbst nicht mehr in der Lage gewesen war. Der Augenblick hatte scheinbar eine Ewigkeit gedauert, war in Blut und das berstende Brechen von Rippen gebadet gewesen.

Wie ein Mann hatten sie sich umgedreht, waren weggelaufen.

Sie waren durch die Kakteenfelder gestolpert. Stacheln hatten sich in ihr Fleisch gebohrt, aber sie hatten es kaum wahrgenommen. Sie waren weggelaufen, weitergelaufen, bis die aufgehende Sonne sie gezwungen hatte, sich im Steilufer eines ausgetrockneten Flußbettes zu vergraben. Sie hatten gegraben, bis der Tunnel im Sand hinter ihnen zusammengebrochen war, aber sie hatten ja nicht mehr atmen müssen. Hatten nur Dunkelheit gebraucht.

Ich habe einen Wolfling in Texas gesehen.

Ich habe einen Wolfling in Texas gesehen.

„Ramona?"

Rattengesicht war ganz nah bei ihr. Ramona blinzelte ihn an. Sie hob eine Hand, um sich Eddies Blut abzuwischen, das ihr ins Gesicht gespritzt war.

„Ramona?" Auch Rattengesichts Stimme schien weit weg zu sein, obwohl er sich weniger als einen halben Meter entfernt niedergekauert hatte.

Es gab zu viele Leute hier. Zu viele Gangrel. Ramona sah mindestens zehn. Jäger-im-Wald und ein paar andere waren auch noch irgendwo.

Zu viele Gangrel.

Es waren die anderen, die Tanner zusammengerufen hatte. Ramona hatte nie gedacht, daß sie so viele andere ihrer Art an einem Ort sehen wollte, aber wenn sie in die Höhle zurückgehen würde...

Der Gedanke schien einen Schalter in ihrem Gehirn umzulegen.

Die Höhle... Darnell! Sie war so sehr in ihrer Trauer und der neuen Erfahrung der Versammlung gefangen gewesen, daß sie ihn beinahe vergessen hätte. Wie lange war er schon da drin? Sie mußten ihn rausholen! Es gab jetzt mehr als genug Gangrel hier. Ramona erhob sich.

„Wo zum Teufel ist Tanner?" fragte sie, ohne jemand bestimmtes zu meinen.

Rattengesicht betrachtete sie verständnislos. „Er verbreitet die Kunde über die Versammlung."

„Wir müssen Darnell retten!" Ramona ertrug den Gedanken nicht mehr, auch nur eine Sekunde länger zu warten. Sie hatten schon viel zu lange gewartet. Sie schob sich an Rattengesicht vorbei und schlich hinüber zu Edmonson, der mit Joshua sprach.

„Gehen wir", verlangte sie. „Jetzt sind wir genug." Für den Augenblick ignorierte sie die Erinnerung an Tanners Angst und redete sich ein, Edmonson würde sicher spielend mit Darnells Kerkermeister fertig.

„Tanner hat die Versammlung einberufen", sagte Brant Edmonson. „Wir werden warten." Seine Stimme klang höflich, aber bestimmt, und er machte sich nicht die Mühe zu fragen, was sie eigentlich unternehmen wollte.

„Ich habe schon zu lange gewartet", knurrte Ramona. „Ich habe das Warten satt! Da gibt es ein.. verdammtes *Ding* in einer Höhle." Sie deutete in Richtung Wiese. „Und es hat einen meiner Freunde bei sich."

„Wir werden auf Tanner warten", sagte Brant Edmonson noch einmal ruhig. Er legte eine Hand auf ihre Schulter, aber Ramona schüttelte sie ab, stieß ihn zurück.

„Faß mich nicht an, Edmonson!"

Joshua ging auf sie zu. „Du mußt dich beruhigen, Ramona."

Ramona richtete eine Klauer auf sein Gesicht. „Sag mir nicht, was ich zu tun habe! Ich muß gar nichts tun! *Wir* müssen jetzt Darnell retten."

Brant Edmonson schaute sie an – härter, weniger freundlich als zuvor –, sagte aber nichts. Andere Gangrel bemerkten ihren Wutausbruch und wie rauh sie mit Brant Edmonson und Joshua umgesprungen war.

Ramona warf verzweifelt die Hände in die Luft. „Er ist schon einen ganzen Tag und eine ganze Nacht da drin. Wir müssen ihn da rausholen!" Die Antwort war Schweigen, was ihren Zorn nur noch anfachte. „Was für ein Club von Hosenscheißer-Vampiren ist das hier eigentlich? Hat *einer* von euch wenigstens ein bißchen Eier?"

Nachdrücklich ließ Ramona ihren Blick über die Gangrel auf der Lichtung schweifen. „Oder haben so was nur Sterbliche?"

Bei diesen Worten richtete sich Brant Edmonson zu voller Größe auf und starrte auf Ramona hinunter. „Wir werden auf Tanner warten", sagte er knapp, wobei er einen Finger vor ihr Gesicht hob. „Bis er zurückkommt, Kleine, solltest du deine Zunge hüten." Dann drehte er sich um und ließ Ramona stehen.

„Kleine? *Kleine!*" Sie machte einen Schritt hinter Brant Edmonson her, fühlte aber, daß sie so nicht weiterkam. Jemand hielt sie fest. Sie versuchte, die Hand wieder abzuschütteln, aber diesmal war der Griff zu fest. Sie wirbelte herum, bereit zum Angriff, und sah sich zu ihrer Überraschung Rattengesicht gegenüber.

„Du hilfst deinem Freund nicht, indem du Edmonson aufbringst", sagte er. Die Kraft in seinen Händen und die Aufrichtigkeit in seiner Stimme ließen sie nachdenken. Ihre Frustration und Angst waren in Zorn umgeschlagen, aber der war für den Moment verflogen. Sie wußte, er hatte recht. Sich den Arsch versohlen zu lassen würde Darnell nicht helfen. Aber dieses Wissen half nur wenig, Ramonas Verdruß zu schmälern. Sie begann darüber nachzudenken, wie sie Edmonson wohl von ihr entfremdet hatte, aber dann bemerkte sie plötzlich, daß das leise Summen der Unterhaltung, das im Verlauf der vergangenen Stunden mal lauter, mal leiser gewesen war, verstummte. Und das, obwohl hier so viele Gangrel versammelt waren. Selbst Rattengesicht neben ihr schaute in Richtung Table Rock zurück und nahm schnuppernd Witterung auf.

Ein weiterer Gangrel war eingetroffen, und alle hatten innegehalten, ihn zu beobachten. Ihn umgab keine Aura der Gefahr wie Jäger-im-Wald. Er war nicht groß und voll Selbstvertrauen wie Edmonson. Und doch haftete der Blick aller anwesenden Gangrel auf ihm.

„Edward Blackfeather", flüsterte Rattengesicht. „Ein Cherokee-Medizinmann."

Der Mann sah wie ein Indianer aus, aber Ramona hätte den Stamm höchstens erraten können. Blackfeather war hier, also mußte er Gangrel sein. Scheinbar setzte sich der Clan über sämtliche Einschränkungen in bezug auf Geschlecht, Rasse und Nationalität hinweg. Soviel wußte Ramona, seit sie die hier Versammelten näher betrachtet hatte.

Blackfeather war drahtig und klein. Er maß ungefähr einen Meter fünfzig und hatte somit etwa Ramonas Größe. Er trug etwas, das wie ein Hirschlederhemd aussah, und Mokassins aus dem gleichen Material sowie ausgewaschene Jeans und einen Gürtel mit einer Elvisschnalle. Sein Haar war lang, weiß und sproß in einem seltsamen Winkel unter einem Filzhut hervor, dessen Krempe, die einst rund und fest gewesen, ihm nun schlaff fast bis ins Gesicht hing. Eine grauweiße Feder hing an einer Schnur, die an seinem Hut festgemacht war.

Ramona konnte die Stille spüren, die Blackfeather begleitete. Es war eine Ruhe, die irgendwo in ihm begann, aber auch von ihm ausgestrahlt wurde. Die Gangrel behandelten ihn alle mit einer gewissen Ehrerbietung

– sie roch nicht ganz nach Furcht, aber die Anwesenheit des alten Mannes bereitete den anderen Unbehagen.

Er kletterte auf den Table Rock und begann grußlos, am Rand des großen Felsens entlangzugehen. Edmonson und Joshua, die auf dem Felsen saßen, kletterten vorsichtig an der anderen Seite hinunter, um Blackfeathers Treiben besser und aus einer sicheren Entfernung heraus beobachten zu können. Er ging weiter und starrte den Felsen durchdringend an, ohne anzuhalten, bis er den Fels einmal umrundet hatte. Dann griff er in den Leinensack, den er über eine Schulter geworfen hatte, und zog einen kleinen Pinienzweig daraus hervor. Den Zweig wie eine Bürste oder einen Besen verwendend begann er, die flache Steinoberfläche zu fegen, wobei er in der Mitte anfing und sich in einer Spirale nach außen arbeitete.

Niemand sprach. Sein Fegen mußte eine halbe Stunde gedauert haben, denn er ging sehr gründlich dabei vor, aber keiner sagte etwas, und nur wenige wagten es, auch nur einmal die Arme zu verschränken. Als er fertig war, legte Blackfeather den Zweig in die Mitte des Felsens, von wo aus er seine Kehrarbeiten begonnen hatte. Dann ging er wie beiläufig vom Stein herunter und in den Wald hinein.

Viele der Gangrel schauten einander fragend an.

„Was sollte das denn?" fragte Ramona Rattengesicht leise.

Rattengesicht zuckte nur die Achseln und deutete mit dem Finger.

Blackfeather kam zurück. Die auf der Lichtung geflüsterten Spekulationen erstarben rasch. Er trug einen Armvoll Stöcke und Äste, die er in der Mitte des Felsens plazierte und dann zu einem kleinen Tipi aufzubauen begann.

Er arbeitete an seinem Tipi ebenso schweigend, wie er es auch beim Fegen getan hatte, und in den zehn Minuten, die er brauchte, um das kleine Bauwerk zu errichten, sprach erneut niemand ein Wort.

Schließlich war er fertig und legte seinen Leinensack auf den Felsen neben das halbmeterhohe Tipi. Er nahm etwas aus dem Sack, aber Ramona konnte nicht sehen, was es war, bis Blackfeather sich ihr genähert hatte und an der Kante des Table Rock stand. In seiner linken Handfläche lag ein Stück weiße Kreide – ein großes Stück, wie Kinder sie benutzten, um auf dem Gehsteig zu malen. Blackfeathers Hand zitterte nicht. Auf seiner dunklen, faltigen Haut – zu Lebzeiten sonnengegerbt – sah die Kreide glatt und strahlend weiß aus. In einer steten, mahlenden

Bewegung preßte er seine rechte Hand auf die Kreide. Vor Ramonas Augen verwandelte er das Stück Kreide nur durch den Druck seiner Hände in ein feines Pulver, und nicht ein einziges weißes Körnchen fiel auf den Stein unter ihm.

Als er sein Werk verrichtet hatte und nur noch einen Haufen Kreidestaub in der Hand hielt, erkannte Ramona, daß er sie beobachtete. Sie hatte nur auf seine Hände und die Verwandlung von Kreide in Pulver geachtet, aber seine ganze Aufmerksamkeit hatte ihr gegolten. In seinen Augen erkannte sie ein schlaues Funkeln, das seine Verwandtschaft verriet, und Ramonas Verwunderung darüber, daß sie bemerkt hatte, von ihm beobachtet zu werden, verflog.

Einen Moment schaute er ihr zu, wie sie ihn anschaute. Dann drehte sich Edward Blackfeather um. Er kniete sich hin und begann, die Kreide auf dem Felsen zu verstreuen, aber nicht wahllos, sondern in einer Linie, und während er rückwärts um den Table Rock schlich, verstreute er weiter Kreide. Nicht ein einziges Mal warf er einen Blick über die Schulter, um zu sehen, ob die Richtung stimmte, in die er ging, aber seine Bewegungen erfolgten mit der gleichen Sicherheit, mit der die Bahn der Gestirne bestimmt war.

Er umrundete den Felsen nahe der Kante, ohne anzuhalten oder einen gemesseneren Schritt zu wählen, bis er wieder seinen Ausgangspunkt vor Ramona erreichte. Er richtete sich auf und reichte ihr dann eine weiße Hand.

Ehe sich Ramona versah, stand sie auf dem Felsen. Sie konnte erkennen, daß der nahezu geschlossene Kreis, den Blackfeather gezogen hatte, eine perfekte Form aufwies und daß das Tipi aus Zweigen genau in seinem Mittelpunkt stand. Sie konnte das Gewicht der Bäume, des Himmels und der Sterne auf ihren Schultern spüren, und sie befürchtete, sie könnte auf dem flachen Felsen zerquetscht, könne Teil des Table Rock werden. Aber Blackfeather nahm ihre Hand, und das Gefühl verschwand. Sie trat durch die Öffnung, die er im Kreis gelassen hatte, und mit der letzten Kreide schloß er ihn hinter ihr.

Dann legte Blackfeather seine Hände auf ihre Wangen und ihren Kiefer. Seine Berührung, die Berührung eines Untoten, war kalt, aber in seinen Augen loderte ein Feuer. Ohne es sehen zu können, wußte Ramona, daß seine Hände einen weißen Abdruck auf ihrem schmutzigen Gesicht hinterlassen hatten. Er bedeutete ihr, sich hinzusetzen, dann setzte auch er sich, ihr gegenüber auf der anderen Seite des kleinen Tipi.

Die Stille, die Blackfeather bei seinem Erscheinen begleitet hatte, war jetzt schwerer, greifbarer geworden. Obwohl seine Ruhe nicht auf ihr lastete wie der Himmel und die Sterne, wußte Ramona nicht, ob sie würde sprechen können, wenn sie es denn überhaupt versuchte. Also blieb sie einfach sitzen und schaute zu.

Mit einem Lächeln unter seinem zerknautschten Filzhut zog Blackfeather ein silbernes Zippo-Feuerzeug aus seinem Sack. In einer fließenden Bewegung schnippte sein Daumen den oberen Teil des Gehäuses auf und drehte das winzige Zündrädchen. Sein Daumen zog eine weiße Spur durch die Finsternis, und das Surren des Metallrädchens verlangsamte sich zu hundert einzelnen Klicken. Eine fünfzehn Zentimeter lange Flamme erwachte zum Leben und sprang fast augenblicklich auf das Tipi über. Das Prasseln der Zweige füllte Ramonas Ohren.

Durch das Feuer war die Welt jenseits des Kreises schwarz geworden. Vage erinnerte sich Ramona an die anderen dort – Rattengesicht, Brant Edmonson, Jäger-im-Wald –, aber vielleicht waren sie gar nicht mehr da. Sie und Blackfeather saßen beieinander, als wären sie auf der Mondoberfläche oder auf dem Grund des Ozeans.

Ramona versuchte, auf die Augen des alten Mannes, auf seine Zähne zu schauen, aber ihr Blick wurde zu den Flammen hingezogen, die vor ihr tanzten. Tief drinnen wußte sie, daß sie das Feuer fürchten sollte, wie sie die Sonne fürchtete. Niemand hatte ihr das erzählt, aber seit der Verwandlung war sie instinktiv vor Feuer zurückgewichen. Nun war es so nah. Sie sollte nach hinten rücken, nicht so nah an ihm sitzen, aber ihre Angst war dumpf und schwach. Sie war so müde, ihr Körper, ihr Geist... so müde.

Dann erkannte sie, daß Blackfeather mit ihr sprach. Sie strengte sich an, sein Gesicht durch das Feuer und den aufsteigenden Rauch hindurch zu sehen. Obwohl er leise sprach – er tat kaum mehr, als in seinen Bart zu murmeln –, wurde der Klang seiner Stimme zu Ramona getragen, aber aus irgendeinem Grund jenseits ihres Verständnisses blieben ihr die Worte unverständlich. Zuerst dachte sie, er spräche in einer fremden Sprache mit ihr, vielleicht der Sprache der Cherokee, aber es gelang ihr nicht, auch nur einen einzigen Laut in ihrem Verstand festzuhalten, den er ausstieß. Sobald sie ihr Bewußtsein berührten, lösten sich die Worte auf wie Rauch im Wind. Ramona hörte, aber sie verstand nicht.

So sehr bemühte sich Ramona, Blackfeathers Murmeln zu entschlüsseln, daß sie erst gar nicht merkte, daß er verstummt war – die Worte schienen plötzlich von allein weiterzuleben, sie wirbelten um den Rauch und schienen sich am Stein festzuhalten, anstatt sich gen Himmel zu erheben – oder daß er langsam um das Feuer herum auf sie zu kam und seinen Leinensack hinter sich herschleppte.

Der niedrighängende Rauch wurde dichter, und bald konnte Ramona nicht mehr viel mehr als den Kreidekreis sehen. Sie versuchte sich zu erinnern, was oder wen sie erwartete hatte, jenseits des Rauchs zu sehen, aber ihre Gedanken schienen eben so unfaßbar wie Blackfeathers Gesang. Die Einzelheiten der Außenwelt waren weniger stofflich als der sich sanft bewegende Rauch, der fast eine Mauer um Table Rock zu bilden schien.

Blackfeather war an ihrer Seite. In seinen Augen konnte sie ihren Geist widergespiegelt sehen, sie konnte sehen, wie die weißen Abdrücke im Licht des Feuers leuchteten. Er schüttete seinen Sack aus, und nacheinander fielen mehrere kleine Dinge heraus auf den Steinboden zwischen ihnen. Es war eine seltsame Sammlung: ein Plastikei, das aus dem Osterkorb eines Kindes zu stammen schien, ein verbogenes und verrostetes Buttermesser, eine Schlangenhaut, eine kleine, fast leere Plastikflasche mit Visin, zwei Streifen Kaugummi eingewickelt in reinweißem Papier. Blackfeather hielt das wegrollende Ei auf, dann betrachtete er wortlos den ehemaligen Inhalt des Sacks. Er stützte sein Kinn in die Hand und bewegte sich mehrere Minuten nicht.

Ramona versuchte aufzupassen, aber ihr Geist rang mit dem Gesang, der immer noch vom Stein wiederzuhallen schien, und mit dem Rauch, der alles jenseits von Table Rock zu verhüllen schien.

Schließlich gab Edward Blackfeather seine Haltung auf. Er griff hinab und nahm die zwei Streifen Kaugummi in die Hand. Einen bot er Ramona an. Sie nahm ihn und sah zu, wie er mit konzentrierten und genau bestimmten Griffen sein Stück auspackte. Dann bog er es in der Mitte und steckte es in den Mund. Blackfeather begann zu kauen. Das Papier knüllte er zusammen und warf es ins Feuer. Als er das getan hatte, wandte er seinen Blick wieder Ramona zu.

Sie konnte seinen Wunsch nur erraten. Langsam begann sie, ihr Kaugummi auszupacken. Als sie keinen Widerspruch hörte, legte sie sich das Kaugummi mit der gleichen Ehrfurcht in den Mund, die sie bei Menschen gesehen hatten, die am heiligen Abendmahl bei einer katholischen Messe teilnahmen. Ramona bog den Streifen wie Blackfeather und begann zu kauen. Der Kaugummi war ekelerregend süß. Ramona schnitt eine angewiderte Grimasse. Sie hatte sich zu sehr an den bittersüßen Geschmack menschlichen Bluts gewöhnt.

Blackfeather war anscheinend zufrieden und wandte seine Aufmerksamkeit wieder den verbleibenden Gegenständen zu. Er hob die Schlangenhaut auf, riß sie entzwei und reichte Ramona einen der fünfzig Zentimeter langen Streifen. Der dünne Schleier braungrauer Schuppen fühlte sich rauh an ihrer Haut an, nicht schleimig, wie sie eigentlich von Reptilien erwartet hatte. Blackfeather legte seine Hälfte ins Feuer, dessen Flammen immer noch gierig an seinem Tipi leckten. Ramona tat es ihm nach, und die Haut wurde schnell verzehrt.

Als nächstes nahm Blackfeather die kleine Flasche. Er hielt sie sich vors Gesicht und drückte so lange, bis ein einzelner Tropfen auf den Boden vor ihm fiel. Dann reichte er ihr die Flasche. Sie ahmte seine Handlung nach – zumindest versuchte sie es, denn als sie auf die Flasche drückte, schossen mehrere Tropfen heraus und benäßten den Stein. Eilig drehte sie die Flasche um, aber leider so schnell, daß sie sie fast fallengelassen hätte.

Verärgert über ihre Ungeschicklichkeit schaute sie besorgt Blackfeather an. Sie hatte keine Ahnung, was für eine Art Zeremonie oder Zauberspruch sie hier ausführten, aber sie war sicher, daß sie ihn jetzt ruiniert hatte. Sie erwartete fast einen Angriff durch die Flammen des Feuers, die sie verzehren würden, oder des Rauchs, der sie umklammern und ersticken würde – auch wenn sie nicht atmen mußte.

Aber Blackfeather zuckte nur mit den Schultern und nickte in Richtung Feuer. Zögerlich warf Ramona die Flasche in die Kohlen. Der Rest der Flüssigkeit zischte inmitten des Gestanks verschmorenden Plastiks hinfort.

Blackfeather hob als nächstes das Ei auf, aber dann hielt er inne, und ein seltsamer Ausdruck huschte über sein Gesicht. Bevor Ramona auch nur versuchen konnte, seine gespitzten Lippen zu interpretieren, drehte er den Kopf und spuckte die unebene Kugel Kaugummi ins Feuer.

Gherbod Fleming

Ramona drehte sich um und tat es ebenso mit ihrem.

„Der Geschmack bleibt nie sehr lange, nicht wahr?" fragte Blackfeather.

Ramona starrte ihn an und zwinkerte dann. Das waren die ersten Worte gewesen, die er seit seiner Ankunft gesprochen hatte, und inmitten aller der Seltsamkeiten, die er in Bewegung gesetzt hatte, machte er sich Sorgen um altes Kaugummi. Ramona öffnete den Mund, der trotz des Kaugummis trocken war und nach Rauch schmeckte, aber sie hatte keinerlei Ahnung, was sie sagen sollte.

Der alte Mann schien ihre Verwirrung gar nicht zu bemerken. Er öffnete das Ei und nahm einen harten, grauen Klumpen heraus, der ein wenig wie eine vergrößerte Version des kleinen Kaugummiballes aussah. Die beiden Hälften des Eis warf er ins Feuer, und wieder erfüllte der Geruch von schmelzendem Plastik die Luft. Den Klumpen aus dem Ei reichte Blackfeather Ramona.

Sie erkannte sofort die Beschaffenheit, Textur und selbst den schwachen Geruch des verformbaren Objekts. Sie drückte und knetete es. Knet.

„Hast Du auch einen Slimy in dem Sack?" fragte sie ihn mit schiefem Grinsen.

Blackfeather legte den Kopf schief und starrte sie in völliger Verwirrung an.

„Du weißt schon..." Ramona versuchte es zu erklären, aber ihr Grinsen verschwand. „Er ist schleimig, er ist lustig... ?"

Aber Edward Blackfeathers Verwirrung schien nur noch schlimmer zu werden.

„Oh... es tut mir leid." Ramona hielt die mit den Jahren alt gewordene Knetmasse hoch und zeigte mit ihr auf das Feuer. Blackfeather nickte, und sie folgte den anderen Dingen.

Das einzige, was noch übrig war, war das Buttermesser. Blackfeather nahm es und schabte mit dem verbogenen Ende des Besteckteils einen kleinen Haufen Kohlen und Asche aus dem ersterbenden Feuer. Ramona zuckte zusammen. Sie konnte damit umgehen, dicht am Feuer zu sitzen, aber mit einer Hand hineinzugreifen war eine ganz andere Sache.

Mit dem Messer zerdrückte er die noch glühenden Kohlen. Bald bestand der Haufen nur aus schwarzgrauer Asche. Edward Blackfeather rührte weiter in den Kohlen herum. Schließlich hob er den Blick und schaute in Ramonas Augen, aber wo sie vorher nur Lachen gesehen hatte, sah sie jetzt nur Trauer.

„Die Letzten Nächte stehen bevor", sagte er und hielt Ramonas Blick fest, obwohl sie plötzlich das Bedürfnis hatte wegzuschauen, „und dein Weg wird ein schwieriger sein."

Ramona war plötzlich sehr angespannt. Seine Worte verbreiteten Schrecken in ihr, nicht weil sie sie verstand, sondern weil sie die Wahrheit in seinen Worten spüren konnte.

Blackfeather legte das Messer weg und hob eine Handvoll Asche auf. Er beugte sich vor und hob die Asche vor ihr Gesicht. Sie wollte sich losreißen, flüchten aus diesem Gefängnis aus Kreide und Rauch. Sie wollte zu ihrem Leben als Sterbliche zurücklaufen, zu der Art Leben, wie sie es früher geführt hatte. Aber all das war unmöglich.

Ramona konnte nicht einmal die Augen schließen, als Blackfeather die Asche in sie hineindrückte.

Die Asche brannte nicht, auch wenn sie noch warm war. Ramona konnte nichts sehen, aber sie konnte das Tier in ihr sich erheben spüren wie ein Vulkan unter der Oberfläche. Sie spürte, wie es sie erfüllte, wie es den letzten Rest dessen, was in ihr war, vernichtete. Sie konnte auch spüren, daß es frei war. Der Hunger, der ihn ihr lebte, der in ihrem Erzeuger war und in dessen Erzeuger bis hin zum Vergießen des ersten menschlichen Blutes – das war der Hunger, der nicht länger in ihnen gefangen war. Er hatte sich erhoben. Er war frei. Und er würde sie alle verschlingen.

Die Letzten Nächte stehen bevor.

Die Wärme des Feuers war fort. Eine grimme Kälte ergriff Ramonas Seele. Bis ins Mark war sie kalt und tot.

Sie tastete um sich, nach Zuflucht suchend. Sie floh aus der Kälte, aus dem Hunger. Von Dankbarkeit erfüllt fand sie Wärme und hüllte sich in sie ein.

Aber trotzdem konnte sie die Kälte nicht ganz abschütteln, die sie ergriffen hatte.

Sonntag, 25. Juli 1999, 0:14 Uhr
Barnard College
New York City, New York

In der vierten Nacht der Überwachung öffnete sich die bezeichnete Seitentür des Lehrgebäudes zum ersten Mal so, daß Anwar es sah. Sofort war er vollkommen aufmerksam, er überschritt sein normalerweise schon hohes Maß an Wachsamkeit und versetzte sich in den überempfindlichen Zustand, in dem Pflicht und Glaube eins wurden.

Die Person, die aus der Tür heraustrat, war wenig beeindruckend. Es war ein großer, blonder, dünner, unauffällig gekleideter *Kafir* wie jeder andere. Anwar nahm an, daß es sich bei ihm um seinen Kontaktmann handelte, blieb aber an seinem Platz. Das Zeichen, das er abwarten wollte, war noch nicht gegeben worden.

Der dünne Mann betrachtete seine Umgebung: die Bäume, die ihm Deckung geben konnten, die kleine, gutbeleuchtete Promenade zwischen den Gebäuden, das Gebäude, in dessen gewöhnlichen und übernatürlichen Schatten Anwar sich verbarg.

Er hält Ausschau nach mir, dachte Anwar. Aber wenn er es ist, warum gibt er nicht das Zeichen? Anwar wußte, daß es keine Passanten oder Hindernisse gab, die den Kontakt hätten verzögern können. Er hatte aber auch den Vorteil, schon seit mehreren Stunden an diesem Platz versteckt zu sein. Vielleicht war der Mann nur vorsichtig.

Der aufmerksame Blick des Mannes ruhte auf Anwar – ruhte auf ihm und *sah* ihn! Anwar war sich dessen sicher, auch wenn der Mann in keinster Weise zu erkennen gab, daß er den im Schatten lauernden Assamiten gesehen hatte. Anwar zog sich instinktiv tiefer ins Dunkel zurück, während ihm ein kalter Schauer den Rücken hinunterlief.

Gleichzeitig streckte der dünne Mann seine Hand aus, die Handflächen nach oben gerichtet, und für den Bruchteil einer Sekunde flackerte ein kleines Flämmchen auf der Hand des Mannes. Er hatte kein Streichholz angezündet, kein Feuerzeug benutzt, und doch tanzte das Flämmchen in seiner Handfläche. Dann, ebenso schnell, wie es erschienen war, verging es, und seine Hand war wieder leer. Anwar wußte, daß jeder, der das kurze Glühen der Flamme gesehen haben mochte, glauben würde, daß seine Augen ihm einen Streich gespielt hatten. Sogar Anwar selbst hätte seinen Augen nicht getraut... wäre die Flamme nicht das Zeichen gewesen, auf das er gewartet hatte.

Jetzt überlegte Anwar kurz. Seine Instinkte rieten ihm, so weit wie möglich im Schatten zu bleiben und die beleuchtete Promenade zwischen den Gebäuden so weiträumig wie möglich zu umgehen, aber wenn der Kontakt keine entsprechenden Vorkehrungen getroffen hatte, um den Erfolg der Mission zu garantieren, konnte Anwar zu diesem späten Zeitpunkt wenig tun – außer seinem Ende mit Würde gegenüber zu treten. Auch wenn ihm unwohl dabei war, einem *Kafir* zu vertrauen, so traute er doch seinen Ahnen. Anwar entschied sich gegen ein indirektes Auftreten, das wichtige Sekunden verschlingen würde. Er ging langsam, aber zielgerichtet über den freien Platz. Er hielt Ausschau nach Anzeichen von Gefahr, von Verrat – es war noch nicht zu spät zu entkommen, sollte sich die Mission auflösen oder der *Kafir* sich als nicht vertrauenswürdig erweisen –, aber es wartete keine Ablenkung auf ihn.

„Ich bin Aaron", sagte der Mann. Er versuchte gar nicht erst zu verbergen, daß er der Brut Khayyins entstammte. Aarons Haut wirkte blaß und empfindlich. Seine Finger und sein Gesicht waren angespannt und sahen zerbrechlich aus, was durch seine offensichtliche Jugend noch verstärkt wurde.

Anwar nickte ihm zu. In den trüben blauen Augen sah er eine verstörende Mischung aus Schmerz und Resignation. Er hatte keine Vorstellung davon, womit seine Ahnen Macht über diesen Hexenmeister gewonnen hatten oder wie ein Tremere in die Schuld der Kinder Haqims geraten war – eine Vielzahl von Gerüchten um die unzerstörbaren Blutsbande unter den Hexenmeistern war in Umlauf –, denn für Anwar gab es keinen Grund, außer schlichter Neugier, solches Wissen zu besitzen. Seine früheren Sorgen blieben jedoch erhalten – sein Unwohlsein über die Tatsache, einem *Kafir* vertrauen zu müssen, insbesondere einem, der offenbar verzweifelt war und einen feigen Betrug am eigenen Clan begang, eine Tat, die er unmöglich hoffen konnte zu überleben. Wie konnte man so jemandem trauen?

Möge Haqim mir lächeln, bat Anwar um die Segnung des Ahns seiner Ahnen.

„Folge mir", sagte der *Kafir*. „Bleib dicht bei mir."

Anwar tat, wie ihm geheißen. Sie traten durch die Seitentür ein und schritten einen engen Korridor hinunter, der den Studenten und den

Mitgliedern der Fakultät des Colleges nicht zugänglich war. Anwar vermutete den Einsatz schwarzer Magie, um die Bemühungen der Sterblichen zu zerstreuen, die sich hier hin verirrten. *Welche anderen Zaubersprüche mochten das Gildehaus beschützen?* fragte Anwar sich.

Der Korridor endete an einer schweren Eichentür mit eingesetztem Milchglas, auf dem stand „Stellvertretender Dekan für fachschaftbereichsübergreifende akademische Disziplinarprüfungen". Anwar vermutete, daß der Titel vage, bürokratisch und unheilverheißend genug war, so daß jeder Student oder Professor, der zufällig an den Verteidigungsmaßnahmen der Tremere vorbeigestolpert war, von der Überzeugung mattgesetzt werden würde, daß sie zum einen nichts in diesem Büro zu suchen hatten, und zum anderen auch keinerlei Verlangen verspürten, etwas in diesem Büro zu suchen zu haben.

Aaron hatte keine derartigen Berührungsängste. Er schob einen normal aussehenden Schlüssel in das Schloß und führte Anwar hinein. Anwar erwartete, aus der trüben College-Umgebung in eine Festung des Prunks und der Ausschweifungen zu treten, wie sie den düsteren Genies entsprechen würde, für die Clan Tremere bekannt war – die Kinder Haqims haßten die verdorbenen Hexenmeister, aber sie unterschätzten sie nicht. Statt dessen war das Büro hinter der Tür genauso dröge und nichtssagend wie der vorhergehende Korridor. Ein Schreibtisch, Aktenschränke und ein paar Stühle waren das einzige Mobiliar.

Aaron blieb ganz still. Vielleicht tat er dies aus Sicherheitsgründen, möglicherweise wurde er auch von einer persönlichen Verzweiflung ungeklärter Herkunft überwältigt, so daß er einfach nichts zu sagen hatte. Zwei graue Roben lagen auf dem Schreibtisch. Aaron nahm sich eine und bedeutete Anwar, die andere anzulegen.

„Von diesem Punkt an darfst du kein Wort mehr verlieren", sagte Aaron zu Anwar, nachdem sie beide ihre Roben übergestreift hatten.

Anwar nickte wortlos. Bisher hatte er auch noch nichts gesagt. Er ging davon aus, daß er auch ohne Konversation überleben konnte. Er nahm jedes Detail seiner Umgebung auf, aber welcher Natur die Verteidigungsmechanismen der Tremere auch sein mochten, sie schienen so unauffällig zu sein, daß er sie nicht bemerkte. Möglicherweise mochten die Ahnen in ihrer Weisheit Mysterien, die ihm verborgen blieben, entschlüsseln, wenn sie seine detailgetreuen Beschreibungen hörten.

Aber gerade, als dieser Gedanke seinem Geist entschlüpft war, sah er das erste Zeichen von Hexerei, seit die Flamme aus dem Nichts in Aarons Hand erschienen war. Der Hexer legte die Hand auf die einzige andere Tür in dem winzigen Büro und murmelte ein paar Worte.

Anwar spürte seine Haut kribbeln, als die Worte ausgesprochen wurden, aber er konnte sich nicht sicher sein, ob es nur Einbildung war oder ob es das Kribbeln wirklich gab. Aaron öffnete die Tür und enthüllte Treppen, die entlang nackter Betonwände steil nach unten führten. Hätte die Tür, fragte sich Anwar, in eine Abstellkammer oder einen anderen Raum geführt, wenn der Hexer nicht einen Zauberspruch eingesetzt hätte, oder war diese Zurschaustellung nur dazu da, Anwar zum Narren zu halten?

Aber warum, führte Anwar seinen Gedanken fort, *sollte er die Geheimnisse der Hexenmeister schützen... wenn er sie verraten will?*

Das war eine Frage, die er nicht beantworten konnte. Zumindest noch nicht. Er hielt sich dicht hinter Aaron, als sie die Treppen hinabstiegen.

Sonntag, 25. Juli 1999, 0:31 Uhr
Gildehaus der Fünf Städte
New York City, New York

Johnston Foley war sich nicht sicher über den Verlauf der Zeit in der Außenwelt. Tief in Trance hatte er abwechselnd das Gefühl, das eben nur eine Sekunde vergangen war und im nächsten Moment mehrere Lebzeiten verstrichen waren. Johnston war zugleich fasziniert und abgestoßen von diesem Bewußtsein – diesem *anderen* –, zu dem ihn dieser Edelstein gebracht hatte. Wie lange er auch dafür gebraucht hatte, er hatte diese Psyche jetzt vollständig erforscht und in seinem eigenen Geiste aufgezeichnet. Wenn er wieder zurückkehrte, würde er über einen Wissensschatz verfügen, und er hatte noch nicht einmal angefangen die Verbindung zwischen dem Edelstein und diesem zersplitterten und hoffnungslos verrückten Geist zu untersuchen. Es gab noch viele andere Fragen, die der Beantwortung harrten. Die wichtigste unter ihnen: Warum? Warum hatte der Edelstein ihn zu diesem Wesen geführt?

Während Johnston Foley die inneren Mechanismen des Bewußtseins betrachtete, das er entdeckt hatte, war sein physischer Körper nicht untätig geblieben. Seine Finger hatten Federkiel und Tinte ergriffen und das Erscheinungsbild dessen, mit dem dieses Bewußtsein verbunden war, auf Pergament gebannt. Ein Bild, das Johnston Foley selbst, obwohl er tief in die Landschaft des Geistes eingetaucht war, nicht gesehen hatte. Aber der Eindruck solch gründlicher Untersuchungen konnte nicht mißverstanden werden, die Muskeln wurden von Johnstons Unterbewußtsein in absentia geführt. Fehlerlos hatte er das Gesicht des anderen aufgezeichnet.

Seine Bemühungen aber würden niemanden außer ihm selbst nützen, denn sie würden nur ihm selbst sichtbar erscheinen. So war die Magie des Federkiels beschaffen, den er in seinen Händen hielt und mit dem er das Werk verrichtete. Jedem Zuschauer würde das Kratzen auf dem Pergament als eben dies erscheinen, als sei die Tinte nur Wasser und hinterließ keine Spuren. Es war eine der kleinen Eitelkeiten, die Johnston sich zugestand: das Recht, Ergebnisse, die möglicherweise hinter den Erwartungen zurückblieben, zu modifizieren. Er würde seinen Vorgesetzten seine vollständige, aufpolierte Arbeit präsentieren. Es gab diesmal aber keinen Grund für diese Vorkehrungen. Die Präsenz des anderen war so greifbar, so stark – fast schon überwältigend –, daß Johnston Foley wußte, daß die Tinte zielgerichtet aus der Feder fließen würde. Seine Zeichnung des anderen würde vollkommen sein.

Beruhigt durch dieses Wissen und immer noch in seiner Trance verhaftet, tat Johnston Foley etwas, das er normalerweise nicht getan hätte. Während er die Fortdauer der Anrufung aufrechterhielt, die auf gewisse Weise die Erkundung des anderen antrieb, fügte er die Akkorde einer zweiten, niederen Anrufung hinzu, die er geschickt mit denen der andauernden Anrufung verwob. Dieser Kunstgriff war nicht allzu komplex; er war nicht so schwierig, daß ein Hexenmeister von Johnstons Erfahrung Probleme damit haben konnte. Obwohl er es noch nicht sehen konnte, wußte er, daß sein Werk just in jenem Moment eine sichtbare Form auf dem Pergament unter seinen Händen und seiner Feder anzunehmen begann. Wenn das Ritual vollbracht war, wenn er sich aus der Psyche des anderen zurückzog, würde die Zeichnung auf ihn warten. Er würde das niedere Ritual nicht erst später einzeln durchführen müssen.

Johnston Foley dachte kurz darüber nach, seine derzeitige Erkundung abzubrechen, zu sich selbst zurückzukehren; er hatte viel erreicht, und bestimmt würde es noch weitere Experimente mit dem Edelstein geben. Aber eine Frage verwirrte ihn immer noch.

Zweimal während der Betrachtung des vor ihm ausgebreiteten Wahns hatte Johnston etwas seltsames verspürt – daß noch eine weitere Präsenz zugegen war, daß er und das Bewußtsein nicht allein waren. Jemand oder etwas anderes berührte den Verstand des anderen. Beide Male hatte Johnston Foley den fraglichen Bewußtseinsstrang, jene mystische Faser mentaler Wirklichkeit, zurückverfolgt, nur um im verworrenen Gestrüpp einer gequälten Persönlichkeit zu landen. Er hatte der Versuchung widerstanden, sich zu tief hineinzuwagen, aber dennoch hatte er den Eindruck gewonnen, daß ein weiteres Bewußtsein – oder vielleicht der Schatten eines weiteren Bewußtseins – anwesend war. Johnston Foley wußte, daß der Eindruck durch den Widerhall multipler Persönlichkeiten innerhalb des Wahnsinns selbst hervorgerufen worden sein konnte, aber er entschloß sich, noch ein letztes Mal in der verworrenen Masse zu stochern, die er bereits zuvor entdeckt hatte. Dann würde er seine Trance beenden.

Zu seinem Erstaunen entdeckte er nicht nur die fremde Präsenz nahezu augenblicklich, sondern erkannte sie auch sofort. Die Muster waren beunruhigend vertraut. Wie konnte Johnston sie zuvor nicht gesehen haben? Jeder seiner Clansbrüder hätte die Quelle identifizieren können – die Quelle, die nicht hätte dort sein sollen, die nirgendwo hätte sein sollen!

Johnston Foleys Überraschung, die Anspannung seiner Muskeln, störte seine Konzentration. Zum erstenmal seit vielen Jahren stockte er bei einem seiner Rituale. Sein Mund formte die Worte nicht, die automatisch hätten erklingen sollen. Fast sofort faßte er sich wieder, übernahm die Kontrolle über das Ritual, das beinahe fehlgeschlagen wäre. Unzeremoniell ließ er die niedere Anrufung fallen, das offenbarende Ritual, das er in das größere, wichtigere Ritual eingewoben hatte, aber das war kein bedeutender Verlust.

Sofort begannen Johnston Foleys Finger mit der Feder zu arbeiten. Das Geräusch mit dem die Feder über das Pergament kratzte drang in sein Bewußtsein. Mit neugefundener Ruhe zeichnete er auf, was er entdeckt hatte. Es würde nicht sehr lange dauern. Dann würde er aus der Trance erwachen und mit diesen überraschenden Neuigkeiten, potentiell gefährlichen Neuigkeiten, direkt zu Aisling Sturbridge eilen, weil die Sache nicht warten konnte.

Aber irgend etwas stimmte nicht.

Johnston Foley kehrte langsam aus der Trance zurück, aber weder das Kratzen der Feder auf dem Pergament noch sein steter Gesang erklangen noch in seinen Ohren. Seine Lippen bewegten sich noch, er formte die arkanen Worte der Macht, aber kein Laut ertönte.

In diesem Moment spürte Johnston Foley den Aufprall der Klinge. Mit einem präzisen Stich durchtrennte sie sein Rückenmark. Johnston Foley fühlte, wie sein Gesicht auf der Tischplatte aufschlug. Der Zusammenbruch des Rituals schmerzte ihn viel mehr als der Angriff. Die mystischen Energien, die er kontrolliert hatte, wandten sich gegen ihn, bohrten sich höchst unsanft in seine Seele und verlangten einen hohen Preis dafür, daß er sie seinem Willen unterworfen hatte. Die psychische Qual hätte nahezu das Vergießen seines Blutes überdeckt.

Nahezu. So schnell verrann es.. so schnell...

Dann nichts.

Sonntag, 25. Juli 1999, 0:47 Uhr
Gildehaus der Fünf Städte
New York City, New York

Der Tremere hatte keine Gelegenheit gehabt, sich zu retten. Anwars wilder Stoß mit der *Katar* war eine fließende Bewegung gewesen, und der *Kafir* schlug wie ein gefällter Baum auf der Tischplatte auf. Anwar hing an seinem Opfer und trank in tiefen Zügen, bevor die Augenlider aufgehört hatten zu flattern.

Nährende, wohlduftende Vitæ.

Hadd. Rache.

Fünf Jahrhunderte hatten die Kinder Haqims unter dem Fluch der Tremere vegetiert, unfähig, so auf dem Pfad des Blutes zu wandeln, wie es die Ahnen ihrer Ahnen verlangt hatten. Aber nun war die zweite Feste, Tajdid, zurückerobert worden; jede Stunde jedes einzelnen Jahrhunderts würde vergolten werden. Anwar hatte nur einen einzigen Streich gesetzt, nur einen einzigen Schritt auf der Straße der *Hijra* gemacht.

Aber wie süß die Vitæ war.

Es blieb nur wenig Zeit, sich in der Glorie der Tat zu sonnen. Nun, da neue Kraft durch seine Adern strömte, warf Anwar Aaron einen Blick zu. Der dünne Tremere, dessen Unbehagen offensichtlich war, starrte mit offenen Mund auf seinen Clansbruder.

Findest du keinen Geschmack an Vitæ? fragte sich Anwar. Oder vielleicht war es nur die konzentrierte Brutalität des Aktes, die den Tremere aus der Fassung gebracht hatte. Aber er hatte doch gewiß damit gerechnet.

Aaron hatte Anwar durch die labyrinthartigen Korridore des Gildehauses unter dem College geführt, wobei er nur gelegentlich innegehalten hatte, um eine Formel zu murmeln oder in die Luft zu starren, weil er etwas sah, das Anwar nicht wahrnehmen konnte. Anwar widerte die Schwäche des Verräters an, aber er brauchte ihn noch, um sicher von diesem Ort entfliehen zu können. Sie hatten die grauen Roben getragen, die Aaron mitgebracht hatte, aber sie waren an keiner anderen Person vorbeigegangen. Anwar hatte die Robe nicht abgelegt, bis Aaron die Schutzzeichen an der letzten Tür entfernt hatte, die in diese Kammer und das vollgestopfte Laboratorium führte.

Anwar hatte sich in Stille gehüllt, so wie man es ihn gelehrt hatte. Seine Stille war mächtig gewesen, denn sie hatte sogar den kaum hörbaren Gesang seines Opfers unterbrochen. Anwar hatte es nicht erwartet, aber es hatte ihm gefallen. *Er wußte es! Er wußte es!* Letztlich hatte der Tremere in Trance gewußt, daß sein Blut verwirkt war. Anwar war sich dessen sicher. Ansonsten konnte es keine Gerechtigkeit geben.

Noch ehe das Blut vollständig seine Kehle hinuntergeflossen war, hatte Anwar sich den Edelstein gegriffen. Er brauchte keine Truhe, und obwohl es gewiß andere Gegenstände der Macht in der Zuflucht des Hexenmeisters gab, waren seine Anweisungen klar gewesen. Er schlug den Stein in ein Tuch ein und steckte ihn unter seine Schärpe. Dann zog er wieder die graue Robe über, und nach einem weiteren Nicken zu dem zittrigen Aaron waren sie auf dem Rückweg.

Dieser entsprach genau dem Hinweg. Dessen war sich Anwar sicher. Aber Aaron hielt an Stellen inne, die nicht mit jenen identisch waren, an denen sie auf dem Hinweg pausiert hatten. Anwar gewann den Eindruck eines ausgeklügelten Systems mystischer Verteidigungsmaßnahmen. Unter Umständen erforderte jede dieser Maßnahmen unterschiedliche Reaktionen, um sie außer Kraft zu setzen, je nachdem, aus welcher Richtung man sich näherte. Es gab auch noch andere Möglichkeiten. Anwar wußte nicht, ob der Mantel, den er trug, über magische Eigenschaften verfügte, ob er nur ein Täuschungsmanöver war, um einem simplen Gesehenwerden zu entgehen, oder ob noch eine andere Variable im Spiel war. Er war nicht in der Lage, die interne Funktionsweise der Verteidigungsmaßnahmen der Tremere nachzuvollziehen. Genau aus diesem Grund, und weil eine Flucht ansonsten unmöglich gewesen wäre, blieb er dem Hexenmeister Aaron dicht auf den Fersen.

Als sie die Stufen zu dem Büro hinaufgingen, arbeitete Anwar immer noch mit äußerster Wachsamkeit. Noch war es nicht zu spät, als daß eine Falle zuschnappen, eine Horde Hexenmeister sich auf ihn stürzen und zurück in die Tiefen ihres Gildehauses schleppen könnten.

Während sie den Korridor zum Seiteneingang des Gebäudes hinunterliefen, spürte Anwar eine gewisse Anspannung von sich weichen – er war jetzt an der Stelle vorbei, an der der *Kafir* ihn gewarnt hatte, nicht mehr zu sprechen –, aber war immer noch vorsichtig. Schließlich traten sie ins Freie. Die Luft der Sommernacht, so schwül und geschwängert vom Gestank der Millionenstadt sie auch war, war nichtsdestoweniger erfrischend.

„Deine Vorgesetzten werden unzufrieden sein", sagte Anwar und sprach den Tremere zum allerersten Mal an.

„Ja", nickte Aaron. „Ich nehme an, sie – "

Mit einem geschmeidigen Schritt vollführte Anwar sein Manöver und schwang die Schlinge seiner Garrotte über den Kopf des Tremere. Der Draht schnitt in Aarons Hals und durchtrennte Luftröhre und Schlagader. Eine plötzliche Steigerung und Verlagerung des Drucks, und Kopf und Körper landeten nebeneinander auf den Steinen des Gehwegs.

Verglichen mit dem, was sich deine Clansbrüder für dich überlegt hätten, war das ein Akt der Gnade, dachte Anwar. Aber mehr noch war es ein Akt der Gerechtigkeit.

Hadd. Rache.

Anwar schlüpfte mit dem Edelstein, dessentwegen man ihn geschickt hatte, hinfort in die Nacht, und ein weiterer Schritt auf der Straße der *Hijra* war getan.

Montag, 26. Juli 1999, 0:00 Uhr
Im Staate New York

Komm niemals aus dem Boden, ohne zu wissen, wer – oder was – dich erwartet, hatte Tanner zu Ramona gesagt.

Scheißkerl, dachte Ramona. Aber sie erinnerte sich seiner Worte.

Der Table Rock war nicht zu verwechseln, und einige Personen hielten sich in ihrer Nähe auf, von denen Ramona die meisten kannte. Sie machte sich keine Sorgen. Als sie sich aus der Erde erhob, erinnerte sie sich auch an andere Dinge, die Tanner ihr erzählt hatte:

Wisse, daß du Gangrel bist. Und daß ich dein Erzeuger bin. Ich habe dich zu dem gemacht, was du bist.

Selbst in den Adirondacks war die Nachtluft kühl. Wie immer verspürte Ramona einen gewissen Verlust, eine Verwundbarkeit, als sie sich aus der Umarmung der Erde löste. Sie sah, daß sie auf Zhavons Grab lag. Sie war *in* Zhavons Grab gewesen. Nicht wirklich darin, korrigierte Ramona sich, sondern eher Teil davon. Sie fühlte sich ruhig. Es war ein Gefühl, das sie nicht mehr gewohnt war – schon seit Jahren nicht mehr.

Edmonson stand mit Mutabo und Joshua zusammen. Sie waren weniger als zehn Meter vom Waldrand entfernt. Ramona sah Rotzgras – sie glaubte, daß das sein Name war –, der sich der Gruppe mit zwei neuen Gesichtern näherte. Sie mußten in der Zeit gekommen sein, die sie in der Erde verbracht hatte. Sie schaute auf ihre Uhr und war überrascht, bis Mitternacht geruht zu haben, einige Stunden länger, als sie gewöhnlich schlief.

Andere Gestalten huschten durch die Schatten, die weiter weg vom Table Rock lauerten. Ramona dachte an Jäger-im-Wald. Sie hatte ihn nicht mehr gesehen, seit Brant Edmonson ihn bezwungen hatte. Sie hielt Jäger-im-Wald für ein sehr nachtragendes Wesen. Zumindest würde sein Ärger nicht gegen sie gerichtet sein – es sei denn, es hatte ihm nicht gefallen, daß sie Zeugin seiner Schande geworden war.

Er sollte sich nicht schämen, in einem fairen Kampf besiegt worden zu sein, dachte sie, aber sie hatte Zweifel, ob Jäger-im-Wald das genauso sah.

Rattengesicht war auch nicht weit. Tatsächlich kam er gerade auf sie zu. Seit die anderen aufgetaucht waren, war er weniger gesprächig. Aber nicht unfreundlich. Ramona glaubte nicht, daß er sie schnitt, er machte nur pflichtbewußt seine Runden und begrüßte jeden Neuankömmling, und deshalb hatte er weniger Zeit gefunden, mit ihr zu sprechen. Sie vermutete, daß von jemandem, der ganz unten in der Hackordnung stand – und soweit Ramona das sagen konnte, schien das für Rattengesicht zu gelten –, vielleicht geradezu erwartet wurde, sich bei so vielen Ahnen der Gangrel einzuschmeicheln wie möglich. Schaden konnte es nicht.

Ramona hatte keine Vorstellung davon, wie das Zusammenspiel innerhalb der Gangrel vonstatten ging. Sie wußte genau, daß sie nicht vorhatte, irgend jemandem die Stiefel zu lecken. Wenn sie das von ihr wollten, dann konnten sie Ramona am Arsch lecken.

Aber dann erinnerte sie sich an das ungute Gefühl, zu nah bei Jäger-im-Wald zu sein und wie Tanner sie geschlagen hatte, ohne daß sie gesehen hätte, wie er sich bewegte. Vielleicht hatte sie manchmal keine Wahl in der Frage, ob und wem sie Respekt zollte. Und wahrscheinlich hatte sie einen ganzen Haufen Leute damit verärgert, mit Edmonson zu streiten.

„Ramona", sagte Rattengesicht, „du bist wieder bei uns." Er schien froh, sie zu sehen.

Ramona nickte. Natürlich war sie bei ihnen. Er sah sie erwartungsvoll an, sagte aber nichts. Sein Blick begann Ramona rasch zu irritieren.

„Was ist?" fragte sie schließlich.

Neugier besiegte Rattengesichts offensichtliches Zögern, weiter nachzubohren. „Was ist los? Was hat Blackfeather gesagt?" fragte er und rieb sich die schmuddeligen Hände. „Alle wollen es wissen. Du bist letzte Nacht überhaupt nicht aus der Erde gekommen. Wir wußten nicht, ob du zu uns zurückkehren würdest."

„Was?" fragte Ramona erneut, dieses mal jedoch aus echter Überraschung anstelle von Aggression.

Und dann fiel ihr alles wieder ein. *Edward Blackfeather. Das Feuer.*

Sie sah sich um, aber es gab keine Spur des alten Mannes – nur verstreute Asche und die Überbleibsel einiger verkohlter Stöcke auf dem Table Rock.

„Blackfeather ist weg", sagte Rattengesicht. „Er ist verschwunden, nachdem du in die Erde gegangen bist. Er hat zu niemandem ein Wort gesagt... zu niemandem außer dir, um genau zu sein. Das war vorletzte Nacht." Rattengesicht schaute sie aus dem Augenwinkel an, als ob er plötzlich nicht mehr sicher war, ihr voll vertrauen zu können.

Ramona war nicht sicher, ob sie sich selbst trauen konnte. Bis Rattengesicht sie gefragt hatte, war das gesamte Ritual, selbst Blackfeathers Anwesenheit, nicht da gewesen, so als wäre all das nie geschehen. Aber sie wußte, es war geschehen. Ramona betastete ihr Gesicht – ihre Wangen, ihre Nase, ihre Augenlider. Als sie die Finger zurückzog, waren ihre Fingerkuppen von gehärteter Asche überzogen. Rattengesicht, der immer noch unsicher war, wie er reagieren sollte, beobachtete sie genau, wie sie sich die Asche, und die darunterliegende Kreideschicht, aus dem Gesicht wischte.

„Alle haben zugeschaut", sagte Rattengesicht, „aber niemand hat gesehen, was passiert ist. Der Rauch des Feuers wurde zu dicht. Es war, als wärt ihr gar nicht mehr da gewesen. Es war sehr... komisch."

Sehr komisch, dachte Ramona. So konnte man es auch sagen. Sie befürchtete, sie hatte auch keine bessere Erklärung als Rattengesicht.

Noch schien das Vergessen, das sichere Ruhen in der Erde an ihrem Geist zu haften. Sie hatte schon bemerkt, daß sie nicht am gewitztesten war, wenn sie sich gerade aus der Erde erhoben hatte, daß sie sich manchmal an die Einzelheiten dessen, was sich unmittelbar vor ihrem Hinabgleiten am vorigen Morgen zugetragen hatte, bestenfalls schemenhaft erinnern konnte.

Aber das hier schien anders zu sein. Ramona war nicht sicher inwiefern, aber es war anders. Die ganze Erfahrung mit Blackfeather war unheimlich gewesen. *Sehr komisch*, wie sich Rattengesicht ausgedrückt hatte.

„Das war gestern Nacht", sagte Ramona schließlich, um Rattengesichts Fehler zu berichten.

„Nein", beharrte er. Seine rattenartige Nase ragte so weit hervor, daß ihre Spitze eine lange Strecke zurücklegte, als er nur ein wenig den Kopf schüttelte. „Das war vor zwei Nächten."

Ramona schaute auf ihre Uhr. Auf der Leuchtanzeige stand tatsächlich *7/26 Mo.* Rattengesicht hatte vollkommen recht. Sie war nicht einfach nur lange in der Erde geblieben; sie hatte eine ganze Nacht und den Gutteil einer weiteren in ihr verbracht!

„Was hat er gesagt?" fragte Rattengesicht und bohrte wider besseres Wissen weiter, aber er konnte nicht anders.

Ramona war völlig benommen. Ohne nachzudenken antwortete sie: „Die Letzten Nächte stehen bevor, hat er gesagt."

Sie hatte keine Ahnung, was der Alte gemeint hatte, aber die Worte schienen bei Rattengesicht sofort Wirkung zu zeigen. Er riß die Augen auf und schlich von Ramona weg, als hätte sie eine Pistole gezogen, um ihm den Kopf wegzuballern.

„Die Letzten Nächte..." stammelte Rattengesicht.

„He..." Ramona wurde durch Rattengesichts Reaktion aus ihrer Nachdenklichkeit gerissen. Sie packte ihn und hinderte ihn, weiter zurückzuweichen. „Die Letzten Nächte – was zum Teufel soll das bedeuten?"

Rattengesicht starrte sie verständnislos an, aber seine Verwirrung erwuchs nicht aus ihrer Unwissenheit und ging rasch vorüber. Im Licht der Erkenntnis wurde seine Züge weicher.

„Ich habe vergessen, daß das alles neu für dich ist", sagte er. „Die Letzten Nächte sind die Nächte, in denen sich die ältesten unserer Ahnen, die Vorsintflutlichen, aus der Starre erheben und den Rest von uns, ihre Kinder, vernichten werden."

Ramona schaute Rattengesicht ungläubig an. „Was für eine Antwort ist denn das? Vor- was?" fragte sie. „Wovon zur Hölle redest du?"

Rattengesicht schnitt eine Grimasse. „Vorsintflutliche – sie existierten schon vor der Sintflut. Hast du die Bibel gelesen?"

„Ja. Fick dich", sagte Ramona, weil sie über Rattengesichts Implikation verärgert war, sie könnte ungebildet sein. In Wahrheit hatte sie so gut wie nichts in der Bibel gelesen, aber sie kannte die Geschichten zur Genüge.

Seine Grimasse verzog sich noch mehr. „Willst du etwas lernen oder willst du lieber mit mir streiten?" fragte er. „Um zu lernen, mußt du mir zuhören."

Ramona wendete Rattengesicht den Rücken zu und setzte sich neben Zhavons Grab. „Du bist derjenige, der zu mir gekommen ist, um mich zu fragen, was der Alte gesagt hat." Sie dachte darüber nach, was Blackfeather gesagt hatte. Sie dachte nicht, seine Bemerkung über das Kaugummi wäre es wert, wiederholt zu werden, und der Teil, wonach ihr Weg ganz besonders schwierig wäre, ging Rattengesicht sowieso nichts an. Aber etwas von dem, was Rattengesicht ihr zu erklären versuchte, bereitete ihr Unbehagen, zerrte an dem Klumpen in ihrer Magengrube. Sie war nicht sicher, ob sie etwas lernen *wollte*. Vielleicht war das etwas, was man besser nicht wußte.

Die Letzten Nächte stehen bevor.

Rattengesicht deutete ihr Schweigen falsch und fuhr fort: „Die Vorsintflutlichen waren die dritte Generation unserer Art, von unserem Dunklen Vater ab gerechnet. Es gab dreizehn davon – behaupten zumindest die Legenden."

„Und sie werden wieder auftauchen und den Rest von uns töten?" fragte Ramona.

Rattengesicht nickte traurig. „Auch das behaupten die Legenden."

„Wenn es nur dreizehn von ihnen gibt, warum treten wir ihnen dann nicht einfach in den Arsch, wenn sie hier vorbeischauen?"

Bei diesem Vorschlag klappte Rattengesicht der Kiefer herunter. „Sie sind... wie Götter. Sie sind Jahrtausende alt. Man tritt Göttern nicht einfach in den Arsch... die Ärsche."

„Ha", rümpfte Ramona die Nase. „Genau."

Die Zufriedenheit, die sie verspürt hatte, nachdem sie aus der Erde gekommen war, war spurlos verschwunden. Rattengesicht erzählte ihr Dinge, die sie lernen mußte, von denen sie jedoch das Gefühl hatte, sie nicht lernen zu wollen. Sie saß neben Zhavons Grab, und wieder begann die schwere Last der Schuld auf sie herabzusinken. Dazu kam noch, daß sie gerade herausgefunden hatte, daß sie eine ganze Nacht verschlafen hatte – an und für sich kein großer Verlust. Ramona erschienen einige der anderen Gangrel ziemlich alt, *hunderte* von Jahren alt, also dachte sie sich, eine Nacht zu vergeuden sei wohl keine große Sache. Aber sie hatte es nicht gewollt, hatte es nicht einmal gewußt, und das machte sie unruhig.

Und was ist mit Darnell? dachte sie. Nicht eine weitere Nacht, *zwei* waren vergangen, und es sah nicht so aus, als ob Tanner schon zurück wäre. Ramona wußte, daß sie aufgebracht sein sollte, weil noch niemand etwas für Darnell getan hatte, aber sie war müde, sogar zu müde, um noch verärgert zu sein. Sie fragte sich, ob Darnell länger durchgehalten hatte, als sie es sich erhoffte, aber größtenteils war sie einfach nur müde. Der Lockruf des Grabes, die Verlockung, sich nicht mehr aus der friedlichen Umarmung der Erde zu lösen, haftete an ihr.

Ramona warf Rattengesicht über die Schulter hinweg einen Blick zu. Mit in die Hüften gestemmten Armen beobachtete er sie.

„Hast du schon mal eine ganze Nacht durchgeschlafen?" fragte sie, wobei sie versuchte, gleichgültig zu klingen, um die Sorge aus ihrer Stimme herauszuhalten.

Rattengesicht zuckte die Achseln. Er schien von ihrem Themenwechsel nicht überrascht zu sein. „Manchmal schon. Aber nicht oft. Manche ältere Kainskinder verfallen in Starre – so etwas wie einen tiefen Schlaf.

Sie kann Nächte, Monate oder Jahre dauern. Von den Vorsintflutlichen glaubt man, sie hätten Jahrtausende in Starre gelegen."

„So, glaubt man...", murmelte Ramona.

„Niemand weiß genaueres – ob sie noch in Starre liegen oder wo ihre Ruhestätten sind", fügte Rattengesicht hinzu.

Ramona unterdrückte ein Schaudern. *Er kann über diese Vorsintflutlichen einfach nicht die Klappe halten*, dachte sie, und sie hatte schon mehr als genug gehört. Ramona wandte sich wieder von ihm ab und schwieg. Sie wollte, daß er fortging, und er hatte schon unter Beweis gestellt, daß ihn die kleinste Frage zu endlosem Gerede anregte – und dann auch noch über die verdammten Vorsintflutlichen. Aber er stand einfach nur da, scharrte mit seinen Pfoten im Dreck und bereitete ihr Unwohlsein.

„Faß das Grab nicht an", sagte Ramona, ohne sich umzudrehen, um nachzuschauen, woran er denn tatsächlich herumscharrte.

„Da ist Emil", sagte Rattengesicht. „Er muß gerade eben gekommen sein."

Ramona hörte Rattengesicht forthuschen. Sie war froh, wieder alleine zu sein, aber sie fühlte sich ein wenig schuldig, ihn so verscheucht zu haben. Von allen Gangrel, denen sie bis jetzt begegnet war, hatte er am meisten versucht, ihr eine Hilfe zu sein. Wahrscheinlich hatte Rattengesicht eine bessere Behandlung verdient. Andererseits hätte auch Ramona etwas viel Besseres verdient gehabt als das, was sie bekommen hatte. Außerdem wollte sie nichts mehr von den Vorsintflutlichen hören.

Wann wird Tanner zurück sein? fragte sie sich.

Ramona war des Wartens müde. Er hatte gesagt, er würde andere holen – nun waren eine Menge andere hier. Ramona konnte weitere Neuankömmlinge sehen, mit denen sie noch nicht gesprochen und deren Vorstellung sie nicht gehört hatte – die beiden, die mit Rotzgras gekommen waren, noch eine Handvoll andere, und das waren wahrscheinlich nur diejenigen, die sie von dort aus sehen konnte, wo sie saß. Vermutlich hätte Rattengesicht sie über die Identität aller Anwesenden aufklären können, wenn sie ihn nicht vertrieben hätte.

Als sich Ramona umsah, bemerkte sie, daß keiner der anderen Gangrel ihren Blick erwiderte. Brant Edmonson und seine Gruppe schauten weg und taten so, als ob sie sie nicht beobachtet hätten. Ihre Unterhaltung kam plötzlich ins Stocken.

Sie haben über mich geredet, erkannte Ramona.

Renée Blitz schaute ebenfalls weg, und eine ganze Reihe anderer auch. Nach Edward Blackfeathers Besuch sahen sie sie anders an, dachten sie anders über sie. Auch sie hatten keine Ahnung, was geschehen war, aber nun betrachteten sie Ramona mit Mißtrauen und Furcht. Ramona konnte es in ihren Augen, an ihrer Körperhaltung sehen.

Scheiß auf sie, beschloß Ramona. Rattengesicht war der einzige von ihnen mit etwas Mut. Sie hoffte, daß er Pluspunkte bei den anderen hatte sammeln können, weil er mit ihr gesprochen hatte.

Ramona zog ihre Knie an den Oberkörper heran. Sie wünschte, Tanner würde sich beeilen und zurückkommen. Dann würden sie dem Toreador in den Arsch treten. *Vielleicht können wir Darnell ja noch retten*, dachte sie, aber sie hatte keine echte Hoffnung mehr. Sie hatte gesehen, was der Toreador Zhavon angetan hatte und was mit Jenny geschehen war – Fels, der einen Moment zuvor noch nicht dort gewesen war, schoß nach oben und trennte ihr den Kopf ab. Ramona konnte sich nicht vorstellen, wie Darnell so lange hätte durchhalten können. Deswegen fühlte sie sich auch ein wenig schuldig – daß sie nicht mit Sicherheit wußte, ob er tot war. Aber es hätte nichts gebracht, allein zurückzugehen, erinnerte sie sich. Sie wäre auch getötet worden.

Ramona erinnerte sich an die Angst in Tanners Augen. Er wußte, daß der Entführer, das Ding mit dem Auge, sogar ihnen überlegen war, und Tanner wußte es sehr viel besser als Ramona. In diesem Punkt mußte Ramona auf sein Urteil vertrauen.

Als sie an den Entführer dachte, konnte sie nicht anders, als sich das groteske vorstehende Auge auszumalen. Sie hatte hineingeblickt und sich fast darin verloren, hätte sich darin verloren, wenn nicht Tanner aufgetaucht wäre, um sie aus ihrer Trance zu reißen. Und das war gewesen, nachdem das verdammte Ding sie mit... was, Säure?... bespritzt hatte. Sie konnte den ausgebrannten Krater in ihrem Gesicht spüren, der nicht geheilt war – selbst mit all dem Blut Zhavons –, und ihr T-Shirt zerfiel und war voller Löcher, wo sich der Dreck durchgebrannt hatte.

Sie sind fast wie Götter, hatte Rattengesicht über die Vorsintflutlichen gesagt. *Man tritt Göttern nicht einfach in den Arsch.*

Ramonas Erinnerungen zogen an dem Knoten in ihrem Magen wie der Mond an den Ozeanen. *Konnte der Toreador ein Vorsintflutlicher sein?* fragte sie sich. Sie hätte nicht gedacht, daß irgend etwas Tanner Angst machte, aber dieses Ding mit dem Auge hatte es geschafft. Aber wenn es denn einer war, durften dann selbst all diese Gangrel hier hoffen, es zu töten? Nach dem, was Rattengesicht gesagt hatte, wohl eher nicht. Aber vermutlich wußten andere Gangrel mehr als Rattengesicht, sagte Ramona sich. Gewiß wußte Tanner mehr. Ihr Erzeuger rückte nur einfach nicht so leicht damit heraus.

So saß sie allein da, während die Nacht verstrich, und versuchte, die verstörende Mischung aus Schuld und Angst in den Griff zu bekommen. Ihre Brust begann ihr so weh zu tun, wie es zuvor ihr Magen getan hatte, und es lag nicht daran, daß ein Holzpflock hindurchgerammt worden war – obwohl Ramona sich einbildete, daß selbst das keine Hilfe mehr gewesen wäre. Die Verletzung war vollständig verheilt. Es blieb keine Spur von ihr.

Immer noch gab es Neuankömmlinge. Sie wußte nicht, wie viele. Sie wollte keinen Überblick mehr behalten. Ganz am Rande nahm sie weitere rituelle Begrüßungen wahr, aber sie verstand keinen der Namen, und niemand kam, um sie zu begrüßen. Entweder war sie als Gangrel zu jung, um sich mit ihr abzugeben, oder die Paranoia jener, die sie zusammen mit Edward Blackfeather gesehen hatten, war ansteckend. Ramona war das egal. Sie war zufrieden damit, ihren Sorgen überlassen zu sein. Stumm saß sie neben dem Grab, das in der vorigen Nacht ihre Ruhestätte gewesen war.

Gelegentlich hörte Ramona aus dem Wald das Scharren von Füßen und Knurren. Nach den ersten beiden Malen machte sie sich nicht mehr die Mühe, sich umzudrehen und hinzusehen. Als immer mehr und mehr Gangrel eintrafen, wollten manche von ihnen herausfinden, wo sie in der Hackordnung standen oder jemanden herausfordern, der sie bei einem früheren Treffen besiegt hatte. Der Aufruhr dauerte nie sehr lange, und Ramona bezweifelte, daß es zu ernsthaften Verletzungen kam. Es schien vernünftiger als die Bandenkriege in L. A. zu sein, die sie gesehen hatte, wo die Unterlegenen gute Chancen hatten, ihr Leben zu verlieren.

Jäger-im-Wald sah sie nicht, aber sie konnte sich vorstellen, wie er versuchte, jedem Neuankömmling, den er nicht niederstarren konnte, in den Arsch zu treten. Und sie wäre nicht einmal annähernd überrascht gewesen, wenn sie herausgefunden hätte, daß er es tatsächlich getan hätte.

Aber weder Jäger-im-Wald noch irgendeiner der Neuankömmlinge wagte sich an sie heran.

Montag, 26. Juli 1999, 2:18 Uhr
Im Staate New York

Ramona dachte über Edward Blackfeather nach, als sie bemerkte, daß es totenstill auf Table Rock geworden war. Sie dachte über die Worte nach, die der alte Mann verloren hatte, und über das seltsame Ritual, das er vollzogen hatte – zumindest ging sie davon aus, daß es eine Art Ritual gewesen war. Es war ihr so erschienen, es hatte sich so *angefühlt*. Tatsächlich schien alles, was mit Edward Blackfeather zu tun hatte, einschließlich Ramonas Reaktion, auf *Gefühlen* zu beruhen. Ramona *wußte* außerdem, was Rattengesicht gesagt hatte, nichts über ihn. Sie *wußte* nicht, was der alte Cherokee-Indianer getan hatte. Und ganz bestimmt hatte Edward Blackfeather ihr nichts erklärt. Er hatte gemacht, was er gemacht hatte, und sie war vom Funkeln in seinen Augen mitgerissen worden, oder vielleicht war es auch irgendwas am Rauch oder an dem seltsamen Gesang des alten Mannes gewesen, das sie dazu getrieben hatte, den vagen Andeutungen zu folgen. Alles, was sie getan hatte, hatte sich auf ihre Gefühle gestützt, nicht darauf, was sie gewußt hatte. Und jetzt war Blackfeather weg, und sie war allein mit ihren Gefühlen, aber sie *wußte* nicht mehr als bei ihrer Ankunft.

Sie dachte über die beiläufige Vollkommenheit nach, mit der er die Kreide zermahlen und dann verteilt hatte – jedes Körnchen lag an seinem Platz, ein vollkommener Kreis mit dem Feuer genau in der Mitte. Und das Feuer selbst, das Tipi, hatte genauso lange gebrannt wie nötig, ohne daß man sich einmal um es kümmern mußte.

Sie dachte an Blackfeathers Leinensack, an die Sammlung von Gegenständen, die er auf dem Boden verteilt hatte. Die Gegenstände hatten ausgesehen, als hätte man sie aus der Gosse aufgelesen: eine weggeworfene Flasche Visin, eine Schlangenhaut, das stumpfe, rostige Messer. *Knet und Kaugummi, um Gottes Willen!* Ramona schüttelte den Kopf. Sollte das einen Sinn ergeben?

Dieser Frage schenkte sie gerade ihre Aufmerksamkeit, als ihr klar wurde, daß etwas nicht stimmte. Sie trieb aus dem Ozean ihrer Erinnerungen heraus und erwachte zum Geräusch des.... Nichts. Wieder waren die Gangrel anwesend – es mochten wohl fünfzehn oder zwanzig sein –, doch sie waren so still wie bei Blackfeathers Ankunft. War der Alte zurückgekehrt? Ramona schaute sich in der Hoffnung um, er könnte ihre Fragen beantworten.

Statt dessen traten zwei Gestalten auf den Table Rock hinaus, wovon sie eine sofort erkannte: Tanner. Sie wußte von den versammelten Gangrel, daß ihr Erzeuger einen Großteil des Staates durchquert hatte – einigen waren aus der Nähe von Buffalo gekommen –, aber Ramona hätte das nie aus seinem Anblick schließen können. Tanner sah nicht müde aus. Er stand mit der Überzeugung und Gelassenheit da, an die sie sich erinnerte. Vielleicht war er ein wenig zerzauster von seinen ausgedehnten Reisen; vielleicht war sein dunkles Sweatshirt etwas zerrupfter, als es gewesen war, aber in seinem Auftreten gab es keine Änderung. In der linken Hand hielt er ein totes Kaninchen. Vielleicht war es auch ein Hase; Ramona kannte den Unterschied nicht. Es war größer und nicht so haarig wie die Kaninchen, die Ramona in einer Zoohandlung gesehen hatte. Tanner hielt das Tier bei den Ohren. Der Kopf des Tiers war einmal ganz herumgedreht worden, und Blut troff aus einer Klauenwunde in seiner Brust.

Tanner stand einen Schritt hinter einem anderen Gangrel. Ramona hatte ihn noch nie gesehen, aber aus irgendeinem Grunde verband sie einen Namen mit ihm, den die anderen Gangrel fast mit Ehrfurcht aussprachen – Xaviar. Ramona war davon ausgegangen, daß die ganze Sache erst richtig anfangen würde, wenn er aufgetaucht war.

Ramona konnte Tanner ansehen, daß er Xaviar mit so etwas wie Verehrung betrachtete, und es überraschte sie, ein solches Gefühl in der Haltung ihres Erzeugers zu sehen, ebenso wie es sie überrascht hatte, seiner Angst in der Höhle gewahr zu werden. Es war irgendwie unpassend zu sehen wie ihr Erzeuger vor irgend etwas Angst hatte, fast so erschütternd wie ihn zu sehen, wenn er jemandem seinen Respekt zollte. Sie fragte sich, wie er Edmonson behandeln würde – als Gleichgestellten? Und was war mit Jäger-im-Wald?

Aber es schien keinen Anlaß zu geben, die Vormachtstellung festzulegen, die Hackordnung neu auszumachen, jetzt, wo Xaviar gekommen war. Jeder, so schien es Ramona in diesen ersten paar Sekunden in denen sie Xaviar gegenüberstand, wußte genau, wie er zu ihm stand, und keiner würde riskieren, ihn zu verärgern. Er war gut einen Meter achtzig groß und trug am ganzen Körper schwarzes Leder – Weste, Hose, Stiefel – ein Look, den Ramona an den meisten Menschen als anmaßend empfunden hätte, aber es gab nichts Unpassendes an Xaviar. Er hatte eine kahle Schädeldecke, aber langes rotes Haar hing bis zur Körpermitte an ihm herunter. Das selbe Rot konnte man an seinem Kinn als stacheligen Bart sehen – und es schien auch auf seiner Brust zu wuchern. Wo seine Haut sichtbar war – an Armen, Brust, Hals, Gesicht und Kopf–, war sie gegerbt und ledrig. Xaviar schien Piercings zu mögen: ein Ring in der Nase, ein halbes Dutzend Stecker und Ringe im linken Ohr, ein paar weniger im rechten. Ramonas bisherige Ablehnung für Gangrel-Ahnen schwand langsam. Sie würde diesem Mann nie zuwiderhandeln.

Tanner warf das Kaninchen auf den Stein, entledigte sich so beiläufig des Kadavers. Es landete in einer Wolke aus Asche, die vom Feuer übrig war. Er hatte das Tier gejagt und getötet, wahrscheinlich ohne seinen Schritt zu verlangsamen, jetzt war es nicht mehr von Interesse für ihn. Nun trat Xaviar vor. Das Kaninchen lag zu seinen Füßen. Xaviar ignorierte es, sein Blick fiel auf Ramona. Einen Moment lang schien er wie nebenbei das Grab zu betrachten, neben dem sie saß, aber sein fester Blick ruhte auf Ramona.

Xaviar schaute zu Ramona herunter. Zu seinen Füßen vermischte sich das Blut des Kaninchens mit der Asche. Wie Blackfeather es in der vorhergehenden Nacht – vor *zwei* Nächten – getan hatte, nahm auch Xaviar allein ihre Gegenwart wahr. Ramona wünschte, er würde mit einem der anderen reden oder Jäger-im-Wald in den Arsch treten. Aber Xaviars Blick lastete immer noch auf ihr. *Wie lange gab es Xaviar schon?* fragte sich Ramona. *Wie viele Menschen hatte er getötet?* Sie hatte urplötzlich das Bedürfnis, Zhavons Grab zu beschützen. Nicht, daß sie erwartete, Xaviar könne sich umdrehen und den Körper ausgraben, wie Rattengesicht es getan hätte. Wahrscheinlich bedeutete ein toter Mensch ihm nicht mehr als das Kaninchen zu seinen Füßen.

„Du hast das Ding gesehen, von dem Tanner mir erzählt hat", sagte Xaviar. Auch wenn er die Stimme nicht erhob, so waren seine Worte doch laut wie Donner. Er ragte über Ramona auf wie ein Sturm, der jeden Moment seine ganze Wut entladen könnte.

Ramona nickte stumm. Sie spürte, wie Tanner sie beobachtete, wie all die anderen sie beobachteten, aber sie konnte ihre Blick nicht von Xaviar abwenden.

„Erzähl mir, was du genau gesehen hast", sagte er.

Sein Blick ergriff Ramona, hielt sie so fest, als hätte er seine Arme ausgestreckt und ihre Schultern gepackt.

Erzähl mir, was du genau gesehen hast.

Ramona spürte, wie die Worte aus ihrem Mund hervorsprudelten. Sie hörte sich selbst, als sei sie jemand anderes, wie sie ihm von der Höhle erzählte. Sie hörte den Ekel in ihrer Stimme, als sie das Auge beschrieb, wie es sie mit Säure besprizt, wie es sie hypnotisiert und wie nur Tanner sie gerettet hatte. Sie hörte den Herzschmerz in ihrer Stimme, als sie von den Verletzungen erzählte, die Zhavon erlitten hatte, den Verletzungen, die so schwer waren, daß das Mädchen sie nicht überleben konnte. Ramona hörte sich selbst erzählen, wie die Kreatur mit dem Auge Fleisch und Kochen verformt hatte, als wenn sie warmes Wachs wären, und wie der Boden der Höhle die arme Jenny angegriffen, ihren Körper zerdrückt und ihren Kopf abgerissen hatte.

Die Worte flossen wie Wasser aus einem gebrochenen Damm, und als sie geendet hatte, fühlte Ramona sich leer und krank. Die Trauer zweier Jahre erhob sich, um die Leere zu füllen. Ramona fiel auf die Knie und würgte Blut in den Dreck. Ihr Leben war ihr genommen worden. Jenny und wahrscheinlich auch Darnell waren zu Eddie in den Tod gegangen. Ihre Freunde, die den Schrecken dieser neuen Existenz mit ihr geteilt hatten, waren fort. Und auch Zhavon war fortgerissen worden von der unaufhaltsamen Flut, die sie einfach weggespült hatte, ähnlich wie es Ramona ergangen war.

Sie stand denen gegenüber, die dafür verantwortlich waren – Tanner und Xaviar –, die sie gezwungen hatten, sich ihrem Willen zu beugen. Ramona versuchte den widerlichen Geschmack in ihrem Mund auszuspukken. Tanner und Xaviar würden sie kontrollieren, wenn sie sie ließ... aber sie konnte sie nicht aufhalten.

Sie spürte, wie Xaviar schließlich wegschaute. Er wandte sich an Tanner und nickte, als stimme er etwas zu, das sie bereits zuvor besprochen hatten.

Ramona wischte sich den Mund mit einem zerrissenen Ärmel ab und schaute hoch zu den Ahnen auf dem Table Rock. „Ist es ein Vorsintflutlicher?" fragte sie. Das Rumoren in ihrem Bauch hatte überhand genommen, als die Worte aus ihr quollen. Es war das gleiche Gefühl gewesen, als Rattengesicht ihr von den Ältesten der Alten erzählt hatte, und hatte sie zu diesem Schluß gebracht.

Xaviar sah sie wieder an. Er schien überrascht zu sein, vielleicht auch amüsiert, daß sie ihn aus eigenem Antrieb angesprochen hatte. „Nein, Kind", sagte er mit seiner Donnerstimme. „Und bald wird nicht mehr wichtig sein, *was* es ist." Xaviar wandte sich wieder an Tanner und wollte eine Frage stellen.

„Er nannte sich einen 'Toreador'", sagte Ramona. Ihre Stimme war nun wieder kräftiger. Das Rumoren hatte nachgelassen.

Lachen erklang aus der Umgebung der Lichtung, aber dann schienen die Gangrel sich zu erinnern, wem sie gegenüberstanden. Das Lachen erstarb wieder. Ramona schaute sich um, zu verwirrt von der Reaktion, um entnervt oder verärgert zu sein.

Xaviar schien sich anzuspannen. Er drehte sich wieder zu ihr um und legte den Kopf schief. „Er nannte sich einen.... *was?"*

Ramonas Blut gerann in ihren Adern zu Eis. Tanners Augen wurden groß, dann kniff er sie wieder wie gewohnt zusammen. Stille breitete sich auf der Lichtung aus, im Wald.

„Einen Toreador", wiederholte sie und zwang sich, weiter in Xaviars Augen zu blicken und nicht wegzuschauen.

„Bist du dir sicher?"

Ramona nickte stumm. Sie verstand nicht, warum Xaviar so heftig wurde. Nachdem sie eben noch hatte kämpfen müssen, um seinem Blick standzuhalten, stellte sie fest, daß sie jetzt nicht mehr wegschauen konnte.

„Tanner?" fragte Xaviar, Ramona mit seinem immer beunruhigender werdenden Blick festhaltend.

Tanner starrte zu Boden. „Ich... hatte das nicht gehört", versuchte er zu erklären. „Es rief den Stein, und der Stein reagierte. Es formte Fleisch wie.... wie ein Tzimisce!" Dann wandte Tanner sich zornig an Ramona. „Du hast mir nichts davon gesagt", sagte er vorwurfsvoll.

„Hast du mir eine Chance gegeben?" fauchte Ramona zurück. „Hast du mir überhaupt eine Chance gegeben, irgend etwas zu erzählen?" Sofort wußte sie, daß sie das nicht hätte sagen sollen, daß es ihr nicht zustand. Es entsprach nicht ihrem Rang. Auf eine gewisse Weise war es ihr egal. Tanner hatte es verdient, daß man ihm gehörig die Meinung sagte oder sogar noch mehr. Aber sie hatte Angst vor Xaviar.

Der lächelte. Aber es war kein warmes Lächeln, kein fröhliches. „Ich hätte so was von einem Welpen erwartet, aber nicht von dir – mich mit einer Armee von Gangrel hierherzubringen, um einen Toreador zu vernichten."

Tanner starrte wieder zu Boden. Er machte keinen Versuch, sich zu verteidigen.

„Egal", sagte Xaviar und betrachtete Ramona, als hätte er schon die ganze Zeit mit ihr gesprochen. „Weißt du, was ein Toreador ist, Ramona?" fragte er.

Ramona schüttelte den Kopf.

„Natürlich nicht", seufzte Xaviar mitfühlend, aber sein Ausdruck wurde plötzlich wild und tierhaft. „Das ist ein Mitglied des *schwächsten* und *bemitleidenswertesten* Clans aller Kinder Kains."

Wenn sein Jagdfieber oder das der anderen Gangrel durch Ramonas Eröffnung verringert worden war, so zeigten sie es nicht. Er hob die Faust in die Luft. Wildes Knurren erhob sich.

„Es beginnt!" fauchte er, als er vom Table Rock heruntersprang, fast direkt über Ramona hinweg.

Tanner folgte Xaviar ohne zu zögern, und Ramona, mitgerissen von dem tierischen Knurren, war einen Augenblick später auf ihren Fersen. Xaviar begab sich nach Süden in Richtung Höhle, aber bald drehte er nach Osten ab. Seine Schritte trugen ihn in einem weiten Bogen um den Table Rock herum, und die anderen Gangrel folgten ihm. Die Luft erbebte unter ihrem Knurren. In diesem Chor hörte Ramona ihre Stimme – ein einzelner kleiner Strang, verwoben mit denen ihrer Geschwister.

Sie gingen auf allen vieren und bewegten sich beim zweiten Bogen viel schneller. Ramona war knapp hinter Xaviar und Tanner. Edmonson und Joshua Bluthund preßten sich an ihren Seiten an sie. Ihre Klauen gruben sich in den Boden, warfen Funken, wenn sie auf Fels trafen. Im Rudel gaben viele Gangrel ihre menschliche Gestalt ganz auf. Wölfe, schwarz wie die Nacht, andere grau wie das letzte Licht des Tages, durchstreiften die Bäume mit schwindelerregender Geschwindigkeit.

Bei der dritten Umrundung des Table Rock schien sich die Landschaft zu verändern. Die Steigungen des Hügel wurden rauher, wurden eigene kleine Berge. Die Bäume wurden Skulpturen aus grauer Rinde und vielfarbigen Moosen und Flechten – grün, blau, rot, schwarz. Ramona wurde klar, daß das Rumoren in ihrem Magen verschwunden war. Die Wildheit der Jagd hatte den Schmerz ihres Verlustes, der sie so lange heimgesucht hatte, aufgelöst und in alle Winde verstreut. Die Trauer, die sie seit ihren Tagen als Sterbliche begleitet hatte, war fort. Als sie durch die verwandelte Landschaft rannte, konnte Ramona nicht verhindern, daß auch sie sich verwandelte. Sie war der einsame Wolf, wild und geifernd. Sie war allein, doch waren die anderen bei ihr. Sie waren die ihren und sie eine von ihnen, vereint durch Verwandtschaft – Verwandtschaft, wie sie sie auch im Funkeln von Edward Blackfeathers Augen gesehen hatte.

Die Letzten Nächte stehen bevor, und dein Weg wird ein schwieriger sein.

Edward Blackfeathers Worte. Aber hatte er zu ihr gesprochen, wie sie gewesen war oder wie sie jetzt war? Waren die Worte für Ramona allein oder für eine größere Gruppe, von der sie nur ein Teil war? Sie spürte das Feuer, das er entzündet hatte, in sich. Sie roch den Rauch. Und sie, der einsame Wolf, sah die Welt mit der Geistersicht, die er ihr gegeben hatte. Blackfeather hatte die rituelle Asche in ihre Augen gedrückt, und jetzt konnte sie sehen.

Allein, aber vollkommen wie noch nie rannte sie durch den urtümlichen Wald. Es gab nur den Hunger und die Jagd. Speichel lief über ihre Fänge, troff aus ihrem Mund.

Sie beendeten die dritte Umkreisung des Table Rock. Xaviar drehte wieder nach Süden ab. Die Gangrel folgten ihm alle. Mehr als sie gedacht hatte, daß kommen würden. Ihr Geifer roch nach Raserei, nach Zerstörung, nach Tod.

Toreador. Ramonas Gedanken hielten Schritt mit ihren Füßen. *Schwach. Bemitleidenswert.*

Es würde Blut für anderes Blut vergossen werden. *Jenny. Darnell. Zhavon.*

Im Gedränge ihrer Clansgeschwister konnte Ramona Rache schmecken, und zum ersten Mal seit zwei Jahren stürzte sie sich der Zukunft mit freudiger Erwartung entgegen.

Montag, 26. Juli 1999, 3:09 Uhr
Im Staate New York

Ramona hatte erwartet, Xaviar werde eine Rede vor der Versammlung halten, Pläne diskutieren oder Anweisungen geben. Aber als der Angriff begann, schienen alle zu wissen, was zu tun war. Alle außer Ramona.

Der wilde Ansturm hatte sich zu einem Schleichen verwandelt, als sich die Gangrel der Wiese näherten, und die Geistersicht war gewichen, so daß Ramona die Welt wie gewohnt betrachten konnte. Sie schätzte, daß fünfundzwanzig oder dreißig ihrer Clansbrüder an dem Angriff teilnahmen. Einige näherten sich der Wiese über die Flanken. Offenbar gehörten Xaviar und Tanner zu dieser Gruppe. Ramona hatte sie aus den Augen verloren und konnte sie nirgendwo in ihrer Nähe erkennen.

Ramona bildete mit einigen anderen die Nachhut auf dem Grat, der dem Höhleneingang auf der anderen Seite der Wiese gegenüberlag. Sie war nicht weit von der Stelle entfernt, wo sie vor drei Nächten in die Erde gegangen war – der Stelle, an der sie Zhavons Leben ein Ende gesetzt hatte. Rattengesicht war neben ihr. Renée Blitz und Rotzgras waren auch da. Joshua Bluthund und drei andere, die Ramona nicht kannte, hielten sich zu ihrer Linken auf. Niemand sagte ein Wort. Der Sturmangriff schien durch Instinkte geleitet zu werden, obwohl Ramona erleichtert war, auch einige andere außer ihr zu sehen, die sich suchend nach einer Führung umblickten. Joshua Bluthund folgend verbargen sich die acht einige Meter unterhalb des Grats des Kammes, so daß sie den Höhleneingang jenseits der Wiese gerade noch erkennen konnten.

Ramona hatte kaum die Zeit, sich zu fragen, was wohl als nächstes passieren würde, als sie Tanner und vier andere – sie erkannte Emil unter ihnen – auf die Wiese treten sah, wie sie auf den Höhleneingang zuschlichen. Sie konzentrierte sich und lauschte auf jedes Geräusch, das ihr Vorstoß verursachte. Obwohl sie ein ganzes Stück entfernt waren, hatte sie seit ihrer Verwandlung schon leisere Geräusche über eine größere Entfernung hinweg wahrgenommen. Mittlerweile bemerkte sie die einst seltsame Empfindung schon nicht mehr, wie ihre Ohren sich ausrichteten, während sie lauschte. Dieses Mal konnte sie kein verräterisches Geräusch ausmachen. Tanner und die, die ihm folgten, bewegten sich sehr leise. Ramona vermutete, daß sie nie erfahren hätte, wann sie in die Höhle geschlichen waren, wenn sie sich Sorgen gemacht hätten, ob sie jemand sehen konnte. So aber konnten sie, Rattengesicht und die anderen sehen, wie Tanners Sturmtrupp das unscheinbare Piniengehölz am Höhleneingang erreichten, und dann in der Dunkelheit verschwanden.

Innerhalb weniger Augenblicke wurde die Stille unerträglich.

Ramona fühlte sich, als hielte sie den Atem an – nicht, daß sie noch *atmen* würde –, aber die Anspannung und die erforderliche Stille weckten gewisse entfernte Erinnerungen in ihr und gaben ihr das Gefühl, sie würde etwas tun, was sie nicht hätte tun sollen. Aber dann wanderten Ramonas Gedanken zu Tanner und den vier Gangrel, die bei ihm waren. Sie dachte daran, wie erst vor ein paar Nächten sie, Darnell und Jenny sich in diese Höhle geschlichen hatten... und was dann geschehen war.

Aber das hier war *Tanner*, rief Ramona sich ins Gedächtnis zurück. Er besaß viel mehr Erfahrung im Umgang mit den tödlichen Widrigkeiten dieser Welt der Dunkelheit als sie, in der der Tod ein solch häufiges und beiläufiges Ereignis war. Und er war mit anderen erfahrenen Gangrel zusammen. Sie würden sich um die Sache kümmern, die Ramona und ihre Freunde vermasselt hatten.

Sie fragte sich, was sie tun würde, wenn Tanner mit dem Toreador als Gefangenem herauskäme. Wahrscheinlich würde er ihr den Todesstoß überlassen. Das wäre typisch. Und obwohl es außer Frage stand, daß der Toreador für Zhavon, für Jenny bezahlen mußte, wußte Ramona nicht, ob sie ihn ermorden konnte. Seit sie an der Wiese angekommen war, hatte sich der aus Xaviars wilder Jagd und dem Gehetze um den Table Rock geborene Zorn fast vollständig aufgelöst und war Erinnerungen und Angst gewichen.

Vielleicht ist Darnell noch am Leben, hoffte Ramona. Er würde dem Toreador den Kopf abreißen, ohne zweimal darüber nachzudenken, und Ramona würde diese Entscheidung erspart bleiben.

Alle Unsicherheiten, all die Fragen aus zwei Jahren hatten sich in Ramona aufgestaut. Sie wollten aus ihr heraus, als sie so auf dem Hügel kauerte, und den Atem nicht mehr anhalten mußte. Die Schreie, die durch die Stille brachen, waren eine Erleichterung. Sie hallten geisterhaft durch den Höhleneingang, wurden durch die Pinien gedämpft und schallten von dort aus in die Nacht.

Aber nicht der Toreador schrie.

Alle um sie herum richteten sich auf. Ramona konnte die einzelnen Schreie nicht auseinanderhalten – bis die Geräusche bei ihr ankamen, waren sie hoffnungslos ineinander verwoben –, aber sie konnte ein Knurren ausmachen, das plötzlich abbrach, und Schreie der Überraschung und des Schmerzes.

„Mein Gott", sagte Joshua. „Was geht da vor sich?"

Ramona antwortete ihm nicht – ihr Mund war trocken, ihr Kiefer gelähmt; Worte kamen an dem Kloß in ihrem Hals nicht vorbei –, aber sie wußte es.

Die chaotischen Schreie und die gedämpften Kampfgeräusche gingen weiter. Ramona wußte, daß ein Kampf unter so beengten Bedingungen selten länger als eine Minute dauerte. Vielleicht war auch nicht mehr Zeit vergangen, aber es schien ihr wie eine Ewigkeit. Wie die anderen um sie herum war Ramona aufgestanden, obwohl sie sich nicht hatte erheben wollen. Unsicherheit hatte sie alle gepackt. Sie spürte, wie sich die anderen ansahen. Sollten sie die Höhle stürmen? Tanner brauchte Hilfe. Aber diese Geräusche aus dem Höhleninnern...

Und Ramona konnte nicht anders, als sich zu erinnern...

Der Kampfeslärm wurde zwar nicht schwächer, aber zumindest das Durcheinander ließ nach. Nun waren es weniger Kämpfer geworden, die ihre Stimmen – ihr Knurren, ihr Grollen, ihre Schreie – in der Kakophonie vereinten. Allerdings wurde das Spektrum um eine weitere Klangfarbe erweitert: tiefes, langgezogenes Heulen, das Stöhnen der Sterbenden. Ramonas Verstand raste, fand aber kein Ziel. Es gelang ihr nicht, die Schlußfolgerungen zu leugnen, die sich ihr aufdrängten: Wenn der Kampf weiterging, dann war der Toreador noch am Leben; zumindest einige der Schreie und so manches Stöhnen mußten zu den Gangrel, ihren Clansbrüdern, gehören.

Aber nacheinander verstummte das Stöhnen. Zuerst verstummte eine Stimme, dann die nächste, und fast ebenso schnell, wie sie zuvor zerschlagen worden war, kehrte wieder Ruhe ein. Für Ramonas überreizte Ohren klang die Brise, die den Kamm hinunterwehte, wie ein Donnerschlag.

Sie stellen dem Toreador nach, dachte Ramona. *Er ist verwundet, und jetzt machen sie sich daran, ihn zu vernichten.*

Aber just in diesem Augenblick stolperte eine Gestalt aus der Höhle und strafte Ramonas Optimismus Lügen. Sie klammerte sich an eine der

Pinien am Eingang und lehnte sich ein paar Sekunden gegen den Baum. Ramona sah, daß es Emil war. Er hatte keine Zeit, sich auszuruhen. Er hörte etwas, schaute zurück in den schwarzen Tunnel, drehte sich dann um und floh. Er versuchte zu laufen, aber mit seinem linken Bein war etwas nicht in Ordnung. Emil konnte es nicht belasten. Er strauchelte, stürzte dann den Anstieg zur Höhle hinunter. Als er sich in ihre Richtung umdrehte, sah Ramona, daß sein Gesicht schwarz verbrannt war. Geistesabwesend tastete sie mit einer Hand nach der klaffenden Narbe in ihrem eigenen Gesicht.

Für Ablenkungen blieb allerdings wenig Zeit. Der Toreador stolzierte aus der Höhle. Er schaute sich einen Moment um, als überrasche ihn die Existenz einer Welt jenseits der Gänge und Höhlen. Selbst von der anderen Seite der Wiese aus wirkte der Toreador größer als in Ramonas Erinnerung. Auch sein Auge, sein linkes Auge schien größer – oder vielleicht war *nur* das Auge größer. Es schien im Sternenlicht zu leuchten. Es pochte, zuckte, sah irgendwie wie ein lebendes Wesen aus, das nicht zum Rest des Körpers um es herum gehörte.

Wie schon drei Nächte zuvor betrachtete Ramona den Toreador mit gemischten Gefühlen. Auf den ersten Blick schien er recht harmlos – er war hager und hatte eine große Nase, und konnte jemand mit einem so schlechten Haarschnitt wirklich gefährlich sein? *Künstlertucke*, kam es Ramona in den Sinn.

Aber dann drehte er sich um, und dieses grauenhafte Auge ließ ihn in einem gänzlich anderen Licht erscheinen. Plötzlich war er überlebensgroß, tödlich, furchterregend.

Vermutlich kämpften die Gangrel um Ramona herum mit ähnlichen Eindrücken. In gewisser Weise schien es lächerlich, daß genau dieser Vampir eine Bedrohung darstellen sollte. Aber Jenny lachte nicht.

Und Emil lachte auch nicht.

Die Desorientierung des Toreador währte nicht allzu lange. *Das wäre unsere Chance gewesen*, erkannte Ramona, aber es war zu spät. Sie wußte, daß etwas Schreckliches in der Höhle geschehen war, aber vielleicht hatten die beengten Verhältnisse dem Toreador zum Vorteil gereicht. Er konnte ja nicht wissen, was jenseits der Pinien auf ihn wartete.

Das grauenhafte Auge fixierte Emil. Selbst über die Entfernung von einigen Metern hinweg schien der Toreador den gestürzten Gangrel turmhoch zu überragen.

Während sie Emil beobachtete, kam eine Frage in Ramona auf: *Wo ist Tanner?* Er hatte die Gruppe in die Höhle geführt, aber bis jetzt war nur Emil wieder aufgetaucht, und der war zerschunden und verbrannt. Plötzlich fühlte sich Ramona inmitten der anderen Gangrel vollkommen allein. *Wo ist Tanner?* Ramona wollte Emil an den Schultern packen und ihn anschreien. *Warum hast du Tanner da drin gelassen?*

„Er gehört dir", sagte Rattengesicht neben ihr, aber seine Worte galten Emil. „So ist es recht... laß ihn näher herankommen... und jetzt schlitz ihm den Bauch auf."

Emil hatte sich hingekniet, und der Toreador kam näher, aber Ramona konnte sehen, daß der Gangrel nicht zuschlagen würde. Das Auge hielt Emils Willen davon ab, seinen Muskeln Befehle zu erteilen, so wie es Ramona ergangen war. Tanner war für sie dagewesen.

„Mein Gott", murmelte Joshua Bluthund. Die anderen Gangrel starrten in stummem Unglauben auf die Szene.

Mit ein paar schnellen Schritten hatte der Toreador die Entfernung zu Emil überwunden und packte den reglosen Gangrel ohne zu zögern links und rechts am Schädel. Sekunden später existierte Emils Kopf nicht mehr. Er schmolz und troff zwischen den Fingern des Toreador hervor. Das Wesen, dessen pulsierendes Auge weiter hervorstand, als es hätte möglich sein sollen, stand einfach nur da, während Blut und flüssiges Fleisch von seinen Händen troff.

Die Gangrel um Ramona herum waren sprachlos. Bis zum letzten Augenblick hatten sie vor lauter Erstaunen Mund, Augen oder beides weit aufgerissen. Ramona hatte etwas ähnliches schon gesehen – Zhavon nahezu bis zur Unkenntlichkeit entstellt, Darnells aus den Schultergelenken herausgedehnte Arme –, aber selbst sie konnte nur in erschrockener Faszination auf das Geschehen starren. Zum zweiten Mal in dieser Nacht hatte sie das Gefühl, sich übergeben zu müssen, schmeckte Blut in ihrer Kehle hochsteigen. Aber es blieb ihr nicht die Zeit dazu.

„Seht doch!" Rattengesicht war der erste aus ihrer Gruppe, der die Sprache wiederfand. Er deutete über die Wiese hinweg Richtung der Höhle. Aus zwei Richtungen stürmten Gruppen von etwa einem halben Dutzend Gangrel zwischen den Bäumen hervor und stürzten sich auf den Toreador.

Warum haben sie so lange gebraucht? war Ramonas erster Gedanke. Hatten sie wie sie in verzücktem Grauen zugesehen, wie Emil gestorben war?

Oder hatten sie wie Rattengesicht den Toreador unterschätzt und erwartet, Emil würde die Angelegenheit mit einem Klauenhieb beenden?

Erst als Joshua schreiend den Hügel hinabstürmte, erkannte Ramona, daß sie auch helfen sollte. Sie hatte erwartet, daß sich Tanner und die Ahnen ihres Clans dieses Problems annehmen würden – aber sie hatten nicht gewußt, worauf sie sich einließen, und nun wurde sie in die Auseinandersetzung hineingezogen.

Ramona und die anderen folgten Joshua Bluthund. Sie hatten keinen bestimmten Plan, aber sie konnten nicht einfach nur herumstehen und zusehen; sie rasten die Anhöhe hinunter und auf den Toreador zu. Noch mit dem ersten Schritt bekam Ramona jedoch das Gefühl, sich in Zeitlupe zu bewegen, daß die Szene sich wie im Film vor ihr abspielte und daß sie aus ihr herausgenommen wurde, um nur Zuschauerin zu sein. Zum zweiten Mal in dieser Nacht kam die Geistersicht über sie; sie war ein Filter, der über ihre hyperaktiven Sinne gelegt wurde. Im Gegensatz zu vorher verspürte sie keine Einheit mit ihren Clansbrüdern, sondern war nur von Schrecken erfüllt.

Vor ihr stand mit dem Rücken zum Höhleneingang der Toreador. Zu seiner Rechten war ihm eine Gruppe von Gangrel am nächsten, die von Jäger-im-Wald angeführt wurde. Sein Blut kochte, und es war nichts mehr menschliches an ihm. Er jagte auf allen vieren vorwärts; sein Gesicht war eine monströse Schnauze. Geiferfäden flogen ihm aus dem Maul.

Von der anderen Seite stürmten weitere Gangrel auf den Toreador ein. Brant Edmonson hatte sich an die Spitze gesetzt, und Mutabo folgte ihm. Ihre Leichtherzigkeit war verflogen. Mordlust funkelte in ihrem Blick. Sie sahen keinen Sinn für Heimlichkeit und pflügten eine Bahn durch das Gras der Wiese. Für Ramonas Sicht waren ihre Clansbrüder nur noch schemenhafte Bewegungen, goldene Funken, die feurige Kometenschwänze hinter sich herzogen. Kein Wesen konnte es mit so vielen Gangrel aufnehmen.

Trotz der zahlenmäßigen Überlegenheit wuchs Ramonas Schrecken nur.

Dein Weg wird ein schwieriger sein.

Die drei Gangrelrudel näherten sich dem Toreador, aber Ramonas Knie gaben nach, als die Geistersicht mit all ihrer Kraft über Ramona hereinbrach. Sie strauchelte, wurde von Rattengesicht und den anderen abgehängt. Für einen Augenblick dachte sie, das Bewußtsein zu verlieren, so überwältigend waren die Farben und Lichter. Die gedämpften Schwarz-, Blau- und Grautöne, die ihre dunkle Welt bestimmt hatten, wurden durch ein Licht ersetzt, das heller schien als das der Mittagssonne. Die Sterne brannten mit der Leuchtkraft zahlloser Sonnen. Der nahezu volle Mond schien so nahe über ihr aufzuragen, daß sie glaubte, ihn berühren zu können.

Ramona stolperte, schwankte. Sie fand keinen festen Boden. Sie war gezwungen, jeden Schritt mit äußerster Sorgfalt zu wählen. Um sie herum entbrannte eine Schlacht, und es war ihre Pflicht, daran teilzunehmen – sie war einer der Gründe, die zu ihr geführt hatten. Aber sie mußte sich so sehr konzentrieren, um aus der Geistersicht etwas Sinnvolles herausfiltern zu können. Die Kreaturen um sie herum nahmen Tiergestalt an – manche wurden zu Wölfen, andere zu Dachsen, Berglöwen oder Wildhunden. Aber sie waren ihre Geschwister - eine Tatsache, die dadurch untermauert wurde, als es vor ihren Augen flackerte, und sie sie wieder in ihrer menschlichen Gestalt erkennen konnte. Ramona berührte ihr Gesicht, berührte ihre Augen, und ihre Finger wischten über die Reste ausgetrockneter Asche und Kreide.

Die Letzten Nächte stehen bevor.

Ramona sah sich um und erwartet fast, Edward Blackfeather zu sehen, aber auf der Wiese gab es nur Gras und Wildblumen und Kreaturen des Todes. Sie richtete ihre neugefundene Sicht auf den Toreador und wünschte sich augenblicklich, sie hätte es nicht getan. Mehr konnte sie nicht tun, um dem Drang zu widerstehen, sich umzudrehen und zu fliehen.

Der Toreador griff nach seinem vorstehenden Auge und zog es aus der Höhle. Ein blutiger, fasriger Nerv auf der Rückseite des Augapfels zog sich aus der Höhle zurück und peitschte durch die Luft wie ein blinder Aal. Als der Toreador das Auge über den Kopf hob, zuckte und wand sich der Nerv weiter. Er wickelte sich erst um seinen Arm und dann weiter um seinen Körper. Gleichzeitig dehnte sich die Ranke und wuchs – erst zwanzig Zentimeter, dann einen halben Meter und immer noch länger –, bis sie endlich den Boden berührte und sich hineinzubohren begann.

Es schien alles langsam vor sich zu gehen. *Warum sind sie nur noch nicht über ihn hergefallen?* fragte sich Ramona in bezug auf die anderen Gangrel, denn eigentlich hatten sie sich ihm kaum weiter genähert als noch vor einem kurzen Augenblick. Ramonas Gruppe war nur einige Schritte vor ihr, obwohl sie das Gefühl hatte, schon vor einiger Zeit zum erstenmal gestrauchelt zu sein.

Wieder gaben ihre Knie nach, aber diesmal, so erkannte sie, zitterten nicht ihre Knie, sondern die *Erde* selbst.

Der Toreador ragte zunehmend größer in ihr Sichtfeld – nein, nicht größer, sondern *höher*. Er erhob sich in die Luft. Ein riesiger Felsauswuchs, ein regelrechter abgerundeter Hügel, stieß aus der Erde hervor und hob ihn viele Meter hinauf über die Wiese. Die Ranke aus dem Auge des Toreador zuckte wie ein irrer Blutegel, als sie sich in den Stein bohrte.

Jäger-im-Wald mußte den Monolithen gesehen haben, aber weder verringerte er seine halsbrecherische Geschwindigkeit, noch ließ er sich in seinen mörderischen Absichten beirren. Dann drehte der Toreador das Auge so, daß sein Blick auf die Gruppe von Gangrel fiel, die ihm am nächsten stand. Augenblicklich schoß ein steinerner Dorn aus der Erde, und Jäger-im-Walds Schwung ließ ihn genau in die Spitze hineinrasen. Ramona zuckte – Bilder von Jenny blitzen in ihrem Geist auf –, als ihn der Dorn von den Beinen riß. Über dem Boden baumelnd zuckte er spastisch, während Blut an dem Dorn hinunterlief, der sich in seinen Kopf gebohrt hatte.

Die Gangrel, die ihn begleiten, eilten an seinem zuckenden Leichnam vorüber. Zwei von ihnen ereilte nach wenigen Schritten das gleiche Schicksal.

Bei jedem Stoß schwankte Ramona, als habe der Fels sich durch ihren eigenen Körper gebohrt, und obwohl die Todeszuckungen von Jäger-im-Wald längst vorüber waren, sah sie ein geisterhaftes Abbild von ihm, wie es sein monströses Gesicht gen Himmel hob und trotzig heulte: *Ich bin Jäger-im-Wald. Ich sterbe heute nacht für meinen Clan!*

Auf dieselbe Weise sah und hörte Ramona von den anderen beiden, die Jäger-im-Walds Schicksal teilten, das, was ihr zuvor verborgen geblieben wäre:

Ich bin Ronja. Ich sterbe heute nacht für meinen Clan!

Ich bin Peera Gabenschenkerin. Ich sterbe heute nacht für meinen Clan!

Die verbleibenden Gangrel, die ihren Weg mit Jäger-im-Wald begonnen hatten, hielten inne, als eine Wand aus Stein vor ihnen aus dem Boden hervorbrach. Die erste des Trios, ein Frau mit deutlich sichtbaren

Muskeln, sprang auf die Wand zu und begann hinauf zu klettern. Die anderen beiden hatten keine Zeit mehr zu reagieren, als die Erde unter ihnen nachgab. Genau so schnell stürzten die Mauer und die Frau in die Grube. Schreie wurden in den wenigen Sekunden aus dem Trio herausgequetscht, aber dann erklangen ihre unausgesprochenen letzten Worte in Ramonas Ohren:

Ich bin Louisa... Ich bin Crenshaw... Ich bin Bernard Flinkfuß... Ich sterbe heute nacht für meinen Clan!

Ramonas Schritte wurden langsamer, um sich der Litanei anzupassen.

Fast zur gleichen Zeit erhoben sich fast ein Dutzend Stein-Megalithen, ungleichmäßig geformte Säulen, die in verschiedenen Winkeln hervorragten, auf der anderen Seite des Toreador aus dem Boden. Brant Edmonson und eine zweite Ansammlung von Gangrel, bewegten sich vorsichtiger als ihre nicht mit Glück gesegneten Clansgeschwister auf die gerade entsprungenen Steinsäulen zu. Mutabo war sehr vorsichtig. Er bremste und machte einen weiten Kreis um die Steine; er hielt Ausschau nach Stacheln, die nach ihm hervorstoßen, oder nach Megalithen, die auf ihn herabstürzen könnten.

Der Toreador wandte sein Auge jetzt diesen Gangrel zu. Sein Gesicht zeigte keine Abscheu, sondern eine geschäftsmäßig wirkende Grimasse. Ramona kam es auch vor, als könne sie Wahnsinn in seinem normalen Augen sehen. Wie konnte eine solche Abscheulichkeit auch *nicht* verrückt werden?

Ramona, seltsam distanziert von der Szenerie, wurde hart getroffen von den leuchtenden Farben des Opfers ihrer Clanbrüder – rotes Blut rann von den aufspießenden Dornen, der bleiche Ton von Vampiren, aus denen das Unleben lief, das kranke Grau der Haut des Toreador, die venendurchzogene Kugel an ihrem Platz gehalten von breiigem Eiter und bloßgelegten, pulsierenden Nerven. Sie wußte in diesem Moment, daß niemand anderes sah, was sie sah, daß niemand anders das vermochte.

Für sie war der Nachthimmel und die Sterne, wie sie immer waren. Die unmöglich hellen Sterne, das Licht des Tages – das alles gab es nur für Ramona, für die Geistersicht, die Edward Blackfeather ihr gegeben hatte.

Es gab noch mehr, was den anderen verborgen blieb, bemerkte Ramona. Sie sah, wie das Licht der Sterne sich im pulsierenden Auge des Toreador spiegelte, in den zuckenden Nerven, die die Kugel mit dem Stein verbanden. Während Ramona die Megalithen selbst betrachtete, einen Steingarten der Riesen, begannen sie von innen zu leuchten. Das irdische Grau, Weiß und Braun begann feurig rot zu brennen, und weitere Megalithen erhoben sich auf der Wiese.

Die anderen Gangrel sahen nicht, konnten nicht sehen, wie die Steine sich veränderten, sahen nicht, wie die Megalithen undurchsichtig wurden, das sich in ihnen dickflüssig rot und orange das Blut der Erde bewegte. Brant Edmonson, Mutabo und die anderen setzten ihren Weg weiter fort in Richtung des Toreador. Sie betrachteten die Megalithen vorsichtig, aber keiner anders als zuvor.

Ramona versuchte, ihnen eine Warnung zu zurufen, aber die Schlacht war ein Traum vor ihren Augen, der sich ausbreitete. Sie sah jetzt klarer, als sie es taten, aber sie konnte sie nicht aufhalten.

Die erste Explosion schleuderte sie zu Boden. Die ohrenbetäubende Wucht erschütterte die ganze Wiese. Das Magma in den hervorbrechenden Megalithen spritzte in die Luft. Ein Klumpen Lava löschte Mutabos Kopf und seinen linken Arm aus. Unglaube zeichnete die Züge eines anderen Gangrel, als sie auf exakt den Platz stürzte, auf dem sich kurz zuvor noch die untere Hälfte ihres Körpers befunden hatte.

Ich bin Mutambo. Ich sterbe heute nach für meinen Clan!

Ich bin Lisa Starkrücken...

Ich bin...

Überall begannen Megalithen zu glühen und zu explodieren. Ramona konnte sehen, wie das Feuer in den Steinen blubberte und kochte, sich dann einen Weg bahnte und in strahlenden Tropfen gen Himmel flog. Um sie herum starben Gangrel. Ihre verbrannten, zerfetzten Körper flogen durch die Luft und landeten, nur um sich dann niemals wieder zu bewegen. Aber die Gefallenen riefen mit stummen Stimmen, und die Litanei der Toten wurde länger.

Ich bin Aileen Brock-Kind...

Ich bin... Ich bin...

Ich bin Brant Edmonson. Ich sterbe heute nacht für meinen Clan!

Ihre Schreie waren voller Unbeugsamkeit. Selbst im endgültigen Tod ergaben sie sich nicht.

Rattengesicht und die, die die gegenüberliegende Hügelseite erklommen hatten, waren dem Toreador jetzt sehr nahe. Renée überholte alle anderen. Hunderte von Lavatröpfchen trafen sie, fraßen sich in ihr Fleisch. Ein Megalith brach aus und spie Lava in hohem Bogen. Rotzgras verschwand auf der anderen Seite.

Ramona stolperte. Sie konnte nicht Schritt halten. Ihr Haar verschmorte durch die Hitze. Jeder Schritt war eine geistiger Kampf gegen das, was sie sah – *was sie nicht sehen sollte*. Die Geistersicht enthüllte zuviel; sie hätte sie auch genauso gut blenden können. Sie befreite sie und legte sie gleichzeitig in Ketten. Sie konnten den drohenden Untergang sehen, aber nicht gut genug mit der Wirklichkeit umgehen, um die anderen zu retten.

Ich bin Renée...

Ich bin...

Ramona fiel auf die Knie. Sie war müde. Zu wissen, daß sie ihre Clansgeschwister enttäuscht hatte, entzog ihr ihre Kraft. Ihr war eine Möglichkeit gegeben worden, sie zu retten, vielleicht sogar zum Sieg zu führen, aber sie konnte nicht mit der Geistersicht umgehen. Ramona war klar, daß sie in der Lage gewesen sein sollte, etwas zu tun. Verdammter Blackfeather, dachte sie eher resigniert als wütend, als sie dasaß und auf den Spritzer geschmolzenen Steines wartete, der ihr Leben nach dem Tod endlich beenden würde.

Dichter Rauch hing über der Wiese, aber durch den Schleier sah Ramona den Toreador auf seinem Felsenhügel mit seinem Auge und dessen obszönen, pulsierenden Nerv. Die Vernichtung der Gangrel schien ihn zu erfreuen, und er schien das Gemetzel auch mit seinem grauenhaften Auge regelrecht in Szene zu setzen. Er hielt es ruhig in der Hand, und in jeder Richtung, in der es drehte, löschte ein Megalith einen Gangrel aus oder eine Grube tat sich unter einem von Ramonas Clansbrüdern auf.

Ich bin Jakob Einohr...

Ich bin Nadia...

Das Monster war jedoch nicht allsehend. Es sah nicht, wie Xaviar von der Flanke des Hügels über dem Höhleingang sprang. Der ledergewandete Körper war für Ramona ein Meteor der Hoffnung; er zog sein rotes Haar hinter sich her wie einen Schweif spuckenden Magmas. Plötzlich sah Ramona den Sieg voraus: Sie sah, wie der Toreador durch Xaviars Macht fiel; sie sah, wie das groteske Auge auf den Stein prallte und in einer Wolke faulen Eiters und fleischigen Gewebes zerplatzte.

Aber Ramonas kurze Vision erwuchs aus ihrer Hoffnung und stammte nicht aus der Geistersicht, und die Wirklichkeit wollte sie nicht wahr werden lassen.

Xaviar erwischte den Toreador genau im Rücken, aber er schwankte nicht, fast als sei er in den festen Felsen zu seinen Füßen gebettet, als sei er nur ein Auswuchs dieses Felsens. Xaviar, der erwartet hatte, sein Ziel werde unter ihm zusammenbrechen, landete unsanft auf dem Stein.

Lande doch auf dem Nerv! hoffte Ramona. *Reiß ihm dieses Auge aus der Hand!*

Dann erschütterte eine Explosion den Boden unter Ramonas Füßen. Eben war sie noch Zeugin des Duells zwischen Xaviar und dem Toreador gewesen, dann nahm sie nur noch schemenhafte Bewegungen und lodernde Magmaströme wahr. Alles wurde dunkel um sie.

Sie sah weit entfernte Sterne.

Als Ramona wieder zu sich kam, starrte sie in den Nachthimmel. Sie braucht einen Augenblick, um zu erkennen, daß sie flach auf dem Rücken lag. Sie war von der Explosion getroffen und von den Beinen gerissen worden. Beinahe erleichtert darüber, daß sie das Bewußtsein verlieren würde, tastete sie ihren Unterleib ab, um zu erfahren, welches Körperteil abgerissen oder verbrannt worden war. Zu ihrer Überraschung war sie intakt. Sie war nicht von geschmolzenem Stein, sondern von Rattengesicht getroffen worden. Aus leeren Augen blickte er sie an. Rauch stieg von den Rändern des klaffenden Lochs in seiner Brust auf, Blut und Gewebe zischten noch vor Hitze.

Ich bin Rattengesicht. Ich sterbe heute nacht für meinen Clan!

Ramona schlüpfte unter ihm hervor und ließ seine Leiche zu Boden gleiten. Mehr als jeder andere Gangrel hatte er versucht, ihr Freund zu sein, aber jetzt konnte Ramona nichts mehr für ihn tun. Sie erwartete, sich ihm jeden Augenblick im endgültigen Tod anzuschließen. Sein Teil der Litanei ging ihr durch Mark und Bein. Sie war sich des Gesangs zeitgleich mit dem Einsetzen der Geistersicht bewußt geworden. Die Litanei ging weiter, aber die Geistersicht war verschwunden. Der Nachthimmel war wieder der Nachthimmel: Die Sterne leuchteten, wie sie es sollten. Der Mond stand tief. Die Geistersicht war verflogen.

Ramona war sich nicht sicher, wie lange ihr eigentlich schwarz vor Augen gewesen war. Sie schaute zurück zu dem Felsenhügel, auf dem Xaviar und der Toreador miteinander kämpften, und jedes kleine Fünkchen Hoffnung, das in ihr so lange überlebt hatte, erlosch in ihrem Innern. Xaviar stand noch, wenn auch in einem sehr seltsamen Winkel – der Grund hierfür war nicht zu übersehen. Steindornen, die aus der Oberfläche des Hügels heraufbeschworen worden waren, durchbohrten ihn. Sie hielten Xaviar in der Luft. Ein Steindorn ragte aus seinem rechten Knie hervor. Ein anderer hatte sich durch den Bizeps gebohrt; sein linker Arm ragte nutzlos in die Luft. Ein Fuß berührte noch gerade eben die Oberfläche des Hügels. Xaviar konnte sich nicht befreien. Der Toreador, der ohnehin kaum einen Meter entfernt stand, näherte sich dem Hilflosen.

Ramona brach wieder zusammen. Das Gras, das die Wiese bedeckt hatte, war größtenteils verbrannt. Die wenigen verbliebenen Gangrel hatten längst aufgegeben – obwohl die gesamte Schlacht nicht länger als ein paar Minuten gedauert haben konnte – und flohen, aber die hervorbrechenden Steine spuckten weiter tödliche Lava in die Luft. Eine weitere Explosion ließ die Wiese erbeben. Joshua verlor seinen Stand und stolperte in eine der Pfützen aus geschmolzenem Stein, die immer zahlreicher wurden.

Ich bin Joshua...

Aber über die Litanei erhob sich eine andere Stimme: *Steh auf Ramona. Nur nicht aufgeben.*

Ramona rollte sich ächzend auf den Rücken. Sie wollte nur noch die Sterne anstarren, bis die steigende Lavaflut über ihr zusammenschlug, aber die Stimme ließ ihr keine Ruhe. Sie war sanft und flehend. *Du mußt aufstehen, Ramona. Steh jetzt auf. Nur nicht aufgeben.*

Sie hob den Kopf und sah eine Gestalt ganz in ihrer Nähe inmitten des beißenden Rauch und Nebels. Ihre Augen tränten sehr stark, aber sie dachte, sie sähe... „Jenny?"

Ramona stützte sich auf den Ellbogen auf. Der Rauch wurde dichter und waberte nah am Boden entlang. Da war eine Gestalt vor ihr, aber es war nicht länger Jenny.

Du liegst auf dem Boden rum, wenn so ein froschäugiges Monster einen Tritt in den Arsch braucht?

Es ist Darnell, dachte Ramona. Er stand da, obwohl es nicht sein konnte, unversehrt, genau wie Jennifer es gewesen war. Sie nahmen ihren Platz in der Litanei der Toten ein.

Ramona versuchte, sich zu erheben. „Ich kann mich nicht erinnern, daß du ihm in den Arsch getreten hättest", murmelte sie Darnell zu, aber Darnell war nicht länger bei ihr.

Gib bloß nicht auf, Ramona.

Ramona erstarrte. Sie stützte sich mit einer Hand ab. Etwas rührte sich in ihr, ein Teil von ihr, der der Stimme, der Zhavon antworten wollte.

Gib bloß nicht auf.

Das Mädchen stand vor Ramona, schön, makellos. Sie sprach wieder, und ihre Stimme klang weniger sanft: *Wage es ja nicht, aufzugeben.*

Ramona lächelte und richtete sich zu ihrer vollen Größe auf, nur um sich allein mit Rattengesichts Leiche wiederzufinden. Neue Stiche des Verlusts plagten sie, aber sie hatte ihre Fassung wiedergewonnen, und die Situation erlaubte keine Trauer.

Endlich hatten die Megalithen aufgehört, sich aus dem Boden zu erheben, wie auch die Explosionen weniger und vorhersagbarer geworden waren, aber die Wiese wurde schnell zu einem Lavasee, denn ständig blubberte neue Magma aus der Erde. Bald würde der lodernde Schleim die Fläche zwischen den beiden Hügelketten bedecken. Es gab noch viele Oasen aus festem Grund, wie die Anhöhe, auf der Ramona neben Rattengesichts Leichnam stand, aber während der rote See wuchs und wuchs, wurden auch die Inseln seltener und verstreuter.

Auf dem Hügel hielt sich der Toreador aus der Reichweite der wild umherschlagenden rechten Hand und der Klauen daran, die sich jederzeit als todbringend erweisen konnten. Zu Ramonas Erstaunen ließ die Kreatur plötzlich alle Vorsicht fallen und trat näher an Xaviar heran. Erst dann erkannte Ramona, daß der Toreador sein Auge nicht mehr in der Hand hielt; die pulsierende Kugel war mehr oder weniger zurück in ihrer Höhle. Sie fragte sich einen Sekundenbruchteil, ob ihrem Feind das Auge tatsächlich gehörte – oder ob diese Überlegung nur ein von der Geistersicht ausgelöster Irrglaube war. Aber es blieb keine Zeit zum Nachdenken. Der Toreador trat noch näher an den aufgespießten Xaviar heran.

„Töte ihn!" schrie Ramona Xaviar zu und war überrascht, daß ihre Stimme durch den Rauch drang und von den nackten Felswänden widerhallte. „Töte ihn endlich!"

Xaviar war mehr als nahe genug, aber er konnte den Willen des Auges genausowenig verleugnen, wie Emil oder Ramona es gekonnt hatten. Der Toreador packte Xaviars Arm und begann, Druck auszuüben. Das Glied gab nach und bog sich immer weiter durch – nicht am Ellbogen oder am Handgelenk oder an der Schulter, wo es natürlich gewesen wäre, sondern in der Mitte des Oberarms. Der Toreador drückte langsam und stetig und traf auf immer weniger Widerstand. Der Arm zuckte hin und her, verdreht wie ein Pfeifenreiniger.

Xaviar verzog das Gesicht. Er biß die Zähne zusammen, bis Blut aus seinem Mund rann, aber er schrie nicht.

Nachdem sie ihre Stimme wiedergefunden hatte, fühlte Ramona den Willen in ihren Körper zurückkehren. Aber sie war durch einen Lavagraben von dem Toreador und Xaviar getrennt, der zu breit war, als daß selbst sie ihn hätte überspringen können. Sie stampfte auf, lief zum Ufer des geschmolzenen Flusses, aber es gab keine Furt.

Der Rauch und der Dampf waren nun so dicht geworden, daß sie nur noch Schemen auf dem Hügel ausmachen konnte, aber wenn sie Xaviar nicht helfen konnte, war es vielleicht besser, nichts sehen zu können. Der Toreador würde Xaviar töten – seinen Schädel schmelzen oder ihm einzeln die Gliedmaßen abreißen –, oder möglicherweise würde das Monster auch nur mit Xaviar spielen wie eine Katze mit einem Vögelchen.

Und wenn die Magma sie nicht zuerst erwischte, dann würde das auch Ramonas Ende sein. Hinter ihr kroch eine einsame Gangrel, eine dunkelhäutige Frau, auf den Rand der Wiese zu, aber jeder Fluchtweg war nun von einem kochenden Inferno abgeschnitten. Wogende Hitzewellen brachten den Rauch zum Tanzen. Megalithen, die nichts mehr ausspuckten, ragten wie riesige Grabsteine um sie herum auf.

Ramona wendete sich wieder dem Hügel zu, bereit, nun endlich ihrem Ende zu begegnen.

Der Toreador legte die Finger um Xaviars Hals. Ramona wartete darauf, daß Xaviars Fleisch schmolz, daß sein Kopf plötzlich in einem unmöglichen Winkel hin und her baumelte. Aber statt dessen *hob* der Toreador Xaviar hoch - hob ihn mit solcher Kraft, daß Xaviar an den Dornen nach oben glitt. Das Geräusch, mit dem Knochen über Stein kratzten, jagte Ramona Schauer den Rücken hinunter.

Der Toreador hob Xaviar von den Dornen herunter und hielt ihn am Hals gepackt über sich. Jeglicher Kampfeswille war aus dem Gangrelführer gewichen, vielleicht war er aber auch nur von dem Auge gebannt. Schlaff hing er im Griff des Toreador.

Ramona wartete auf den Todesstoß, aber plötzlich schleuderte der Toreador Xaviar von sich weg wie eine Lumpenpuppe. Sein Körper schien schwerelos zu sein, als er über die Lavateiche segelte; er hätte nie so weit fliegen sollen – Ramona konnte sich die Kraft des Wurfes gar nicht vorstellen –, aber schließlich krachte Xaviar unweit von ihr auf den Erdboden. Ramona eilte an seine Seite. Xaviar blickte sie verwirrt an. Er schaute erst auf seinen verstümmelten Arm und sein geschundenes Bein hinunter und dann zu Ramona hinauf, als würde er sie fragen, wie er in diesen Zustand gekommen war.

Ramona drehte sich zu dem Toreador um, bereit, ihm ihren Trotz entgegenzuschreien – *Ich bin Ramona. Ich sterbe heute nacht für meinen Clan!* –, aber genau in jenem Augenblick lichtete sich der Rauch. Nicht vollständig, aber so weit, daß Ramona den Toreador deutlich sehen konnte – und er sie. Schleim troff aus dem Auge und lief sein Gesicht hinunter. Der letzte Schrei blieb ihr in der Kehle stecken, als sich das Auge ihres Willens bemächtigte. Diesmal gab es keinen Tanner, um sie zu retten. Da war niemand. Es gab nur noch das Auge, und es zwang Ramona... *zu fliehen*.

Sie drehte sich um und rannte los, so schnell sie konnte. Sofort stolperte sie über Xaviar. Fast ohne außer Tritt zu geraten, warf sie sich ihn über den Rücken und setzte ihre Flucht fort.

Sie hatte ihre Clansbrüder im Stich gelassen, sich dem Tod ergeben, aber sie konnte sich nicht rühren. Es schickte sie fort, tat sie als unwürdigen Gegner ab, und sie war nicht in der Verfassung, diese Ansicht anzuzweifeln. Ohne langsamer zu werden, warf sie einen Blick über die Schulter. Das Auge hatte sich von ihr abgewandt, als der Toreador seinen Sieg betrachtete. Dann schloß sich der Rauch wieder, und alles, was noch sichtbar blieb, war eine gespenstische Gestalt auf dem Hügel – und ein vom Auge ausgehendes Glühen, das sich durch die Düsternis bohrte.

Ramona holte die Frau ein, die sie zuvor hatte kriechen sehen. Sie konnte nirgends hin. Geschmolzener Fels versperrte jeden Fluchtweg. Als Ramona bis auf wenige Meter herangekommen war, sprang die Frau, deren Körper mit Brandwunden übersät war, über die steigende Lava. Ramona blieb wie angewurzelt stehen.

Selbstmord, dachte sie - keine allzu weit hergeholte Vorstellung.

Aber dann besah Ramona sich den Bogen des Sprungs genauer und sah das kleine Inselchen in der Magma, auf dem die Frau landen würde – nah genug am Rand der Wiese, daß sie ein zweiter Sprung in die Freiheit führen konnte.

Als die Gangrel jedoch landete, durchschlugen ihre Füße und Beine die Erdschicht. So wurde offenbar, daß es sich bei dem Inselchen nur um eine hauchdünne Ansammlung aus Erde und Gras handelte, die von der Lava nur angehoben worden war, statt von ihr bedeckt zu werden.

Die Frau war zu geschockt, um zu schreien, aber der Schmerz stand ihr ins Gesicht geschrieben, als sie bis zu den Knien in der Magma versank. Die Insel brach durch die Wucht ihres Aufpralls auseinander.

Ramona konnte nur daran denken, wie das Fleisch und die Knochen langsam von unten her schmolzen. Ihre Oberschenkel versanken in der Magma. Xaviar stöhnte auf; sein Mund war nur Zentimeter von Ramonas Ohr entfernt. Sie würden nicht entkommen. Nicht einer von ihnen.

Aber die schweigende Frau sah Ramona in die Augen, und unausgesprochenes Verständnis hing zwischen ihnen in der Luft. Ohne Zögern sprang Ramona.

Die Dämpfe der Lava brannten, als sie hindurchflog. Wenn sie sich nur um Zentimeter verkalkuliert oder Xaviars Gewicht falsch eingeschätzt hatte, wäre alles rasch vorbei. Ramona schien in der Luft zu stehen, schien sich langsamer zu bewegen, als es die Physik zuließ.

Sie landete auf den Schultern der Gangrel. Ihre Wucht trieb die Frau bis zum Oberkörper in die Magma. Ramona hielt einen Sekundenbruchteil inne, um ihr Gleichgewicht wiederzufinden, und sprang dann weiter.

Sie segelte über die Magma, und als sie und Xaviar landeten, hatten sie den festen Boden unter Füßen, wo die Wiese am Anstieg des Hügels endete – unweit von dort, wo Ramona sich mit Rattengesicht und den anderen hingekauert hatte, was so unendlich lange her zu sein schien.

Ramona schaute ein letztes Mal zurück, aber die Frau war verschwunden, von Ramonas zweitem Sprung ganz in die Magma gedrückt.

Ich bin Maria Immernord. Ich sterbe heute nacht für meinen Clan!

Ramona verlagerte Xaviars Gewicht auf die andere Schulter, drehte sich zum Hügel um und rannte los.

**Montag, 26. Juli 1999, 3:51 Uhr
Im Staate New York**

Auch nachdem Ramona die Anhöhe überquert hatte und außer Reichweite des Stöhnens der Sterbenden und des Geruchs von Rauch und verbranntem Fleisch war, konnte sie nicht die Bilder der Verwüstung, die sie gesehen hatte, vergessen. Egal, wie schnell und weit sie rannte, sie konnte nicht den Anblick der verbrannten und verstümmelten Leichen abhängen. Mit jedem Schritt wurde Xaviars Gewicht zu einer größeren Belastung. Sie stolperte blind durch den Wald. Die Finsternis umgab sie, dick und schwer. Ihre Sicht schien jetzt wie die Geistersicht zuvor verschwunden zu sein. Kein Licht schien das Blätterdach durchdringen zu können, und sie stellte sich vor, jeder Baum, jeder dunkle Schatten könnte ein Megalith sein, der erfüllt vom Feuer der Hölle seinen Weg an die Oberfläche gefunden hatte. Jedes Geräusch konnte der Toreador sein, der sie suchte. Aber das Auge würde sein krankes Licht ausstrahlen, wenn es in der Nähe wäre.

Erschöpfung umfing sie ebenso wie die Dunkelheit. Ihr Laufen wurde zu einem angestrengten Gehen, dann zum stolpernden Taumeln. Der Toreador konnte sie haben, wenn er sie fing, entschied sie. Die Erschöpfung war geistiger *und* körperlicher Natur. Sie war dem Gemetzel entkommen – aber ihr Zustand relativen Wohlbefindens war eine Qual. Es war der Beweis, daß sie ihre Clansgeschwister im Stich gelassen hatte – wie könnte sie sonst am Leben sein, wenn die anderen alle vernichtet waren? Erst Eddie, dann Jennifer, Darnell, und jetzt... wie viele andere? Selbst Xaviar, der überlebt hatte, war schwer verletzt. Ramona hatte nur eine ungefähre Vorstellung, wie viele Gangrel sich versammelt hatten, wie viele vernichtet worden waren. Sie konnte sich nicht erinnern, andere flüchten gesehen zu haben, aber die Wiese war so voller Rauch und Feuer und Tod gewesen...

Sie ging unsicher weiter, ohne Ziel vor Augen außer dem, dem nächsten Baum auszuweichen. Obwohl sie zunächst östlich über die Anhöhe gegangen war, mußte sie nach Norden abgedreht haben, weil ihre Schritte sie an einen bekannten Platz getragen hatten. Ramona wußte nicht, wie lange sie dagestanden und den Table Rock angestarrt hatte, ehe ihr Geist mitbekam, wo sie war. Sie legte Xaviar auf den Steinboden. Es war kühl hier nach dem höllenartigen Inferno, dem sie entkommen waren.

Er lag betäubt da und bewegte sich nur, um sein Gesicht zu bedecken. Seine Haut war überzogen von Bandflecken, aber am schlimmsten wirkte wohl sein linker Arm, der nutzlos an seiner Seite herabhing. Schon jetzt hatte ein Teil des Schadens, den der Dorn verursacht hatte, begonnen zu heilen, auch wenn sich Ramona fragte, ob die Kraft des Blutes die Wunde vollständig würde heilen können. Sie war schrecklich anzusehen, aber ebenso schlimm wirkte die untere Hälfte seine Arms. Unter dem Ellbogen war sein Unterarm in verschiedene und unnatürliche Richtungen verdreht, nicht gebrochen oder zerschmettert wie bei der darüberliegenden Wunde, sondern *verformt* – zunächst in die eine Richtung gebogen und dann wieder in die andere, so daß eine primitive S-Form entstand.

Ramona wußte nicht, ob noch andere Gangrel entkommen waren. Sie nahm an, all jene, die sie getroffen hatte, seien vernichtet. Aber es mochte auch andere geben, die entkommen waren. Sie hoffte, daß sie hierher zurückkehren würden. Es hatte zwar keine dergestalten Anweisungen gegeben, aber auch keine anderslautenden. Die Gangrel schienen mehr durch Instinkt als durch Befehle gelenkt zu werden, und es schien das Natürlichste zu sein, zum Table Rock zurückzukehren.

Bin ich deshalb hier? fragte Ramona sich. *Aus einem Instinkt heraus?* Sie hatte nicht herkommen wollen; sie hatte nirgendwohin gehen wollen.

Ramona kämpfte gegen das Hämmern in ihren Schläfen an, während sie zu der aufgehäuften Erde auf der anderen Seite des Table Rock hinüberging. Sie stand über Zhavons letzter Ruhestätte und suchte in sich nach dem Schmerz des Verlustes. Aber sie konnte ihn nicht spüren. Alles, was sie sah, war Erde. Ramona versuchte, sich Zhavons Gesicht vorzustellen, wie es ihr in Visionen erschienen war, versuchte, sich zu erinnern, wie es gewesen war, das Mädchen an ihre Brust zu pressen, aber die Gangrel konnte nur das Auge sehen. Sie konnte den leeren Fleck an ihrer Wange spüren, wo sich die Säure eingegraben hatte.

Ramona hatte ihren Tod gesehen. Die Geistersicht hatte das vollbracht. Aber hieß das, daß sie nun befreit war vom Schmerz des Verlustes oder daß sie seiner beraubt worden war? Die Gefühle, die da hätten sein sollen, verschwammen, wurden ihr fremd. *Zhavon.* Sie konnte den Namen sagen, aber sie konnte nicht aus dem schwarzen Loch der Gleichgültigkeit hervorkriechen. Ramona trat mit einem ihrer monströsen, klauenbewehrten Füße nach dem Erdhaufen. Was war der Tod eines Mädchens schon verglichen mit dem Schrecken, den sie heute nacht gesehen hatte, verglichen mit dem Schrecken, in den sich ihre Existenz verwandelt hatte?

Das Hämmern in ihren Schläfen wurde immer stärker. Es verwandelte sich in ein rhythmisches Trommeln, das dem ähnelte, was einst ihr Herzschlag gewesen wäre. Ramona hielt sich die Ohren zu, aber das Hämmern wurde nur noch lauter. Hämmer schlugen gegen ihren Schädel, bis Ramona es nicht mehr ertragen konnte. Da kam Ordnung in die Erschütterungen. Und Ramona erkannte die Litanei.

„Ich bin Eddie", sagte sie leise. „Ich sterbe heute nacht für meinen Clan."

„Ich bin Jenny. Ich sterbe heute nacht für meinen Clan."

Von irgendwo kilometerweit hinter ihr stöhnte Xaviar, aber ihre Stimme wurde lauter.

„Ich bin Darnell. Ich sterbe heute nacht für meinen Clan."

„Ich bin Jäger-im-Wald. Ich sterbe heute nacht für meinen Clan."

Xaviar stöhnte wieder auf. Er knurrte laut. Ramona wandte sich um und sah den Zorn in seinem versengten Gesicht, aber sie hörte nicht auf. „Ich bin Ronja... Ich bin Peera Gabenschenkerin.. Ich bin Louisa. Ich sterbe heute nacht für meinen Clan."

„*Schweig!*" befahl ihr Xaviar durch zusammengepreßte Zähne. Mit dem intakten Arm zog er sich über den Stein des Table Rock. „Hör schon auf, verdammt noch mal."

„Ich bin Bernard Flinkfuß... Ich bin Crenshaw. Ich sterbe heute nacht für meinen Clan." Ramona sah Xaviars Zorn, seine brennende Wut. Jeder Name traf ihn wie eine Anschuldigung seines Versagens. *Schwacher, bemitleidenswerter Toreador, am Arsch!* hörte er. Er konnte sich der Vernichtung seines Volkes nicht stellen, noch nicht. Ramona hielt kurz inne, aber die Litanei bettelte um Befreiung. Konnte Xaviar, soviel älter und mächtiger als sie, es spüren? Sicher hätte Edward Blackfeather sie verstanden.

Xaviar zog sich näher an sie heran, bei jeder zurückgelegten Handbreit fauchend. „Ich werde dich lehren, dich mir zu widersetzen, Welpe."

Ramona versteifte sich. Sie machte einen Schritt zurück, und ihre Stimme erklang lauter als je zuvor. „Ich bin Mutabo... ich bin Lisa Starkrücken.." Name um Name rezitierte sie. Einen nach dem anderen entließ sie die Geister der Gangrel in die Nacht.

„Ich bin Brant Edmonson. Ich sterbe heute nacht für meinen Clan."

Xaviar verfolgte Ramona. Seine Absicht war klar. Aber er konnte sie nicht einfangen.

„Ich bin Rattengesicht. Ich sterbe heute nacht für meinen Clan."

Schließlich brach Xaviar wieder zusammen. Sein Zorn verflog, und seine Stärke schien endgültig aufgebraucht.

Ramona erhob ihre Stimme zum Himmel. Sie trotzte dem Stolz des Ahnen. Sie trotzte dem Auge, wo auch immer es jetzt sein mochte. „Ich bin Joshua. Ich sterbe heute nacht für meinen Clan."

„Ich bin Maria Immernord. Ich sterbe heute nacht für meinen Clan."

Mit dieser letzten Erklärung fiel Ramona erschöpft auf die Knie, keinen Meter von der Stelle entfernt, wo Xaviar hingesunken war. Er lag bewegungslos da, als hätte man ihn gepfählt, aber sein Blick durchbohrte sie wie ein Dolch.

„Geh", sagte Xaviar. Er hob sein Antlitz, und es schien älter und hagerer zu sein als zuvor.

Ramona sah ihn gebrochen dort liegen. Sie bedauerte ihn – und haßte ihn. Er besaß die gleiche Arroganz wie Tanner – dieses Selbstbewußtsein, das ihnen vorgaukelte, das Recht zu haben, jeden herumzuschubsen, für jeden Entscheidungen treffen zu dürfen. Tanner hatte Ramona in diese Welt der Dunkelheit gebracht, aber es hätte auch genausogut Xaviar sein können.

Und was war mit Tanner? fragte sie sich plötzlich. Sein Name war nicht Teil der Litanei gewesen; sie hatte ihn nicht unter ihren Toten gesehen.

„Verschwinde!" bellte Xaviar und unterbrach ihre Gedankengänge. „Ich werde die sieben Clans hierherbringen, um mit diesem Monster fertig zu werden. Du wirst hier nicht mehr benötigt. Hau endlich ab!" Ramona konnte die Schärfe in Xaviars Stimme hören. Sie war eine Erinnerung an sein Versagen, seine schrecklichste Niederlage, und er wollte sie nicht mehr sehen müssen. Sie bezweifelte, daß er sie fangen könnte, nicht in seinem Zustand. Aber Xaviar würde nicht immer in diesem Zustand sein.

Ramona stellte plötzlich fest, daß sie weglief, ihre Müdigkeit übermannte ihren Haß, ihr Körper wurde angetrieben von Angst. Sie rannte nicht vor Xaviar fort, auch wenn ihn zu verlassen sicher eine gute Idee war. Es war nicht einmal das Pulsieren des Auges, vor dem sie weglief. Sie floh vor der Leere, die in ihrem Innern Wurzeln geschlagen hatte, die alles bedrohte, was sie je gewesen war, und sie fürchtete, daß sie ihr niemals entkommen würde.

Gherbod Fleming

Die Clansromane... gehen weiter

Clansroman: Toreador
Diese Künstler sind die kultiviertesten Kainskinder.

Clansroman: Tzimisce
Fleischformer, Experten für Arkanes und die grausamsten der Sabbatvampire.

Clansroman: Gangrel
Wilde Gestaltwandler, die sich von der Gesellschaft der Kainskinder entfernt haben.

Clansroman: Setiten
Die allseits verhaßten, schlangengleichen Meister der moralischen und spirituellen Verderbtheit.

Clansroman: Ventrue
Die politischsten Vampire, die die Camarilla führen.

Clansroman: Lasombra
Die Führer des Sabbat und machiavellistischten Kainskinder.

Clansroman: Ravnos
Diese teuflischen Zigeuner sind der Camarilla nicht willkommen und werden vom Sabbat nicht geduldet.

Clansroman: Assamiten
Der gefürchtetste Clan, denn er besteht aus Assassinen, die Vampire wie Sterbliche töten.

Clansroman: Malkavianer
Andere Kainskinder halten sie für wahnsinnig, doch sie wissen, daß im Wahnsinn Weisheit liegt.

Clansroman: Brujah
Straßenpunks und Rebellen, aggressiv und rachsüchtig, wenn es darum geht, ihre Überzeugungen zu verteidigen.

Clansroman: Giovanni
Dieser Händlerclan, noch immer ein geachteter Teil der Welt der Sterblichen, ist auch Heimat für Nekromanten.

Clansroman: Tremere
Der magischste und am straffsten organisierte Clan.

Clansroman: Nosferatu
Diese schrecklich anzuschauenden Schleicher kennen mehr Geheimnisse als die anderen Clans – Geheimnisse, die nur in diesem letzten der **Vampire-Clansromane** enthüllt werden.

In Atlanta lief die Camarilla in einen Hinterhalt, in Richmond, Charleston und anderen Ortschaften und Städten der Ostküste der USA wurde sie ausgerottet. Eine Gruppe mächtiger Gangrel wurde in den Adirondacks vernichtet. Wie hängen diese Vorfälle zusammen? Tun sie es überhaupt? Nun, Leopold war in Atlanta, als die Sabbatangriffe begannen... Werden sie Kreise ziehen?

Aufmerksame Leser dieser Serie werden beginnen, im Laufe der Reihe zwei und zwei zusammenzuzählen, aber jedem wird auffallen, daß das Enddatum jeder Folgepublikation nach dem ihres Vorgängers liegt. So wird die Reihe chronologisch in den **Clansromanen: Setiten** und **Ventrue** fortgesetzt.

Clansroman: Setiten
ISBN 3-931612-94-5
F&S 11104
DM 19,95

Clansroman: Ventrue
ISBN 3-931612-99-6
F&S 11105
DM 19,95